黃霖◎

黃霖說金瓶梅

品味「第一奇書」
感受「金學」奧秘

「第一奇書」《金瓶梅》一問世，就被人罵作是一部「壞人心術」，「決當焚之」的「誨淫」之作；
可也有人稱讚它是「雲霞滿紙」的「逸典」……

走進《金瓶梅》

明末名小說家馮夢龍稱明代有「四大奇書」：《三國》、《水滸》、《西遊》及《金瓶梅》，其中《金瓶梅》被清人又特別稱為「第一奇書」。這部書，實在奇。奇就奇在一照面便給人們留下了一大堆疑問，諸如：成書何時？如何成書？作者是誰？版本有幾？……奇也奇在它一變長篇小說大寫特寫帝王將相、英雄豪傑、神仙鬼怪的局面，卻偏專注於瑣瑣屑屑的事、平平常常的人、普普通通的境，在藝術上給人耳目一新之感。而更奇的是，它在那個習慣於歌功頌德、粉飾太平的世界裏，竟致力於撕破種種真善美的紗幕，把上上下下、內內外外的人間醜惡兜底翻了出來！特別是在一個謹防「男女授受不親」的「禮儀之邦」裏，竟直言不諱地大書特書其床笫之事！於是乎一出世，人們就罵它是一部「壞人心術」、「決當焚之」的「誨淫」之作，預言誰印了它，誰就要被打入地獄，永世不得翻身！但是，也有人稱讚它是「雲霞滿紙」的「逸典」，是「稗官之上乘」。以後的清人、近人、今人，也一直爭論不休。毀之者總把它視作古今第一淫書，懸為厲禁，或者冠之以「自然主義」、「客觀主義」等現代惡謚加以否定；崇之者則認為「同時說部，無以上之」（魯迅語），說它「實在是一部可詫異的偉大的寫實小說」，甚至是「中國小說發展的極峰」（鄭振鐸語）。毀之者雖然事出有因，但崇之者確實有理有據。今天，我們不妨走進《金

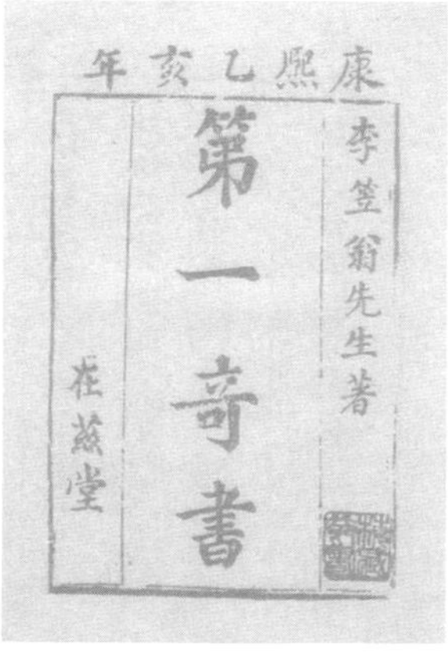

瓶梅》的世界，品一品個中的滋味，思一思所蘊的奧秘，或許能感受到些許美的享受，領悟到點滴人生的啟示。

當我們將要打開《金瓶梅》一書，深入到這個鬼蜮世界中去領略一番滋味之前，為了做好「導遊」，不妨將它的基本情況略作一點介紹，以便讀者諸君胸中先有一個全局。

在這裏，對給我們提供這部小說的作者不得不先作一個交代。據現存最早的《金瓶梅》序言說，作者叫「蘭陵笑笑生」。可是這位蘭陵笑笑生究竟是誰呢？明代人就眾說紛紜。有人說他是「嘉靖間大名士」（沈德符《萬曆野獲編》），也有人說他是「紹興老儒」（袁中道《遊居柿錄》），又有人說他是「金吾戚裏」的門客（謝肇淛《金瓶梅跋》），還有人說他是被陸炳陷害後「籍其家」而有「沉冤」者（屠本畯《山林經濟籍》）。這些說法，或得之於當初傳聞，或故意掩飾其真相，故在真真假假、隱隱約約之中，或許包含著某些合理的因素，雖不可全信，也不可不信。在此基礎上，後人作種種研究，有不少推測，至今被提名的已有王世貞、李開先、屠隆等三十餘人，可惜均缺「臨門一腳」，找不到確鑿的證據，故「蘭陵笑笑生」至今還在雲裏霧裏。

要讀《金瓶梅》，《金瓶梅》的版本卻十分複雜。不過，大致說來可分三個系統。一是現存最早的《新刻金瓶梅詞話》，因書名有「詞話」兩字，故簡稱為「詞話

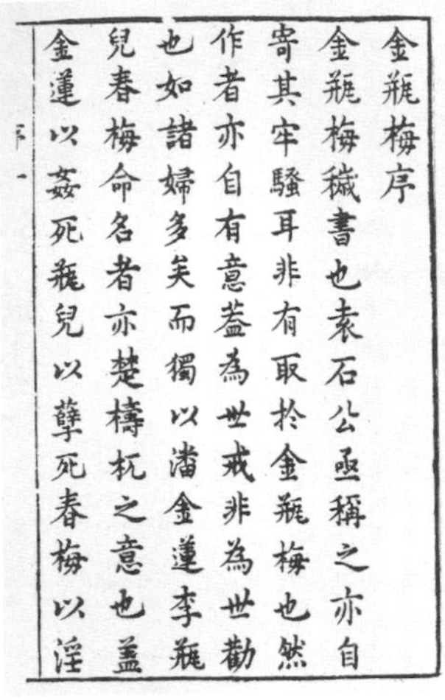
金瓶梅序
金瓶梅穢書也袁石公亟稱之亦自寄其牢騷耳非有取於金瓶梅也然作者亦自有意蓋為世戒非為世勸也如諸婦多矣而獨以潘金蓮李瓶兒春梅命名者亦楚檮杌之意也蓋金蓮以姦死瓶兒以孽死春梅以淫

東吳弄珠客《金瓶梅序》

本」；又由於它刻在明代萬曆年間，故亦稱「萬曆本」。由於它刊刻的年代最早，文學史上一般就以它為準。二是《新刻繡像批評金瓶梅》，增加了插圖與評點，在文字上作了許多修飾，更突出了文學性，適宜於案頭閱讀，但失卻了不少原始的韻味。它刊刻於晚明崇禎年間，故一般稱之為「崇禎本」。三是《彭城張竹坡先生批評金瓶梅第一奇書》。是清代康熙年間張竹坡所作的評點本。其正文基本與崇禎本一樣，但其大量的評點文字不乏精到之見，有助於讀者的閱讀與欣賞，人稱「張評本」或「第一奇書本」。這三種本子在不同年代經過不同書坊的刊印，於是在明清兩代留下了許多不同的《金瓶梅》。本書所引《金瓶梅》原文，除特別指出者外，用的都是最早的《新刻金瓶梅詞話》本。

現在，再將故事的梗概略作一番描述：山東清河縣破落戶財主西門慶，原在縣前開爿生藥鋪。他「不甚讀書，終日閒遊浪蕩」，又在縣前管些公事，與人攬事過錢，交通官吏，因此，滿縣人都怕他。一批幫閒如花子虛、應伯爵、謝希大、常時節等與他結為十兄弟，趨炎附勢、推波助瀾。一天，他偶遇潘金蓮，就圖謀姦佔。原來，西門慶先娶陳氏早亡，遺下的女兒西門大姐已出嫁。他就再娶吳月娘為正室，另有李嬌兒、孫雪娥二妾。潘金蓮是潘裁縫的女兒，九歲時被賣在王招宣府學彈唱，十五歲賣給張大戶為妾，後又被嫁與武大。潘曾勾引小叔武松，遭到武松的斥責。她與西門慶勾搭上後，就鴆殺了丈夫武大。正當他倆打得火熱，準備娶

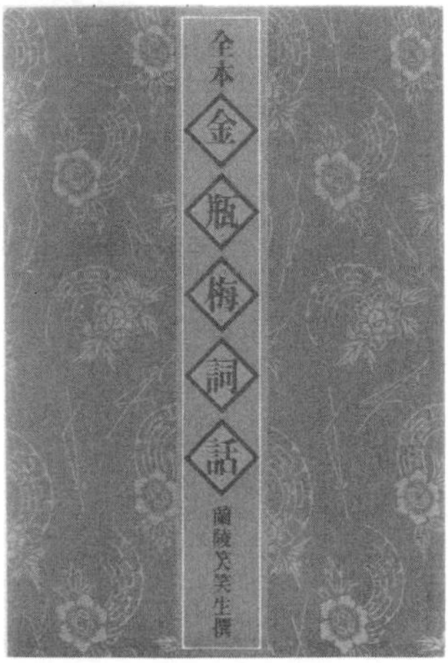

香港太平書局翻印文學古籍本《詞話》封面

嫁之時，西門慶又被媒婆說合，先娶了小有家財的寡婦孟玉樓，然後將潘金蓮納為妾，稱「五娘」。武松外差回來，為兄報仇，卻誤殺他人，被發配孟州。西門慶接著又收用了潘金蓮的婢女春梅，奸騙十兄弟之一花子虛的妻子李瓶兒，將花子虛活活氣死。此時，西門慶正因朝中奸黨案的牽連，不敢外出。李瓶兒相思成病，招贅醫生蔣竹山入門。西門慶於事過後，使喚無賴，將蔣毒打，置之死地而後快。這位原為梁中書的外妾、花太監侄媳的李瓶兒終於又歸西門慶，並帶來了大宗家財，人稱「六娘」。同時，由於西門慶的親家被抄，女婿陳經濟帶來了許多箱籠。西門慶接連得了橫財數筆，就開店放債，巧取豪奪，迅速發跡。於是他賄賂蔡京，被提拔為山東提刑所理刑副千戶。蔡京生辰之日，他又親自帶了二十擔厚禮入京拜壽，做乾兒子，就此升為正千戶提刑官。就在他得到副千戶官的這一天，李瓶兒生了個兒子，取名官哥。這時，西門慶氣焰極盛，貪贓枉法，霸佔婦女，無惡不作。而在家中，妻妾間爭寵傾軋，矛盾百出，其中潘金蓮之嫉妒貌美財富的李瓶兒尤為突出。潘金蓮屢設奇計，驚嚇官哥，終使夭折。瓶兒被西門慶蹂躪得病，又痛悼其子，抑鬱致死。潘金蓮則盡力獻媚西門慶，致使西門慶飲服淫藥過量，一夕縱欲暴亡。之後，李嬌兒、孫雪娥、孟玉樓等逃的

四大奇書第四種卷之一
彭城張竹坡評點
第一回
西門慶熱結十兄弟
武二郎冷遇親哥嫂
此書單重財色故卷首一詩上解悲財下解悲色
一部炎涼書乃開首一詩並無熱氣信手作者注意在下
半部而看官益富卻看下半部也
二八佳人一絕色也借色說入則色的利害比財更甚下
文一朝馬死二句財也三杯茶作合二句酒也三寸氣在
二句氣也然而酒氣俱串入財色內講故詩亦串入小小

四大奇書本彭城張竹坡評點《金瓶梅》第一回首頁

逃、嫁的嫁，樹倒猢猻散。金蓮和春梅因與女婿陳經濟通姦而被吳月娘斥賣。金蓮在王婆家待嫁時，被遇赦回來的武松殺死。春梅被賣給周守備為妾，得寵，生子，冊為夫人，終也與陳經濟淫亂而身亡。陳也被人殺死。這時，天下大亂，金兵南下，吳月娘帶遺腹子孝哥欲奔濟南，路遇普靜和尚，經其點破，知孝哥乃西門慶托生，便令其出家，法名明悟，以贖前愆而得超生。

這一百回的故事，主要寫的是西門慶一家的興衰，西門慶在這裏顯然是個中心人物。他雖然於第七十九回貪欲喪命，但後二十一回的戲還是與他緊相關聯，使人時時看到他的影子。他是一個惡的代表。作為他的接班人有三個：第一個是女婿陳經濟，輕佻油滑，偷花老手，可以說青出於藍而勝於藍，最後被人一刀結果了年輕的性命，比西門慶死得更慘；第二個是張二官，作者用虛筆隱寫，交代了西門慶身後活躍在清河縣的又一個西門慶式的人物；第三個是玳安，原是西門慶的親隨，後改名西門安，承受家業，人稱西門小員外。他是零落的西門家財產的繼承人，又作為善良的吳月娘的依託者而存在著。

吳月娘作為西門慶的正妻，是西門家的女主人，又是個貫串全書的人物。但是，她不是小說中的第一女主角，只是作為平日「好善看經」的正經女人而與一批「淫婦」們相對存在著。小說

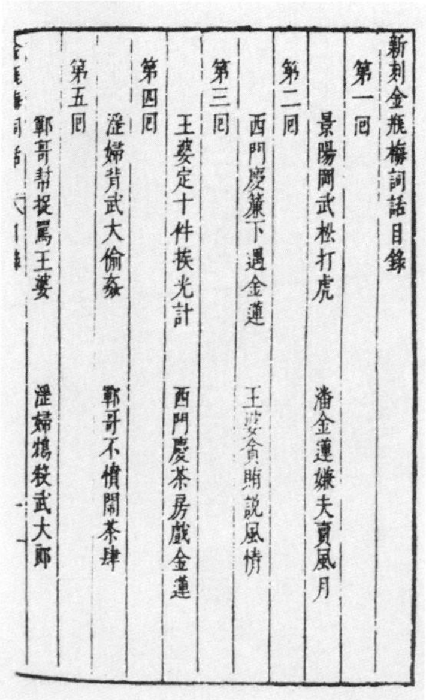
新刻金瓶梅詞話目錄

第一回
景陽岡武松打虎　潘金蓮嫌夫賣風月

第二回
西門慶簾下遇金蓮　王婆貪賄說風情

第三回
王婆定十件挨光計　西門慶茶房戲金蓮

第四回
淫婦背武大偷姦　鄆哥不憤鬧茶肆

第五回
鄆哥幫捉罵王婆　淫婦鴆殺武大郎

明萬曆刊新刻《金瓶梅詞話》目錄

的女主角是金、瓶、梅。金、瓶、梅三人之中又以金為第一女主角。《金瓶梅》從《水滸傳》中借出一支，這一支就是西門慶與潘金蓮的故事。小說一開場，就接連用了幾乎十回的篇幅（中間插入孟玉樓事）渲染潘金蓮。之後，在西門慶家妻妾爭風的漩渦中，她始終是個中心人物。李瓶兒就是她爭寵的主要對手，在全書中所佔的比例也極重。前於李瓶兒的宋惠蓮及後於李瓶兒的如意兒，都可以說是她的影子。而春梅則是潘金蓮的幫手，潘金蓮死後她就是潘的繼續。圍繞著金、瓶、梅三「淫婦」，西門家裏還有李嬌兒、孫雪娥、孟玉樓三妾和王六兒、賁四嫂等僕婦丫頭，或善或淫，多方陪襯，致使全書波瀾迭起，人物各異而引人入勝。

《金瓶梅》由西門一家而寫及清河縣的好幾戶人家。這裏有大戶官家如西門慶的同僚夏提刑一家、潘金蓮的出生地王招宣府林太太一家，春梅的歸宿處周守備一家以及喬大戶、張大戶、何千戶等家；下及幫閒篾片有應伯爵、花子虛為首的十兄弟；賣笑妓女則有李桂姐、吳銀兒、鄭愛月為代表的娘兒們；此外，尼姑、道士、算命、卜卦者流，媒婆、醫者、工匠、商販之徒，多方描繪，相互聯繫，真是由西門一家寫及了全縣。

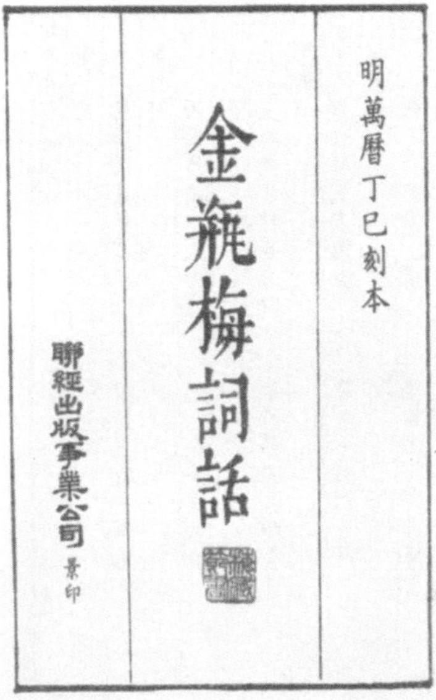

臺灣聯經出版事業公司影印館本《詞話》扉頁

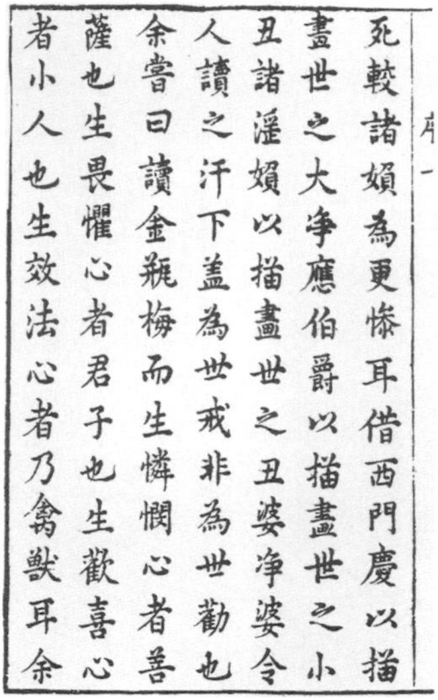
序一
死較諸婦為更慘耳借西門慶以描
畫世之大淨應伯爵以描畫世之小
丑諸淫婦以描畫世之丑婆淨婆令
人讀之汗下蓋為世戒非為世勸也
余嘗曰讀金瓶梅而生憐憫心者菩
薩也生畏懼心者君子也生歡喜心
者小人也生效法心者乃禽獸耳余

東吳弄珠客《金瓶梅序》

不僅如此，《金瓶梅》還通過「晉京祝壽」、「結交狀元」、「受贓枉法」、「工完升級」、「引奏朝儀」等情節，涉及了以蔡京為代表的權奸、皇帝主宰著一切的朝廷和整個天下。

一部《金瓶梅》就是這樣由小及大，千姿百態。其主旋律是什麼呢？曰：暴露。它在中國文學史上的最大特色，就是第一次全心全意將人間的醜惡相當集中、全面、深刻地暴露於光天化日之下。在這裏，能看到昏庸的皇帝、貪婪的權奸、墮落的儒林、無恥的幫閒、齷齪的僧尼、淫邪的妻妾、欺詐的奴僕，就是幾個稱得上「極是清廉的官」，也是看著「當道時臣」的眼色，偏於「人情」，執法不公。到處是政治的黑暗，官場的腐敗，經濟的混亂，人心的險惡，道德的淪喪。有人說，《紅樓夢》中除了一對石獅子外，再也沒有乾淨的了。這話說得未免過分。大觀園中的主人公們還在為取得自以為乾淨的東西掙扎著。而一部《金瓶梅》，除了如武松、曾孝序、王杏庵等毫不重要的配角身上閃爍著一星正義的火花之外，整個世界是漆黑漆黑的。《金瓶梅》就是這樣一面當時社會的鏡子。面對著這面鏡子，不能不令人驚，令人歎，令人哀，令人怒，令人迫切希望徹底改變這樣的現實。當然，在暴露時也淌出了諸如「說淫話」之類卑鄙齷齪的污泥濁水。對此，則請讀者諸君切勿戴著「黃色」眼鏡來看，而當保持清醒的頭腦，記著「東吳弄珠客」序言中的一句話：「生歡喜心者，小人也；生效法心者，乃禽獸耳！」

目錄

走進《金瓶梅》

眾生百態

黃霖說金瓶梅

鏡裡春秋

匠心獨運

黃霖說金瓶梅

衆生百態

黃　霖　說　金　瓶　梅

貪官的樣板——剖析西門慶之一

西門慶登場時，作者對他有這樣一番介紹：

> 原是清河縣一個破落户財主，就縣門前開著個生藥鋪。從小兒也是個好浮浪子弟，使得些好拳棒，又會賭博，雙陸象棋，抹牌道字，無不通曉。近來發跡有錢。專在縣裏管些公事，與人把攬說事過錢，交通官吏，因此滿縣人都懼怕他。（第二回）

這裏就點明了這個「浮浪子弟」近來「發跡」以致「滿縣人都懼怕他」的兩大法寶：一曰錢，二曰官。他就是靠勾結衙門來拼命斂財，財越積越多；又憑藉錢財來賄賂官場，官越攀越高。於是乎，他肆無忌憚地淫人妻女，貪贓枉法，殺人害命，無惡不作，反而能步步高升，稱霸一方。可見，腐爛的官場正是孕育西門慶一類暴發戶的強化劑和縱容他橫行不法的保護傘，而西門慶的暴發暴亡也正深刻地暴露了那座黑暗透頂的統治機器！

西門慶「原來就是個弄人的劊子手」，被他一手殘害的人命就有好幾條。他一上場，就圖謀姦佔潘金蓮，從而毒殺武大郎；接著又勾引李瓶兒，氣死義弟花子虛；後又憑藉權勢，把

李瓶兒的第二個丈夫蔣竹山打得皮開肉綻，置之死地而後快。他霸佔僕婦宋惠蓮，又要陷害其夫來旺使之橫遭充軍之罪，迫使惠蓮自縊身死；而當惠蓮的父親宋仁「叫起冤屈來」，又被西門慶活活整死：

這西門慶不聽萬事皆休，聽了心中大怒，罵道：「這少死光棍，這等可惡！」即令小廝：「請你姐夫來寫帖兒。」就差來興兒送與正堂李知縣，隨即差了兩個公人，一條索子把宋仁拿到縣裏，反問他打網詐財，倚屍圖賴，當廳一夾二十大板，打的順腿淋漓鮮血，寫了一紙供案，再不許到西門慶家纏擾，並責令地方火甲，跟同西門慶家人，即將屍燒化訖來回話。那宋仁打的兩腿棒瘡，歸家著了重氣，害了一場時疫，不上幾日，嗚呼哀哉死了。正是……有詩為證：

縣官貪污更堪嗟，得人金帛售奸邪。
宋仁為女歸陰路，致死冤魂塞滿衙。

一部《金瓶梅》，正是「冤魂塞滿衙」！一個西門慶，害了好幾條人命，不但逍遙法外，而且仍官運亨通，並頗有諷刺意味地當上了執掌刑獄的理刑官。「子係中山狼，得志便猖狂。」一旦有權在手，他也就更貪婪地以權謀私，貪贓枉法，包庇別人謀財害命。苗青殺主，罪該論死，而西門慶受賄後，一手包天，竟讓他順當地回家進一

陷害其夫來旺使之橫遭充軍之罪

步侵奪主人的家產，霸佔主人的妻妾。這等「贓跡顯著」，何人不曉？巡按山東監察御史曾孝序奏了一本，可西門慶用「金鑲玉寶石鬧妝一條，三百兩銀子」打點了蔡京，結果受到懲罰的反而是曾孝序：被罷官流放，「竄於嶺表」。在這個世界上，還有什麼王法？有什麼天理？

官僚機器何以如此腐敗？這是由於組成這架機器的成員都是由私利聯繫起來的。西門慶原是「一介鄉民」，怎麼會被太師蔡京一眼看中，平地選拔為「山東理刑副千戶」呢？原來是金錢打動了蔡京的心。一手交錢，一手賣官，這筆生意就是在第三十回西門慶派來保、吳主管給蔡京送禮時做成的：

翟謙先把壽禮揭帖呈遞與太師觀看，來保與吳主管各捧獻禮物。但見：黃烘烘金壺玉盞，白晃晃減靸仙人，良工製造費工夫，巧匠鑽鑿人罕見；錦繡蟒衣，五彩奪目；南京紵緞，金碧交輝；湯羊美酒，盡貼封皮；異果時新，高堆盤榼。如何不喜？……太師因問來保道：「禮物我故收了，累次承你主人費心，無物可伸，如何是好！你主人身上可有甚官役？」來保道：「小的主人一介鄉民，有何官役？」太師道：「既無官役，昨日朝廷欽賜了我幾張空名告身札付，我安你主人在你那山東提刑所做個理

西門慶用「金鑲玉寶石鬧妝一條，三百兩銀子」打點了蔡京。

刑副千户……」

再看西門慶與蔡蘊的勾結也十分典型。蔡蘊乘著宋代無休無止的黨派之爭的空子，僥倖得到了論才學本不該得到的「狀元」的桂冠。於是一頭倒在蔡京的腳下，「做了假子」。他回家省親，路經山東時，又得到太師管家翟謙的特別關照。於是乎，西門慶熱情地接待了這位新科狀元，臨行又送了他「金緞一端，領絹二端，合香五百，白金一百兩」，使得這位蔡狀元連聲說：「此情此景，何日忘之」，「倘得寸進，自當圖報」。（第三十六回）這可以說是兩人間的初步勾搭。不久，蔡蘊點了兩淮巡鹽御史，又經山東，得到了西門慶更為隆重的接待和奢豪的饋贈。於是，蔡御史豪爽地說：「四泉（西門慶號），有甚事，只顧分付，學生無不領命。」一口氣答應給西門慶早支鹽引一個月，讓他輕而易舉地獲得了巨額利潤。接著，西門慶又請蔡御史為苗青之事，在替換曾孝序的宋御史面上「借重一言」。果然，蔡御史對宋御史說了一句「管他怎的」，就將苗青之罪一筆勾銷，「放回去了」。寫到這裏，《金瓶梅》的作者感慨道：

正是：人事如此如此，天理未然未然。有詩單表人情之虧人處，詩曰：

公道人情兩是非，人情公道最難為。

若依公道人情失，順了人情公道虧。

這裏的「人情」就是「私情」，就是完全用一己之私利溝通起來的人與人之間的感情。當時的官僚機器就是靠這種私利維繫的。正如小說中所說：「功名全仗鄧通成」。有了錢，就可以做官，就有了一切；為了錢，可以賣官，可以出賣一切。在這個世界上，根本沒有什麼「公道」；哪怕是最終為了維護統治集團根本利益的「公道」，也被氾濫的私欲沖得一精二光。這樣的官僚機器，還有什麼政治可言？還有什麼卑鄙、無恥、兇狠、毒辣的事情做不出來！

後來，《官場現形記》的作者在書中說：「上帝可憐中國貧弱到這步田地，一心要想救救中國。然而中國四萬萬多人，一時那能夠通統救得？因此便想到一個提綱挈領的法子」，「想把這些做官的先陶熔到一個程度，好等他們出去，整躬率物，出身加民」，於是他寫了這「前半部」，「專門指摘他們做官的壞處，好叫他們讀了知過必改」，然後再寫「後半部」，「教導他們做官的法子」。這種願望不能說不善良，但只是書生空議論而已。在中國這塊土地上，根深蒂固而又腐爛不堪的封建官僚機器，難道是在改良的框框裏指摘指摘壞處就能解決的嗎？當然，小說的作者能面對現實，指摘壞處，還是比那些昏昏然、陶陶然醉心於此道者不知高明多少倍呢！

『奸巧』致富經——剖析西門慶之二

「功名全仗鄧通成」，那麼，西門慶鄧通般的富有是從哪裏來的呢？是靠正當勞力掙來的嗎？不，小說的作者在這裏補充了一句話，叫作：「富貴必因奸巧得」。西門慶就是靠「奸巧」斂財而暴發起來的。他有一本「奸巧」致富經。

西門慶原是商人家庭出身，父親西門達，當年是往甘州賣絨布的（第二十五回），可能稍稍積些家財。可是到西門慶時，已是一個「破落戶財主」，只靠一爿有二三個夥計的生藥鋪賺錢。小說開始，他接連騙娶姦拐了富有的孟玉樓和李瓶兒為妾，得到兩筆頗為可觀的財產。媒婆向西門慶介紹富孀孟玉樓時，首先就說了她「手裏有一分好錢」：「南京拔步床也有兩張，四季衣服，妝花袍兒，插不下手去，也有四五隻箱子。珠子箍兒，胡珠環子，金寶石頭面，金鐲銀釧不消說，手裏現銀子也有上千兩，好三梭布也有三二百筒。」這怎麼能不打動他的心？不過，這些家當比起李瓶兒來，還是小巫見大巫。李瓶兒原是蔡太師女婿梁中書的妾，被李逵殺散時，曾帶走「一百顆西洋大珠，二兩重一對鴉青寶石」，後嫁了花子虛為妻，繼承了「由御前班直，升廣南鎮守」的花太監的財產。因此，還在花子虛未死之時，一次就「開箱子搬出六十錠大元寶，共計三千兩，教西門慶收去」，還說有「四

口描金箱櫃：蟒衣玉帶，帽頂條環，提系條脫，值錢珍寶玩好之物」，叫西門慶於夜晚打牆上偷偷運過去。「這四口描金箱櫃」裏裝的都是無價之寶，後來西門慶做了「金吾衛副千戶，居五品大夫之職」及吳月娘「頂受五花官誥，坐七香車，做了夫人」之時（第三十回），他們所做的「官帽玉帶」和以後送給蔡太師的「生辰擔」，都取之於此。當李瓶兒正式嫁去時，又帶去了不少私房錢。為資助西門慶擴修房子，又拿出了「四十斤沉香，二百斤白蠟，兩罐子水銀，八十斤胡椒」代價的東西（第十六回）。西門慶從李瓶兒那裏確實發了大財。看來西門慶謀婦，固然是由於好色，但同時也在於謀財。這就難怪第十六回的回目就叫作「西門慶謀財娶婦」。這是他「奸巧」致富的第一招。

第二招是明目張膽地吞沒親戚的家財。女婿陳經濟避難投靠他家時，曾帶來「許多箱籠」，還另外送了他五百兩銀子，都被他「收拾月娘上房來」（第十七回）。其價值可能比李瓶兒的還要多，因這裏實際上包括陳家及朝中四大奸臣之一的楊戩家的贓物。第八十六回陳經濟因偷金蓮、春梅事發被打後，就在傅夥計面前借酒裝瘋，吐露真言：「老夥計，你不知道，我酒在肚裏，事在心頭。……我把這一屋子裏老婆都刮剌了，到官裏亦只是後丈母通姦，論個不應罪名。如今我先把你家女兒休了，然後一紙狀子告到官；再不，東京萬壽門進一本：你家見收著我家許多金銀箱籠，都是楊戩

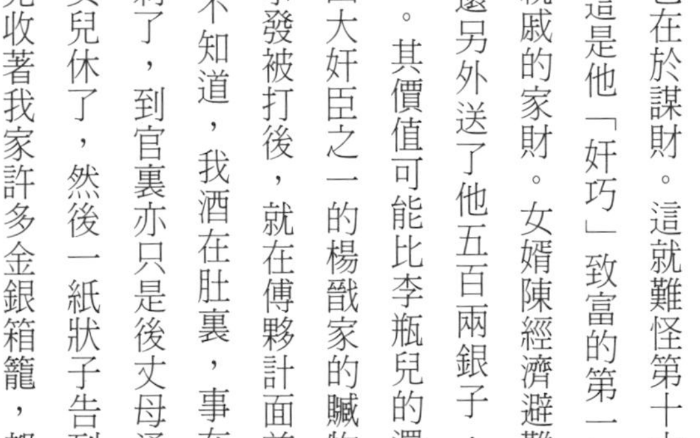

叫西門慶於夜晚打牆上偷偷運過去

應沒官贓物。好不好把你這幾間業房子都抄沒了，老婆便當官辦賣。」後來，他在打西門大姐時又說：「你家收著俺許多箱籠，因此起的這大產業。」（第八十九回）的確，這筆橫財對西門慶的發跡也是至關重要的。

第三招是受賄。苗青一案，西門慶受財一千七百兩，就「貪贓賣官」，私放了苗青（第四十七回）。此外如揚州鹽商王四峰，被安撫使關進監獄中，也「許二千，央西門慶對蔡太師人情釋放」（第二十五回）。

第四招是放高利貸。西門慶幾次借高利貸給李三、黃四做黑生意，都是「每月五分行利」。第一次借給他們一千五百兩銀子，黃四後來有一次拿出「四錠金鐲兒來，重三十兩，算一百五十之數」作利息（第四十三回）。這正如應伯爵對李三他們說的：「共揭一千兩文書，一個月滿破認他五十兩銀子。」（第四十五回）他們之間的交易，斷斷續續，一直做到西門慶死。歷代對於重利盤剝，久有法禁。如元代至元年間，「定民間貨錢取息之法，以三分為率」（《元世祖本紀》），這也重於漢代之什二，而西門慶竟以五分為息，可見其剝削之重。

第五招是不法經商。西門慶「開四五處鋪面：緞子鋪、生藥鋪、綢絹鋪、絨線鋪。外邊江湖又走標船，揚州興販鹽引，東平府上納香蠟。夥計主管，約有數十」（第六十九回）。這個西門慶，儼然是個商業資本家。他通過長途販運、賤買貴賣，牟取暴利。如那個絨線鋪，就是用四百五十兩賤買了一批當值五百兩的絨線開張的，後來「一日也賣數十兩銀子」。特別是他開的當鋪，賺錢更是昏天黑地。有一次有人拿了「一座大螺鈿大理石屏風，兩架銅鑼、銅鼓、連鐺兒」來當，只兌了三十兩銀子，但「這屏風買的巧也得一百兩銀子與他，少了不肯」，更不要說再外加兩架「彩畫生妝，雕刻雲頭，十分整齊」，「吹打起來，端的聲震雲霄，韻驚魚鳥」的銅鼓、銅鑼等（第五十四回）。西門慶搞的長途販運，更是想方設法買通官吏，偷逃稅銀。第五十九回寫夥計韓道國運貨回家時與西門慶的一段對話云：

西門慶因問：「錢老爹書下了？也見些分上不曾？」韓道國道：「全是錢老爹這封書，十車貨少使了許多稅錢。小人把緞箱兩箱併一箱，三停只報了兩停，都當茶葉、馬牙香。櫃上稅過來了。通共十大車，只納了三十兩五錢鈔銀子。老爹接了報單，也沒差巡攔下來查點，就把車喝過來了。」西門慶聽言，滿心歡喜，因說：「到明日，少不的重重買一分禮，謝那錢老爹。」

西門慶就是靠這些「奸巧」手段發財致富的。據第七十九回他臨終前向吳月娘等的交代，可見其家道之盛：

又分付：我死後，緞子鋪是五萬銀子本錢，有你喬親家爹那邊多少本利，都找與他。教傅夥計把貨賣了，一宗交一宗，休要開了。賁四絨線鋪本錢六千五百兩；吳二舅綢絨鋪是五千兩，都賣盡了貨物收了來家。又李三討了批來，也不消做了，叫你應二叔拿了別人家做去罷。

李三黃四身上，還欠五百兩本錢，一百五十兩利錢未算，討來發還我。你（指陳經濟）只和傅夥計守著家門這兩個鋪子罷。緞子鋪佔用銀二萬兩，生藥鋪五千兩。韓夥計、來保松江船上四千兩。開了河，你早起身往下邊接船去，接了來家，賣了銀子交進來，你娘兒們盤纏過。前邊劉學官還少我二百兩，華主簿少我五十兩。門外徐四鋪內還本利欠我三百四十兩，都有合同見在，上緊使人催去。到日後，對門並獅子街兩處房子都賣了罷！只怕你娘兒們顧攬不過來！

這裏，合起來銀子總共有九萬一千七百四十兩。這當然不包括他家裏的積貨和藏銀。西門慶從發跡到死，前後不過五年光景，竟然積累這麼些橫財！這種富，正如古人所說的是「奸富」。這種「奸富」，只能是極少數人的富。這種少數人的富，是建立在大多數從事正當勞動的人被剝削、被拐騙的基礎上的富。它根本無益於社會財富的創造和積累，而只能將社會財富蛀空，使大多數人貧窮。但社會竟縱容這批蛀蟲，因為就是這批只知個人私利的蛀蟲主宰著社會。因而，《金瓶梅》的作者盡力描繪了西門慶之流的奸巧致富，正有力反映了當時的經濟是多麼混亂，社會是多麼黑暗！

女婿陳經濟避難投靠他家時，曾帶來「許多箱籠」。

半舊半新的商人——剖析西門慶之三

西門慶是個惡霸、官僚，還是個商人。作為商人，他是個不法的奸商，是那麼的面目可憎、醜惡無比，同時又是那麼的精明強幹，斂財有術，作者禁不住對他流露了一絲欣羨之意。生活在市場經濟活躍的晚明社會，笑笑生是不是感覺到像西門慶這樣的經營理念，已經帶有一些新的成分？

顯然，西門慶的經商，並不依賴於封建生產關係的自然基礎——土地。他出身在一個商家。父親西門達，原走川廣販賣藥材，就在這清河縣前開著一爿生藥鋪。儘管家中呼奴使婢，騾馬成群，卻不曾見他們兩代人去買土地、收租。他的腦子裏，除了升官之外，就是發財。發財的重要途徑，就是用金錢作資本，去經營，去用錢生錢。小說第五十六回寫到西門慶關於錢的一句「名言」：

> 兀那東西，是好動不喜靜的，怎肯埋沒在一處。也是天生應人用的，一個人堆積，就有一個人缺少了。因此積下財寶，極有罪的。

這樣看來，他的腦子裏多少有點新的觀念。在具體經營管理方面，儘管摻進了不少非法手段，但也有一些有效方法。這就不難使他很快就成為一個暴發戶。

西門慶經商是從他父親的生藥鋪開始的，以後又開了絨線鋪、解當鋪等。從管理模式來看，每一個鋪子都有一個主管。傅夥計傅銘，是他最信任的主管，因排行第二，人稱傅二叔，生藥鋪就是由他負責的，後來新開的解當鋪，雖是賁四分管，也由傅銘督理。絨線鋪則由韓道國主管。這些主管，名義上是「夥計」，但已有點近乎現在的「經理」了。傅夥計每月就領二兩銀子的工資。西門慶對這些「經理」的挑選，是很費心機的。傅夥計為人老實本分，勤勤懇懇，忠心耿耿，把生意做得井井有條，是西門慶經商賺錢的有力幫手。韓道國其人，儘管是個大滑頭，但西門慶在挑選時，也是認真的，只是受了他的好友應伯爵的騙罷了。應伯爵曾向他推薦說，韓道國是他的老相識，有過做絨線行的經歷，如今沒本錢，閒在家裏；又稱讚他「寫算皆精，行止端正」，並「再三保舉」。西門慶聽了應伯爵的話，還親自目驗，見他「言談滾滾，相貌堂堂，滿面春風，一團和氣」，才「與他寫立合同」。因此，從西門慶的主觀願望看，他對夥計的挑選是十分重視的；而且，他請這些夥計都「寫立合同」，他們之間，只是雇與被雇的關係。這樣的管理模式，顯然不是封建式的依附關係，而是帶有一些新的時代特點。

西門慶將店鋪交給夥計們管，自己儼然是個董事長，但他不放鬆抓大事，抓要害。比如，賬目，就是個要害。抓住了賬目，則綱舉目張，所有的生意一目了然，西門慶是不放手的。小說第十二回寫西門慶「梳籠」了李桂姐後，在煙花寨裏鬼混了半個月還不想回家，吳月娘、潘金蓮都叫玳安去催他回來。玳安兒騎馬到李家一看，只見應伯爵、謝希大、祝實念、孫寡嘴、常時節眾人正在那裏伴著，西門慶摟著粉頭歡樂飲酒。此情此景，真叫玳安不知說什麼才好，想不到西門慶即使在這時，還沒有忘記鋪中上賬一事，特別關照玳安說：「前邊各項銀子，叫傅二叔討討，等我到家算賬。」玳安道：「這兩日傅二叔討了許多，等爹到家上賬。」可見，在經營方面，他的頭腦是何等的清醒。同時，他很會籠絡人心，擺平這一班夥計們。比如，那日絨線鋪新開張，就賣了五百餘兩銀子。西門慶滿心歡喜，晚夕收了鋪面，把甘夥計、韓夥計、傅夥計、崔本、賁四、陳經濟都邀來，到席上飲酒，吹打良久，可謂用心良苦。

當然，作為一個商人，成功的關鍵在於熟悉行情，西門慶的精明也表現在這裏。小說第十六回，寫到他在李瓶兒家兩個正在美處，忽然玳安兒來打門，說：「家中有三個川廣客人，在家中坐著。有許多細貨，要科兌與傅二叔。只要一百兩銀子。押合同，約八月中找完銀子。大娘使小的來，請爹家去理會此事。」此生意看來很急，也很重要，有一大筆錢可以賺。可是西門慶的態度卻不急不慢，還不想就回去。這倒不只是由於他留戀李瓶兒，而是也因為他摸準了行情，所以當李瓶兒勸他「買賣要緊」回去時，他對瓶兒說：「你不知，賊蠻奴才，行市遲，貨物沒處發兌，才來上門脫與人。若快時，他就張致了。滿清河縣，除了我家鋪子大，發貨多，隨問多少時，不怕他不來尋我。」可見他對市場情況十分清楚，胸有成竹。第三十三回，又寫到西門慶不失時機地收購了湖州客人何官兒的五百兩絲

西門慶在李瓶兒家兩個正在美處

線。由於賣家急等著要起身家去，西門慶就壓價到四百五十兩銀子，收了這些貨，趁獅子街房子空閒著，就打開兩間門面，開了個絨線鋪，發賣各色絨絲，一日也賣數十兩銀子。這些都可以看出西門慶作為一個商人的精明之處。

西門慶以商人形象成為一部長篇小說的主角，這也是時代所造就的。本來，早在《詩經》中，就有「氓之蚩蚩，抱布貿絲」之類準商人的形象，但總體說來，直到唐五代以前，商人在文學作品中還是不太多見的。從唐五代起，可以較多地見到，但多為「配角」；宋元以後，商人逐漸上升為「主角」；而到了「《金瓶梅》」時代，西門慶竟一躍而成為名聞遐邇的一部長篇小說的中心人物，這與晚明社會商業經濟的發展，人們對於商業、商人與金錢的認識的變化大有關係。這不但在《金瓶梅》中，而且在許多同時代的文學作品、特別是小說中都有反映。商人的地位與金錢的追求在這時得到了明確而正面的肯定，對商人的敬業精神與經營能力加以讚美，乃至對於商人超越傳統、甚至商業化了的性愛生活也予以寬容，像《二刻拍案驚奇》中就有人明確說：「經商亦是善業，不是賤流。」（《贈芝麻識破假衫，擷草藥巧偕真偶》）這就大不同於「士農工商」四個等級的傳統看法。《疊居奇程客得助，三救厄海神顯靈》一篇還寫

西門慶不失時機地收購了湖州客人何官兒的五百兩絲線，趁獅子街房子空閒著，開了個絨線鋪。

到如徽州這樣的地方，更是「以商賈為第一等生業，科舉反在次著」。小說中的主人公程宰作為一個商人，居然也有與海神女喜結良緣的福氣，成為時代的寵兒。這也從一個角度反映了商人地位的提高。由於對於商業與商人的看法起了很大變化，唯利是圖、金錢崇拜也就成時代風氣，像《金瓶梅》中的常時節所說的：「孔方兄，孔方兄！我瞧你光閃閃、響噹噹無價之寶，滿身通麻了，恨沒口水咽你下去。」恐怕是反映了一般市民的普遍心理。與此同時，對商人的敬業精神與經營能力的讚美也隨處可見，如《喻世明言》名篇《蔣興哥重會珍珠衫》寫到的蔣興哥，為了生意，不得不遠離愛妻，以至婚姻產生了曲折，這就從一個側面讚美了商人的敬業精神。也正因為對商人的看法有了轉變，對他們跋山涉水、櫛風沐雨的經商生活表示同情，並由此對他們因遠離家庭而容易產生的狎妓、重婚、偷情等給予寬容，甚至讚美。這就是晚明時代的風氣。《金瓶梅》之所以將西門慶寫成這樣一個商人，多少是受了這種風氣的感染。他不脫舊，但有點新。否則，我們就很難理解作者對待這樣一個「惡棍」，有時候的態度竟如此「曖昧」！

暴發戶的糜爛生活——剖析西門慶之四

富起來了，西門慶如何打發迅速積聚起來的大宗錢財呢？一方面，當然用它來上通權要，鑽刺買官，下結地痞，籠絡人心，以鞏固和擴大自己的黑勢力；另一方面則用來過窮奢極欲的糜爛生活。

他一有錢，就擴充庭院：併了花家住宅，打開牆垣，蓋造花園。其格局是七面五進，儼然一品相府的氣派。這在宋御史眼裏，也是「堂廡寬廣，院中幽深，書畫文物，極一時之盛」（第七十四回）。另外，尚有七百兩銀子買下的喬大戶的莊院一所和其他一些零星房屋，供他任意娛樂遊玩。平時的衣食住行，處處豪華奢侈，荒唐無恥。這特別表現在食與色兩個方面。

西門慶的「食」是非常考究的。《金瓶梅》在「食」字上所花的筆墨，幾乎可以說與其「色」的描寫旗鼓相當，這在下文將有專論，此處先略舉兩例以窺一斑。第一例，是家常便飯。第三十四回幫閒應伯爵替韓道國來說情，事畢，西門慶陪他在翡翠軒吃飯：

……說未了，酒菜齊至：先放了四碟菜果，然後又放了四碟案鮮：紅鄧鄧的泰州鴨蛋，曲彎彎王瓜拌遼東金蝦，香噴噴油煠的燒骨，禿肥肥乾蒸的劈雞。第二道，又

是四碗嘎飯：一甌兒濾蒸的燒鴨，一甌兒水晶膀蹄，一甌兒白煠豬肉，一甌兒炮炒的腰子。落後才是裏外青花白地磁片盛著一盤紅馥馥柳蒸的糟鰣魚，馨香美味，入口而化，骨刺皆香。西門慶將小金菊花杯斟荷花酒，陪伯爵吃。

這裏一共十二道菜，都是一時間做出來隨便招待窮兄弟的。至於擺酒宴，請貴客，更是鋪張得驚人。第四十九回寫西門慶迎請宋、蔡兩巡按時，「說不盡肴列珍羞，湯陳桃浪，酒泛金波」，還要獻歌獻舞，「簫韶盈耳，鼓樂喧闐」。連宋、蔡的手下人也得到了不少好處：「階下兩位轎上跟從人，每位五十瓶酒，五百點心，一百斤熟肉，都領下去。家人、吏書、門子人等，另在廂房中管待。」作者特別指出：「西門慶這席酒，也費勾千兩金銀！」當夜，宋御史臨走時，「西門慶早令手下把兩張桌席，連金銀器也都裝在食盒內，共有二十抬」，送給他倆；蔡御史沒有走，又叫了兩個妓女陪了他一夜。生活如此奢靡，實在令人震驚！

在「色」字方面，西門慶更是欲壑難填。他家擁妻妾六位，日夜淫欲無度，還要姦污使女，霸佔僕婦，嫖玩妓女，乃至私通

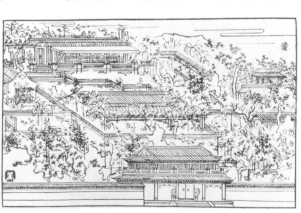

堂廡寬廣，院中幽深。

西門慶將小金菊花杯斟荷花酒，陪伯爵吃。

上等人家的太太。據清代張竹坡在《雜錄小引》中的統計，西門慶淫過的婦女有李嬌兒（妓女——妾）、丟兒（妓女——妾，已故）、孟玉樓（妾）、潘金蓮（妾）、李瓶兒（妾）、孫雪娥（婢——妾）、春梅（婢）、迎春（婢）、繡春（婢）、蘭香（婢）、宋惠蓮（僕婦）、惠元（僕婦）、王六兒（僕婦）、賁四嫂（僕婦）、如意兒（僕）、林太太、李桂姐（妓）、吳銀兒（妓）、鄭愛月（妓）等，此外還有一些「養外宅」的婦女及男寵。這正如潘金蓮說的，是「屬皮匠的，縫著的就上」，「若是信著你意兒，把天下老婆都要耍遍了罷！」（第六十一回）當然，西門慶在玩弄這些女性時，往往要付出相當的代價。如他去梳籠李桂姐，一次就用了五十兩銀子，還要外加四套衣服等（第十五回），就是與王六兒、宋惠蓮、賁四嫂等僕婦苟且，幾乎每次也要「掏出五六兩一包碎銀子，又是兩對金頭簪兒」之類「遞與婦人」（第七十七回）。可以說，除了倒貼的李瓶兒之外，西門慶的「淫」，都是建築在錢的基礎上的。

西門慶發洩其獸欲時，一是毫無廉恥，二是不顧死活，三是表現了強烈的佔有欲和一個性虐狂的特點。在被他淫過的婦女中，有好友的老婆（李瓶兒），義子的母親（林太太），妻妾的侄女（李桂姐），真是人倫全無，道德喪盡。特別是在他生命的最後一兩個月裏，已被淫欲的烈火煎熬得腰酸腿疼，食欲不振，但還是靠春藥強打精神，沒命地往這火海中鑽。他玩了妓女鄭愛月之後，經她指點姘上了林太太，緊接著又刮刺上賁四嫂，與舊人王六兒、如意兒還要周旋，潘金蓮更不放過他，他心裏又想著姘婦林太太的兒媳、同僚何千戶的娘子，「正是餓眼將穿，饞涎空咽」，不得已，就將新來的來爵兒媳婦解饞。西門慶這樣貪淫樂色，卻不知死之將至。當搞得神情恍惚，極度疲憊之時，還拼了命地和王六兒、潘金蓮幹此營生，終於油枯燈盡，一命嗚呼。這個暴發戶沉淪於欲海時又表現了強烈的佔有欲和性虐狂的特點。在他心裏，就是佔有的女人越多越滿足，而且要求對他越卑屈越暢快。因此，他往往並不過分講究年輕美貌，而只要在他面前講別人不肯講的話，做別人不肯做的事，乃至口接尿溺，香燒玉體，弄得「險些兒喪了奴之性命」之時（第二十七回），他才感到無限的暢美。例如第七十八回寫西門慶教奶媽如意兒擠乳給他吃延壽丹之後，就要她做一些十分卑賤的勾當，然後提出「要在你身上燒三炷香」。當在心口、小肚兒下等三處的「香燒到肉根前，婦人戚眉齧齒，忍其疼痛，口裏顫聲柔語，哼成一塊，沒口子叫『達達、爹爹，罷了我了』，好難忍也」之時，這個西門慶，不但不心慈手軟而「罷了」，而且還進一步追求心理上的滿足，竟然教她說了以下一番話：

西門慶便叫道：「章四兒（如意兒小名）

他去梳籠李桂姐，一次就用了五十兩銀子，還要外加四套衣服等。

淫婦，你是誰的老婆？」婦人道：「我是爹的老婆。」西門慶教與他：「你說是熊旺的老婆，今日屬了我的親達達了。」那婦人回應道：「淫婦原是熊旺的老婆，今日屬了我的親達達了。」

這樣，如意兒即使是一個平凡的奶媽，西門慶也感到情濃樂極，其佔有欲、虛榮心以及暴虐女性的心理得到了出奇的滿足。當然，能刮刺上豔麗上等的太太，並使之同樣低聲下氣，屈體相就，則更能滿足這個暴發戶的貪欲。因此，他雖然千方百計地想佔有「燈人兒」般的王三官和何千戶的娘子沒有來得及成功，但總算也姘上了王三官的母親林太太，並也在她身上燒灸了兩炷香，把「這婦人一段身心」拴縛住了，這當然使他更覺無限歡喜。因為林太太畢竟是個貴夫人，她身居名門，夫家上代乃封過王的巨族，其親家又是炙手可熱的黃太尉，而今也竟然委身於他這樣一個沒有功名的浮浪子弟出身的暴發戶。這對西門慶來說，無疑是使他的貪欲心得到一次非分的滿足。因此，這個淫棍的貪欲，實質上是在精神上的尋求刺激超過了他生理上的衝動！當然，這種心理上的刺激離不開肉體上的追逐。西門慶的確是中國古代小說史上名副其實的第一淫棍。在他的身上，充分暴露了一個市井流氓暴發成惡霸、富商、官僚的醜惡嘴臉。

原欲的衝動與自我的發現——剖析潘金蓮之一

在《金瓶梅》中，西門慶固然是中心人物，但這部書的名字卻是三個女性名字的組合：「金、瓶、梅」。在笑笑生的心目中，恐怕還是把它作為一部「淫婦」列傳來看待的。在諸「淫婦」中，要數潘金蓮最「淫」，故事也最多。小說開頭，就從論「情色」出發，交代了「這一本書」的主要故事，是講潘金蓮這個「好色的婦女」「日日追歡」，最後「不免屍橫刀下」，同時使「貪他的斷送了堂堂六尺之軀」（第一回）。作者要勸誡世人的，無非就是一句話：「萬惡淫為首」。自此之後，潘金蓮似乎就成了古今文學史上最著名的「淫婦」。

潘金蓮之所以被稱為「淫婦」第一，無非是說她不顧社會普遍的道德規範，既在婚外「好偷漢子」，又在家內「霸攔漢子」，性欲亢奮，行為過度，用孫雪娥對她的評價：「說起來比養漢老婆還浪，一夜沒漢子也不成的，背地裏幹的那繭兒，人幹不出，他幹出來。」（第十一回）她的「淫」，固然使她走向「惡」，走向人性的扭曲，走向犯罪的深淵，但我們不難發現：她的原欲的衝動，多少催發了一種主體獨立意識的萌生，使她去極力尋找自我，主宰自己。

潘金蓮的「好偷漢子」出名是從當上武大老婆後開始

端的那世裏晦氣，卻嫁了他，是好苦也。

的。她之所以萌發偷情的念頭，是與她意識到自己的美貌和才幹分不開的。她本來就長得漂亮，不要說西門慶見了她失魂落魄，就是女性見了她也讚歎不已。第九回寫吳月娘定睛觀看她時道：「從頭看到腳，風流往下跑；從腳看到頭，風流往上流。論風流，如水晶盤內走明珠；語態度，似紅杏枝頭籠曉日。看了一回，口中不言，心內暗道：……果然生得標緻，怪不得俺那強人愛他。」更突出的是，她機變伶俐，能說會道，多才多藝，敢作敢為，正如她自己說的：「我是個不戴頭巾的男子漢，叮叮響的婆娘。」（第二回）與她的「風流伶俐」相比，其丈夫武大則猥瑣無能，顯然不般配。於是她強烈地感到：「他烏鴉怎配鸞凰對？……他本是塊頑石，有甚福抱著我羊脂玉體？」「普天世界斷生了男子，何故將奴嫁與這樣個貨？」只是覺得「奴心不美」，「端的那世裏晦氣，卻嫁了他，是好苦也。」應該說，這種「姻緣錯配」是客觀存在。假如她壓抑自我，承認這種客觀的命運，也就罷了。但潘金蓮就是不想忍受社會給她這樣的安排，而要靠微弱個體懵懂地努力去改變目前的局面，於是她「打扮光鮮，只在門前簾兒下站著，常把眉目嘲人，雙睛傳意」，以「好偷漢子」出了名。

不過，小說真正寫到她在張大戶以後想偷與偷到的漢子共有五名：武松、西門慶、琴童、陳經濟、王潮兒。這裏多少表現了她對自我的追求與對命運的抗爭。作為武大的妻子，她第一個看中的是「身材凜凜，相貌堂堂」的武二郎，禁不住心裏尋思：「奴若嫁得這個，胡亂也罷了。」於是她自覺、主動地邀請武二搬來家住，獻盡殷勤，百般挑逗，但想不到這位意中人，認同的是社會群體的道德規範而不是個體的自由意志，不想「敗壞風俗」「傷人倫」（第一回），回答她的是一頓無情的搶白。第二個是得手的西門慶。西門慶給她的第一印象是「風流浮浪，語言甜淨」，臨去時回頭看了她七八遍。她敏銳地感覺到這人對自己「有情」（第二回）。當西門慶在王婆家正式「勾搭」她時，她不失時機地表示「你有心，奴亦有意」（第四回），十分主動、及時地把握自己的命運。她對西門慶說：「奴家又不曾愛你錢財，只愛你可意的冤家，知重知輕性兒乖。」（第八回）假如不論她所愛非人，她所追求的並非完全是「淫」是「惡」，而是對方「可意」的「性兒」。後來作為西門慶的妻子又與其僕人琴童與女婿陳經濟偷情，其動因已不是婚姻不配，而是由於丈夫不專一而使她在精神上與肉體上感到壓抑，以圖報復。她偷琴童，就是因為西門慶一連半個多月在院中「留戀煙花，不想回家」。她在房中「捱一刻似三秋，盼一時如半夏」，盼不到西門慶來家，就「將琴童叫進房」，灌醉了他，「兩個就幹做在一起」（第十二回）。這裏，一切都是出於她的主動與安排。她明明知道西門慶是

西門慶給她的第一印象是「風流浮浪，語言甜淨」。

一個「打老婆的班頭，坑婦女的領袖」（第十七回），但當她一旦為了追求個體的滿足，就「不顧綱常貴賤」，「管甚丈夫利害」，「正是色膽如天怕甚事」（第十二回），獨立地去面對現實。她是勇敢的，但又是盲目的。這只是停留在粗野的性報復與性發洩的層次上，並沒有一絲感情的交流，毫無真善美的內涵，但確實也表現了她的反抗性。至於陳經濟與她，在第十八回初遇時，「猛然一見，不覺心蕩目搖，精魂已失」。作者說他們是「五百年冤家今朝相遇，三十年恩愛一旦遭逢」。當然，他們之間的偷情並不「清美」，談不上有什麼「民主性」，但也並不完全等同於偷琴童和後來「又把王潮兒刮刺上」（第八十六回）那樣，主要出於原始的性欲。假如我們不去追究他們的偷情基礎是什麼，只從潘金蓮獨立、大膽的追求這一點來看的話，她所追求的陳經濟確實沒有辜負她，直到最後，陳經濟還把搬取父親靈柩的事放在腦後，首先想方設法湊上一百兩銀子，向他的「六姐」表示：「一頂轎子，娶到你家去，咱兩個永遠團圓，做上個夫妻。」（第八十六回）因此，從潘金蓮幾次「偷情」的情況看，我們雖然不能排斥這裏存在著一種原始性欲的衝動，不排除在異性浪子誘惑下存在的迷惘和無奈，但無論如何也夾帶著一個女性對自己個體能力和價值的自我認定，並在這基礎上用自己的實踐對客觀社會認同的價值觀念作出否定，努力以自己的意願改變自我

猛然一見，不覺心蕩目搖，精魂已失。

的命運，表現了一種個體主體意識的覺醒。

潘金蓮作為「淫婦」的另一個重要特徵是「霸攔漢子」。這裏不僅是個「欲」的問題，還由於「氣」的驅使。她處在一個妻妾成群、等級分明的家庭裏，明顯地感到地位的不平等。西門慶家裏的小妾，對奴才而言是主子，但在主子之中實為奴才。西門慶稍不愉快，就可以對潘金蓮「趕上踢兩腳」。她與正妻吳月娘口角，西門慶二話不說即站在吳月娘一邊。聰明的孟玉樓勸她：「你我既在簷底下，怎敢不低頭？」潘金蓮再要強，也不得不忍氣吞聲，「插燭也似與月娘磕了四個頭」（第七十六回）。這種不平等，無疑使她在精神上感到壓抑與痛苦，感到「氣不憤」。而與其他眾妾相比，她的排名本在後面，又沒有李瓶兒、孟玉樓那麼多的錢財；就是以色相論，儘管被吳月娘歎為「果然生得標緻」，但其他幾位也並非長得不美，且潘金蓮在翡翠軒裏親耳偷聽到西門慶特愛李瓶兒皮膚白，後來如意兒就評論潘金蓮雖然長得好模樣，但由於「紅白肉色兒」，比起「白淨皮肉兒」的李瓶兒來，只能算是「中中兒的」（第七十五回）；更何況李瓶兒後來又生了個能傳宗接代的兒子。這一切都是潘金蓮在西門慶家裏尋求權利平等、追求出人頭地的障礙。假如她承認這種種不平等，放棄個人應有的人身權利，渾渾噩噩地度過一生，也就罷了。但潘金蓮素來看重自己的人生價值，不願落在人後，這又不能不給她平添了幾分「氣」。而她要平這份「氣」，在這裏顯示出她的人

西門慶稍不愉快，就可以對潘金蓮「趕上踢兩腳」。

西門慶深深地體驗到「這色系子女（絕好），妙不可言」。

生價值，最有效最直接的辦法就是「霸攔漢子」，乃至征服漢子。於是她軟硬兼施，耍盡手段去勾住西門慶的魂。當然，潘金蓮「霸攔漢子」最重要的武器是「好風月」，「到夜裏，枕席魚水歡娛，屈身受辱，無所不至」（第十二回），使西門慶深深地體驗到「這色系子女（絕好），妙不可言」（第四回）。實際上，這也是沒有財產、沒有地位、沒有子女的潘金蓮在妻妾鬥爭的漩渦中能取勝的最重要的本錢，也是投西門慶之好的最佳路徑。潘金蓮就是主要靠它才得寵於西門慶。「婦人雲雨之間，百媚俱生」（第七十二回），雖然並不能從根本上改變她在家庭中的地位，但總算確使西門慶對她最為迷戀，用西門慶的話來說：「怪油嘴，這一家雖是有他們，誰不知我在你身上偏多。」這使潘金蓮在生理上和心理上都得到了滿足，一定程度上實現她所認定的自我價值，同時也使她更加背負了「淫婦」的惡名。

在《金瓶梅》的時代裏，女性主體意識的覺醒是十分艱難的。千百年來，她們長期處於一種依附、從屬的地位，「在家從父，出嫁從夫，夫亡從子」的教條更為沉重地窒息著主體意識的獨立。由於她們的生活範圍受到了限制，愛情、婚姻與家庭就是人生的主要內容，因而在女性主體意識萌動的過程中，情欲無疑是最活躍的催化劑。當她們的情與欲同客觀世界發生矛盾時，往往也就是她們違背社會群體的規範、主體意識覺醒的開始。潘金蓮偷情也好，「霸攔漢子」也好，顯然都是對社會規範的衝擊，與她大膽、積極、主動的自我追求有關。她想越過社會強加在她頭上的種種不公平，而有意識地靠自己去把握自己個體的命運。她憑著自己的聰明與色相，儘管有時小遇挫折，如受到武松的一頓搶白、西門慶的一度冷落，但總體說來還是節節勝利，特別是進入西門慶家後，孫雪娥、宋惠蓮、李瓶兒，一個個障礙被她掃清，就連西門慶實際上最後也成了她的玩物。在《金瓶梅》中，橫行霸道的西門慶把所有的女人當作他洩欲的工具和性虐的對象，唯獨潘金蓮，作為一個女性，同樣把西門慶及其男性當作自己需求的玩物、征服的對象。中國封建社會裏，男女間的性關係早被徹底異化，兩性間往往沒有平等與愛情，女性只是作為性的對象或工具，作為一種客體而存在，難以顯現其主體的自覺。而潘金蓮則不然，不但其性意識強烈而自覺，而且作為一個女性，由此而萌發的個體獨立與自強意識在中國文學史上尚不多見。但在她那個社會，她的主體意識的萌發、個體價值的追求，畢竟還超越不了那個社會的規範。她鎮住丈夫，也只是利用了西門慶人性中的某一弱點，卻不能控制住丈夫的全部。社會所承認的，還是夫為妻綱。西門慶真的一發火，她還得忍氣吞聲，甚至被脫光了衣服乖乖地準備挨馬鞭子。就是在正

武松用一把銳利的尖刀，剖開了這個觸犯了社會普遍認同的禮與法的年青女子的胸膛。

妻吳月娘面前，她也不得不在口頭上承認別人是天，她自己是地。最後也是被正妻抓住了辮子，輕易地逐出了家門，讓武松用一把銳利的尖刀，剖開了這個觸犯了社會普遍認同的禮與法的年青女子的胸膛，挖出了一顆強烈追求個體價值的心，讓讀者感覺到：在晚明這樣一個社會裏，一個主體意識稍有覺醒的青年女子要選擇自己所走的道路，是何等的艱難！在人欲與天理、主體與客體的尖銳衝突中，既難以衝破社會的定勢，又難以克服自我的弱點，等待著她們的往往是悲劇！

原欲的膨脹與人性的扭曲——剖析潘金蓮之二

芸芸眾生，苦海無邊。社會所強加於人的，往往是人性的壓抑；而人性的弱點，又常常失之於人欲的放縱。因此，人生一世，常常在壓抑與放縱之間搖盪，完善而健全的人性難得，扭曲而變態的人性常見。一部寫人的小說，一個傑出的作家，要將人性引向美善，就不僅要暴露人性的壓抑，歌頌自我的覺醒，而且當以適當的筆墨刻露人性的扭曲和變異。況且，人的壓抑與反抗，常常是從人性的扭曲或扭曲的人性出發的。《金瓶梅》是一部寫「惡」的小說，側重於暴露假醜惡來將人們的心靈引向真善美。請看，《金瓶梅》世界中男男女女們的人性大都是扭曲的，而這種扭曲，大都由於情欲的惡性膨脹所造成，小說就把這種扭曲的人性表現得淋漓盡致。

潘金蓮，就是一個由情欲膨脹而人性被扭曲了的典型。她本是一個出身於小裁縫家的天真無邪的女孩子，最後竟成了一個「欲火難禁一丈高」的肉欲狂。這種欲火燒曲了她的人性。為了追求生理上的滿足，她的所有聰明才智都被肉欲轉化成無恥、陰險和狠毒，演出了一幕幕反人性的活劇。從毒殺武大郎，到整死李瓶兒，雖然帶有一點點自我追求、自我反抗的

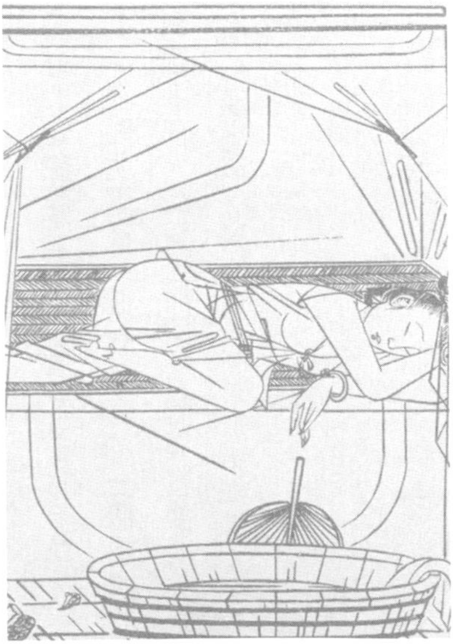

為了與西門慶「長做夫妻」，而親手將砒霜灌進丈夫的喉嚨。

意味，但這種反抗本身帶有反人性的一面，她最終給人的印象無疑是：其人性喪失殆盡，成了一個十足的淫婦，惡的化身。

假如說，從她與張大戶的朝來暮往，到與西門慶的如膠似漆，都有虧於道德的話，那麼，她為了與西門慶「長做夫妻」，而親手將砒霜灌進丈夫的喉嚨，就完全跌進了罪惡的深淵。在整個謀害武大的過程中，她表現得是那麼的鎮定果敢、心狠手辣：當聽見武大來捉姦時，西門慶自知理虧而心怯，「便仆入床下去躲」，她卻「先奔來頂住門」，又激發西門慶來打武大：「你閑常時只好鳥嘴，賣弄殺好拳棒，臨時便沒些用兒，見了個紙老虎兒也嚇一交！」於是讓西門慶開拴打出，飛起一腳，踢倒武大。武大病倒在床上，「要湯不見，要水不見」，她卻每日「濃妝豔抹了出去」，與西門慶「做一處，只指望武大自死」。當武大被灌進了毒藥，她又「怕他掙扎，便跳上床來，騎在武大身上，把手緊緊地按住被角」，終於使丈夫「喘息了一回，腸胃迸斷，嗚呼哀哉」。其心腸之狠毒，其手段之殘忍，令人髮指！私欲的膨脹，使她完全喪失了人性，成了一個不折不扣的罪犯。

毫無疑問，潘金蓮的第一個丈夫死於她的「淫」，而第二個丈夫西門慶同樣是死於她的「淫」。就是她逼著疲憊不堪的西門慶亂飲淫藥，終於使西門慶油枯燈盡，藥不可治。而在西門慶將死之時，她一方面將責任賴得精光，對他毫不關心，甚至連「對天發願」也唯獨她與李嬌兒不肯做，顯得一無情義，而另一方面，到了晚上，還不顧死活地「騎在他上面」，弄得西門慶「死而復蘇者數次」，十足地暴露了這個性虐狂的嘴臉。作者兩次用了「騎在上面」的筆法，大有深意在焉：兩個丈夫雖然走的是兩條不同的路，但都是被潘金蓮的「騎在上面」送上了西天！

潘金蓮的欲火不但燒死了兩個丈夫，同時也使她容不得丈夫身邊的所有女性。爭寵，嫉妒，「霸攔漢子」，乃至想方設法置人於死地。自從她嫁到西門慶家中後，憑著自己的風騷，又施展了賄賂小廝、寫曲道情、送物致意等種種伎倆，很快地掃清爭寵道路上的障礙，李嬌兒、孫雪娥、孟玉樓，乃至吳月娘，都不是她情場上的對手。她的妒忌心理，甚至容不得丈夫與娼妓胡混，與僕婦偷情。她幾乎駕馭住了那個不老實的男人，「寵愛愈深」。然而，正當她春風得意之時，在西門慶的妻妾隊伍中突然冒出了一個有財有色的六娘李瓶兒，竟使她一下子在各方面處於下風。特別是當第二十七回「私語翡翠軒」時，親耳偷聽到西門慶「誇獎李瓶兒身上白淨」和李瓶兒說自己懷有身孕時，她似乎要感到全軍覆沒了。但是，有勇有謀、敢作敢為的潘金蓮絕不甘心於自己的失敗，她立即發起了反擊。

她先加緊美化自己，增強誘惑力。於是，常常暗暗將茉莉花兒蕊兒，攪酥油澱粉，把渾身上下都搽遍了，搽得白膩光滑，異香可掬，引誘西門慶見了愛她，奪走李瓶兒的寵愛（第二十九回）。

她開始對瓶兒冷嘲熱諷，在精神上折磨她。剛聽罷他們私語後，大家湊在一起坐下來，「那潘金蓮放著椅兒不坐，只坐豆青磁涼墩兒。孟玉樓叫道：『五姐，你過這椅兒上坐，那涼墩兒只怕冷。』金蓮道：『不妨事，我老人家不怕冰了胎，怕甚麼？』……那潘金蓮不住在席上只呷冰水或吃生果子。玉樓道：『五姐，你今日怎的只吃生冷？』金蓮笑道：『我老人家肚內沒閒事，怕甚麼冷糕麼？』羞得李瓶兒紅一塊白一塊。」（第二十七回）

她又在漢子和主婦面前挑唆，時時惡言中傷李瓶兒。西門慶要洗臉，她就說：「怪不得你的臉洗的比人家屁股還白」——因為西門慶特別欣賞李瓶兒的白屁股。西門慶要同她胡搞，她就衝著他說：「我不是你那可意的，你來纏我怎的？」（第二十七回）甚至乾脆說：「奴的身上黑，不似李瓶兒的身上白就是了。她懷著孩子，你便輕憐痛惜，俺們是拾兒，由著這等掇弄！」她甚至編造謊言對月娘說：「李瓶兒背地好不說姐姐哩，說姐姐會那等虔婆勢，喬作衙！」平地挑起了吳月娘對瓶兒的惱怒（第五十一回）。

她還到處罵街，發洩私忿，造成聲勢。特別是瓶兒臨產之際，可以說罵不絕口：「一個後婚老婆，漢子不知見過了多少，也一兩個月才生胎，就認做是咱家的孩子？」當小玉抱著吳月娘準備的草紙等臨月用的物品走來時，她又罵道：「一個是大老婆，一個是小老婆，明日兩個對養，十分養不出來，零碎出來也罷！」當孫雪娥慌慌張張來險些絆一跤時，她又挖苦道：「獻勤的小婦奴才！你慢慢走，慌怎的？搶命哩？黑影子絆倒了，磕了牙也是錢！……養下

故意把膽小的孩子「舉得高高的」，嚇得他受了驚。

孩子來，明日賞你這小婦一個紗帽戴！」

但是，不管她怎麼利嘴巧舌，呼風喚雨，對她說來最致命的一刻還是來到了：「良久，只聽房裏呱的一聲養下來了！」生下的就是西門慶唯一的合法繼承人！在那樣一個社會裏，「母以子貴」，李瓶兒的地位從此就更加無法動搖。故潘金蓮聽得「闔家歡喜，亂成一塊，越發怒氣生，走去了房裏，自閉門戶，向床上哭去了」。

她憤怒，她傷心，覺得自己慘敗，簡直走到了盡頭，但這位好強逞能的「女中豪傑」的性格裏絕沒有氣餒的成分。她在痛苦中很快地復蘇過來。從此，她眼看著「西門慶常在她（瓶兒）房宿歇」，就以更瘋狂的忌恨和尖銳的言詞去刺傷瓶兒，去挑撥西門慶與她的關係，而更險惡、更毒辣的一招是抓住了攻擊的關鍵目標——新生的孩子官哥。因為在她看來，瓶兒「生了這個孩子，把漢子調唆的生根也似的」（第五十八回）。因此只有從根本扼殺這一無辜的生命，才能達到剪除瓶兒的目的。

這樣，她就趁瓶兒疏忽之時，故意把膽小的孩子「舉得高高的」，嚇得他受了驚，「發寒潮熱起來」，「奶也不吃，只是哭」。以後又三番兩次地藉故打狗，打丫鬟，「把那狗沒高低只顧打，打的怪叫起來」，丫鬟也被打得「殺豬也似叫」，驚鬧得病孩不得安寧。最後，她訓練了一隻名叫「雪獅子」的貓，平時「用紅絹裹肉，令貓撲而撾食」。一天，這雪獅子正「看見官哥兒在炕上穿著紅衫兒，一動動的頑耍，只當平日哄餵他的肉食一般，猛然望下一跳，撲將官哥兒身上，皆抓破了」。官哥當場被嚇得「倒咽了一口氣，就不言語了，手腳俱被風搐起來」，不久就一命嗚呼了。這對潘金蓮

房裏的丫頭秋菊常常被她毒打

說來是一場關鍵性的勝利，她高興極了。於是抖擻精神，乘勝追擊，指桑罵槐道：「賊淫婦！我只說你日頭常晌午，卻怎的今日也有錯了的時節！你班鳩跌了彈，也嘴答穀了！春凳折了靠背兒，沒得倚了！王婆子賣了磨，推不的了！老鴇子死了粉頭，沒指望了！卻怎的也和我一般！」（第六十回）氣得李瓶兒病上加病，緊接著也離開人世。

潘金蓮這個肉欲狂，她無意斂財，在西門家混了那麼久，最後還是個窮光蛋；她心無情愛，就是對臨死的西門慶也是那麼冷淡，對老娘更是隨意斥罵，甚至將私生子丟進毛司也毫不手軟。她心目中，就是「只要漢子常守著他便好，到人屋裏睡一夜兒，他就氣生氣死」（第五十九回）。由此，她就特別妒忌，「單管咬群兒」（第二十一回）。李瓶兒是被她咬得最慘的一個。第二個就是僕婦宋惠蓮。宋惠蓮曾經一時稍稍得寵於西門慶，她就醋勁大發說：「我若教賊奴才淫婦與西門慶做了第七個老婆，我不是喇嘴說，就把潘字吊過來哩！」結果宋惠蓮夫婦終於被她逼得「男的入官，女的上吊」。還有孫雪娥、李嬌兒、如意兒，乃至吳月娘，都程度不同地吃過她的苦頭，更不要說房裏的丫頭秋菊常常被她毒打、罰跪、指甲掐臉等，當作出氣筒了。潘金蓮的所作所為充分暴露了這個由淫而妒，由妒而卑鄙無恥、陰險毒辣，什麼人間罪惡都做得出來的蕩婦的真面目，人性完全被扭曲。貪欲者如西門慶、陳經濟等不可缺少她，但更多的人是害怕她，痛恨她。李瓶兒臨終前關照懷孕的吳月娘說：「娘到明日好生看養著，與他爹做個根蒂兒。休要似奴心粗，吃人暗算了！」這句話深深地打動了月娘的心。後來潘金蓮終於被月娘抓住把柄，斥賣出去，讓武松割胸剜心，落了個悲慘的下場。

潘金蓮本是個有才有貌的「女強人」，然而，她私欲惡性膨脹，人性被扭曲與泯滅。「淫」，不但使她殘害他人，同時也吞噬了自我，毀滅了人間美好的一切。人是什麼？有人說，一半是野獸，一半是天使。人啊人，如何平衡獸性與理性的法碼，把握個人與社會的關係？笑笑生請潘金蓮來給我們上了這人生難得的一課。

罪在金蓮？罪在社會？——剖析潘金蓮之三

潘金蓮是有罪的。她情欲衝動，催化了她自我意識的覺醒，但遠談不上是一個背叛或反抗那個社會的先知；她情欲的膨脹，人性的扭曲與泯滅，害人又殺人，無疑是有罪的，且罪孽深重，不容諱言。但是，她的情欲為何會惡性膨脹？是誰使她淪為「淫婦」？是誰將她送上了絕路？這些都值得我們深思。

作者在小說開頭，似乎想告訴人們潘金蓮是一個天生的「好色的女子」，「衒色而情放」（第一回）。的確，從表面看，潘金蓮作為武大的妻子與西門私通，作為西門的妻子又與琴童苟且，接著又與經濟勾搭，借王潮兒洩欲，真是一個天生的騷貨。

但仔細看看，似乎情況並不那麼簡單。小說以活生生的事實在告訴人們，像潘金蓮這樣的女人的「淫」，在很大程度上可以說是被有權有勢的男人們逼出來、誘出來的。她本是裁縫的女兒，雖「生得有些顏色」，但應該也天真無邪。可惜九歲那年被賣進了驕奢淫逸的王招宣府，浸染薰陶，將她的天性向淫縱的方向引發。年方十八，正當尋求正常夫婦生活的時候，卻被張大戶「收用」，「美玉無瑕，一朝損壞；珍珠何日，再得完全」？她的貞操觀從此被轟毀了。以

卻被張大戶「收用」

後又被迫嫁給武大郎，張大戶卻仍與她朝來暮往，公開廝會，作為玩物。張大戶一旦身故，她面對著「人物蝟」的丈夫，不免感到「奴心不美」，心裏受到壓抑，處在一種性苦悶中。因此一遇到西門慶的誘惑，馬上上鉤。但西門慶本是一個「玩女人的領袖」，不斷地周旋於妻妾，鬼混於妓院，根本不可能對她有什麼專一的愛情，常使她「粲枕孤幃，鳳臺無伴」，「捱一刻似三秋，盼一時如半夏」，這就難免又使「青春未及三十歲」的她在性壓抑中「不顧綱常貴賤」，與小廝琴童「做在一處」（第十二回）。假如說與琴童、王潮兒之類的勾搭，是在寂寞中的潘金蓮比較主動的話，那麼與陳經濟的私通，就離不開這個「色膽如天」的小女婿的挑逗和誘惑了。因此，潘金蓮性欲的惡性膨脹，人性的畸形扭曲，不能不說與男人們有著密切的關係。男人們的淫，從正面或反面逼著她一步一步地成為被男人們詛咒的「淫婦」。

從正面來看，正是張大戶、西門慶、陳經濟之流的好色貪淫，或逼或誘，直接使潘金蓮失去貞操，紅杏出牆，越來越淫的。小說中的其他女性如宋惠蓮、王六兒、如意兒、賁四嫂等等，無不是淫棍西門慶的獵物，使她們成為這個富商、惡霸、貪官的洩欲的工具，同時也就成了不忠於丈夫的「淫婦」。所以《金瓶梅》的「說淫話」，歸根到底，正如張竹坡所指出，實在「深罪西門」。

從反面來看，西門慶之流的淫，整日價在外面鬼混，冷落或中斷了夫婦間的正常性生活，使女性常常處於一種性的饑渴與壓抑的狀態中，也就不是把她們逼出了病（如第十七回李瓶兒得「鬼交之病」），就是將她們逼向了淫。小說中的金、瓶、梅在這一點上，都被作者用濃墨重彩寫得活靈活現，無可辯駁。潘金蓮因丈夫留戀妓女而與琴童苟且，李瓶兒因長期被太監霸佔而貪西門慶是「醫奴的藥」，春梅因周統制「逐日理會軍情」，「房幃色欲之事，久不沾身」而「欲火燒心」（第九十九、一百回）。在這裏，都清楚地表現了性壓抑就是性放縱的前奏，金、瓶、梅無不如此！而使女性們受壓抑的罪魁禍首，即是主宰著她們的丈夫。當然，不可否認女性每個個體的生理基礎、出身經歷、道德觀念等各個不同，在她們成為「淫婦」的道路上不能完全排除她們個人的因素，《金瓶梅》也力圖想說明像潘金蓮之流生性就淫，欲火亢進，甚至還夾帶著一些當時社會普遍流行的「女禍論」的陰影，但這部小說的偉大之處，還是用生活般的事實而不是說教告訴人們：正是那些主宰著女人命運而又不希望女人成為「淫婦」的男人，恰恰是使女人成為「淫婦」的真正罪人！

再看潘金蓮的死，是不是死於有罪，罪有應得？小說所交代的是，潘金蓮死在武松的刀下。武松之所以要殺死金蓮，完全是為了替兄長報仇。他的兄長就是被潘金蓮勾結情夫毒死的。「謀殺親夫」這個罪名，不論是在明代還是在現在，在東方還是在西方，恐怕都為刑法所不容。從這個意義上看，潘金蓮的死是罪有應得。但問題在於她為什麼會走上「謀殺親夫」這條道路？這當然與當時社會的制度、傳統的道德大有關係。男女不平等的法律與思想，無疑阻隔了女性追求愛情自由的道路。在明代，男性自親王至庶人，皆有權娶妾，而妻妾不得事二夫，違者以奸論。潘金蓮憎嫌丈夫，而「和西門慶做一處，恩情似漆，心意如膠」（第四回）。她對西門慶說：「奴家又不曾愛你錢財，只愛你可意的冤家，知重知輕性兒乖。」（第八回）這從她的角度來看，似乎也是在追求一種「靈與肉」相結合的婚姻。但當時的法律與道德都不允許她有外遇，不允許她有自由的追求，於是一旦事情敗露，就鋌而走險。從這一點來看，也可以說是罪在社會。於是，從「五四」以來，不時會看到人們對潘金蓮充滿同情，一時間將她與安娜・卡列尼娜，乃至茱麗葉等相提並論。這種同情無疑是用現代的意識來觀照古代的結果。但是，假如我們同樣用現代的意識來從另一方面考察的話，她與西門慶的偷情與謀殺，畢竟是一己之肉欲惡性膨脹的結果。她自恃「有些顏色，所稟伶俐」，丈夫配不上，卻不曾有過掙脫這個不美滿婚姻鎖鏈的表示和舉動，而只是一味地「好偷漢子」，「勾引」那些風流子弟（第一回）。男性在當時有權娶三妻四妾固然醜惡，那女性事二夫三夫就是美事嗎？當西門慶「十挨光」第一次捏她腳時，她清楚地知道這是在「勾搭我」而並非是什麼愛情。其實，武大還是比較寬容的。他挨了一腳，躺倒在床上，只是希望潘金蓮「可憐我」，「扶得我好了」，以後就「都不提起」（第五回）。可是潘金蓮一味追求的是與西門慶「二人在房內，顛鸞倒鳳，似水如魚，取樂歡娛」，以致「貪歡不管生和死」（第六回），把丈夫活活地毒死。她個人

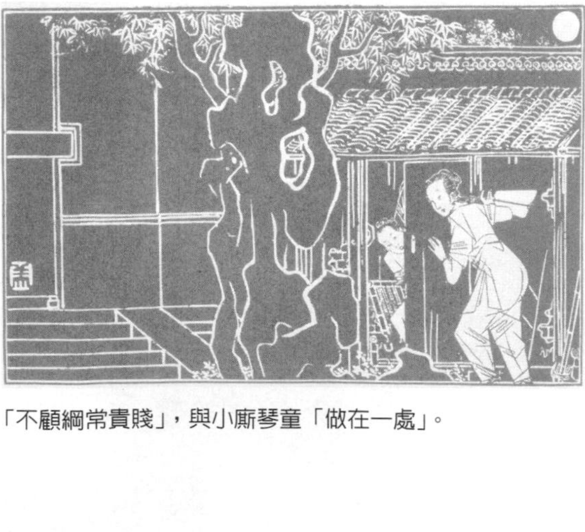

「不顧綱常貴賤」，與小廝琴童「做在一處」。

的私欲得到滿足了，但這是以他人的生存權作為代價的。明代後期，鼓吹人欲，張揚個性，對封建禮法發動衝擊，自有它的積極意義，但凡事過了頭，完全不顧任何一個正常社會所必須維護的正常秩序，也必然為社會所不容。因此，潘金蓮之死，是「淫」與「法」衝突的結果。既不能把一切歸結為她的「淫」，也不能盲目地同情她的「淫」。她的死，社會有責任，她個人同樣也有責任。社會不能超越不平的禮法，她個人也不能克服人性中的弱點。在膨脹的私欲與社會的法制的嚴重衝突中，這個似花如玉的青年女子就不可避免地成為刀下之鬼。

悲哉金蓮，罪由私欲的膨脹；悲哉社會，罪在禮法的不平。個人的欲與社會的法，什麼時候才能擺平？什麼時候才能和諧？

造孽情癡李瓶兒

李瓶兒是《金瓶梅》「淫婦」列傳中的第二號人物，是作者用來與潘金蓮對比、「抗衡」的主要角色。

她同潘金蓮相近的是：長得漂亮，生性貪淫，因淫作孽。她長著「細彎彎兩道眉兒，且自白淨」，「身軟如棉花，瓜子一般好風月」。可是命運安排她的是，先嫁給「夫人性甚嫉妒」的梁中書為妾，「只在外邊書房內住」；後來名義上嫁給了花子虛，但實際上「和他另一間房裏睡著」，而被其叔公花太監霸佔；再嫁給蔣竹山，蔣又是個「中看不中吃蠟槍頭、死王八」。她「好風月」，但在風月場上遲遲得不到滿足，直到遇著了西門慶的「狂風驟雨」，才深深地感到滿意。她狂熱、癡情地追求西門慶，一而再再而三地罄其所有來倒貼他、巴結他，而另一方面則對自己的前後兩個丈夫心狠手辣，可以說與潘金蓮毒死武大郎異曲同工，同樣犯下了深罪惡孽。因此，作者從這一角度出發，把她打入「淫婦」之列，是一點也不冤枉她的。

然而，李瓶兒與潘金蓮畢竟不同。她們經歷不同，地位不同，性格不同，最後的結局也不同。裁縫之女潘金蓮出身比較低微，先前的經歷主要在社會下層。而李瓶兒先與堂堂

直到遇著了西門慶的「狂風驟雨」，才深深地感到滿意。

蔡太師女婿、大名府梁中書為妾，後來出逃時，竟能「帶了一百顆西洋大珠，二兩重一對鴉青寶石」；再嫁給花家，其花太監乃「御前班直，升廣南鎮守」，家中有的是錢財寶物。顯然，李瓶兒是一個沉浮在較高級社會層次，比較見過大世面的女人。當潘金蓮第一次查明西門與瓶兒「弄了鬼兒」而發作時，西門慶就拿了一對壽字簪兒塞給金蓮，說是瓶兒給她的禮物。這在瓶兒說來只是件小小的玩意兒，而「金蓮接在手內觀看，卻是兩根番紋低板石青填地金玲瓏壽字簪兒，乃御前所製造，宮裏出來的，甚是奇巧」，一下子把她的妒氣沖到九霄雲外，變得「滿心歡喜」，後來她戴在頭上，使西門家的女人們都大開眼界，羨慕不已。李瓶兒憑藉她壓倒眾妾的富有、天生的白嫩軟綿，以及為丈夫生了個傳宗接代的寶貝，自然成了西門慶最寵愛的女人；同時也使她成為一心想獨霸漢子的潘金蓮的眼中釘、肉中刺。因此，儘管李瓶兒嫁去時，開始把潘金蓮當作好人，要求與她住在一起，說「奴捨不得她，好個人兒」。以後則處處小心忍讓，但都無濟於事。一場殘酷的鬥爭勢在難免。

在這場鬥爭中，瓶兒顯然不是金蓮的對手。瓶兒之所以失敗，其原因之一是，先前作的孽給了她沉重的精神負擔，壓垮了她的心靈。她不像潘金蓮那樣，殺了人，作了孽，一轉眼就被新的追逐和歡笑沖得無影無蹤，在良心上留不下絲毫瘢痕。她內向、深沉，進西門家後的新的生活，儘管使她指望「團圓幾年」，「做夫妻一場」，但花子虛的陰影一直縈繞在她的腦際，她自覺心虧，難免心驚膽顫。她做夢「見花子虛從前門外來，身穿白衣，恰活時一般……厲聲罵道：『潑賊淫婦，你如何抵盜我財物與西門慶！如今我告你去也！』」她一手扯住他衣袖，央及道：「好哥哥，你饒我恕我則個！」（第五十九回）這場夢境正真實地反映了她精神上的痛苦。後來，在官哥夭折、自己病重期間，恍恍惚惚、幾次三番覺得花子虛來同她算賬。她感到罪孽深重，沉重的精神負擔早把她的精神壓垮了。

金蓮接在手內觀看，卻是兩根番紋低板石青填地金玲瓏壽字簪兒，乃御前所製造，宮裏出來的，甚是奇巧。

失敗的原因之二是，她懦弱、忍讓、無能、簡單。李瓶兒「稟性柔婉」。吳月娘說她「好個溫克性兒」，西門慶讚她「好性兒，有仁義」，連僕人小廝都說「性格兒這一家子都不如他，又有謙讓，又和氣」。然而，她生活在一個恨不得你吃了我、我吃了你的環境裏，特別是面對著一個伶嘴俐牙、工於心計、陰險毒辣、步步進逼的潘金蓮，有什麼「仁義」可言？那種溫良、謙讓實際就是軟弱、無能的代名詞，它最多只能得到周圍一些人的同情，但這種同情又有多少實際的價值呢？人們往往囿於自己私利，有多少人挺身為仁者仗義？包括那個口口聲聲說她好的一家之主西門慶，也不敢怎麼去得罪強悍的潘金蓮，而對瓶兒卻乘其軟弱不顧其身體情況硬要發洩獸欲，終於引發和加重了她的「血崩」症。軟弱的瓶兒，咽著淚，一天不如一天。她被潘金蓮欺負了也不敢向西門慶吐露一聲。這個原來一心貪圖床間「醫奴的藥」的「淫婦」，到如今為了少挨金蓮的罵，少受隔壁的氣，不得一次又一次地攛漢子到五娘房裏去。第六十一回寫她又一次硬把西門慶推到潘金蓮那邊睡去後，忍不住傷心地哭了。「這瓶兒起來，坐在床上，迎春伺候他吃藥。拿起那藥來，止不住撲簌簌從香腮邊滾下淚來，長吁了一口氣，方才吃那盞藥。正是「心中無限傷心事，付與黃鸝叫幾聲。」一切的一切都完了，她深感到自己無力挽回這悲慘的結局，等待著她的只能是：無可奈何花落去。

李瓶兒死了。她不像那個強橫的潘金蓮死於刀下，而是死得那麼淒淒慘慘、纏綿動人。臨死前，她把身邊的貼身丫頭迎春、繡春，奶子如意兒，一一安排妥帖，就是從小跟她而如今攀附新人的馮媽媽，趕來沾便宜的王姑子，乃至久已不來的乾女兒吳銀兒，都留下了紀念物品及銀兩。請看她囑咐迎春、繡春道：「你兩個也是從小兒在我手裏答應一場，我今死去，也顧不得你每了。你每衣服，都是有的，不消與你了，我每人與你這兩對金裏頭簪兒，兩枝金花兒，做一念兒。那大丫頭迎春，已是他爹收用過的，出不去了，我教與你大娘房裏拘管著。這小丫頭繡春，我教你大娘尋家兒人家，你出身去里，省得觀眉說眼，在這屋裏教人罵沒主子的奴才。我死了，就見樣兒來了。你

以及為丈夫生了個傳宗接代的寶貝，自然成了西門慶最寵愛的女人。

伏侍別人，還像在我手裏，那等撒嬌撒癡，好也罷，歹也罷了，誰人容得你！」那繡春跪在地下，哭道：「我娘，我就死也不出這個門。」李瓶兒道：「你看傻丫頭，我死了，你在這屋裏伏侍誰？」繡春道：「我守著娘的靈。」李瓶兒道：「就是我的靈，供養不久也有個燒的日子，你少不得也還出去。……那迎春聽見李瓶兒囑咐他，接了首飾，一面哭的言語說不出來，正是：流淚眼觀流淚眼，斷腸人送斷腸人。」人之將死，其言亦哀。這是多麼令人心酸的充滿著人情味的一幕啊！

她做夢見花子虛從前門外來

是的，李瓶兒不像潘金蓮那樣無情無義。她是重情的。李瓶兒追求西門慶的基礎儘管只是生理上的滿足，但她一旦嫁給西門慶後，其愛情是專一、真誠的。她病重時同西門慶的幾段對話，都是動人肺腑的。最後一夜，她用那「銀條似」的雙手摟抱西門慶的脖子，嗚嗚咽咽，悲哭半日，哭不出聲，說道：「『我的哥哥，奴承望和你並頭相守，誰知奴家今日死去也。趁奴不閉眼，我和你說幾句話兒。你家事大，孤身無靠，又沒幫手，凡事斟酌，休要那一沖性兒。……今後也少要往那裏去吃酒，早些兒來家，你家事要緊，比不的有奴在，還早晚勸你，奴若死了，誰肯只顧的苦口說你。』西門慶聽了，如刀剜心肝相似，哭道：『我的姐姐，你所言我知道，你休掛慮我了。我西門慶那世裏絕緣短幸，今世裏與你夫妻不到頭，疼殺我也，天殺我也。』」李瓶兒死後，西門慶「哭了又哭，把聲都呼啞了。口口聲聲只叫：我的好性兒、有仁義的姐姐！」人非木石，孰能無情？這個「打老婆的班頭，降婦女的領袖」，實在被李瓶兒的真情所感動了！

欲海茫茫。李瓶兒因欲作孽，最後以孽死；欲又生情，真情能動人。這個曾經摧殘別人而最後又被別人逼死的女人，究竟給人以憐，還是恨？

婢作夫人龐春梅

金、瓶、梅三人中最後一名為龐春梅。

春梅，在西門家中只是一個被「收用」過了的奴婢。論地位之重要，顯然不能與吳月娘等妻妾相比；數筆墨的多少，在前半部也並不佔相當的篇幅；就是寫她與主人公西門慶之間的「淫」，也多用隱筆、簡筆，遠不能與金蓮、瓶兒以及王六兒、林太太、宋惠蓮等相比。可是，作者竟把她題於書名，序列第三，這裏的奧妙究竟何在呢？

這與作者的全書構思有關。《金瓶梅》是一部「以淫說法」的小說，作者就是從「淫」字著手，將腐爛透頂的封建社會進行無情的解剖。淫棍西門慶，當然是著重開刀的毒瘤。與之相應的，對於淫婦們的批判，也是作者的注意所在。東吳弄珠客曰：「諸婦多矣，而獨以潘金蓮、李瓶兒、春梅命名者，亦楚檮杌之意也。蓋金蓮以奸死，瓶兒以孽死，春梅以淫死，較諸婦為更慘耳。」（《金瓶梅序》）其實，金蓮、瓶兒歸根到底也是「以淫死」，而如宋惠蓮、孫雪娥等也不能說死得不慘。然而，真正直接死於「淫」的，確實只春梅一個。她一生追求的就是「人生在世，且風流了一日是一日」（第八十五回）。西門慶有意要「收用」她，她二話沒說就被「收用」了（第十回）；後來，潘金蓮又叫她「和你姐夫睡一睡」，她也二話不說就脫下湘裙，讓陳經濟「受用」了（第八十二

西門慶手執馬鞭，審問脫得赤條條跪在地上的潘金蓮時，春梅「坐在西門慶懷裏」，「撒嬌撒癡」地編造了一套謊言。

回）。再後來在守備府裏，又「難禁獨眠孤枕，欲火燒心」，與一個個男人濫交。她不死於刀下、繩上、病中，而是「淫欲過度」，嗚呼哀哉在姘夫身上。她的死正可以說是後來者居上，更直接鮮明地表達了作者「懲淫」的主旨。同時，春梅與陳經濟作為映襯西門家衰敗景況而存在的兩個「後起之秀」，是後半部分故事展開的中心人物。她在某種意義上可以說是全書的總結性人物。她的死，象徵著金、瓶、梅類的淫婦們死了，西門慶家死了，以淫為首的萬惡社會必將趨向死亡。

春梅不僅是全書布局上的一個重要籌碼，而且也是一個有個性的形象。聰明、高傲、逞強、潑辣，一心想改變自己的地位，躋進妻妾的行列，而始終深深地打著一個奴才的印記。作者在第十回中介紹她時說：「性聰慧，喜謔浪，善應對，生的有幾分顏色。」就憑著這些，色鬼「西門慶甚是寵他」，「收用了這妮子」。自此，她得了潘金蓮的抬舉，「只叫他在房中，鋪床疊被，遞茶水、衣服、首飾」，做些輕活細活，並且還「揀心愛的與他，纏的兩隻腳小小的」，立即成了一個身分特殊的丫頭。她感恩報恩，馬上為潘金蓮出死力。首先，她為潘金蓮爭寵而向孫雪娥開刀時打響了第一槍。孫雪娥本來在妻妾中位居第四，在潘金蓮之前，但由於她出身低賤，又長得稍遜色，所以不甚得寵，只居一個「炊事長」的位置，連春梅也不把她放在眼裏，新來乍到的潘金蓮要在西門家樹立威勢，孫雪娥無疑是最易攻破的一個。於是春梅故意向孫雪娥尋釁，然後與金蓮合謀激怒西門慶三打孫雪娥，由此，潘金蓮「要一奉十，寵愛愈深」，在西門家裏穩住了陣腳。接著，春梅又為潘金蓮隱瞞姦情立了一大功。當西門慶惡狠狠地手執馬鞭子，審問脫得赤條條跪在地上的潘金蓮時，就靠春梅「坐在西門慶懷裏」，「撒嬌撒癡」地編造了一套謊言，「幾句話把西門慶說的一聲兒不言語，丟了馬鞭子，一面教金蓮起來，穿上衣服，（一面）分付秋菊看菜兒，放桌兒吃酒」，一場兇險化成了歡樂。後來，潘金蓮在打擊、陷害宋惠蓮、李瓶兒、如意兒的整個過程中，春梅始終是她的得力助手。她們沆瀣一氣，狼狽為奸，合夥霸攬漢子，共同興風作浪，乃至做出了一起與女婿陳經濟偷情的勾當。就這樣，春梅一方面得到一家之主西門慶的寵愛，另一方面又是橫行霸道的潘金蓮的親黨，於是就傲氣十足，自命不凡，非一般奴婢僕婦所比了。

但是，她並不滿足這樣一種畢竟是奴才的地位，她渴望能正式加入主子的行列。為了達到這種目標，她也頗費了一些心計。第二十二回罵李銘的一齣表演就頗為精采。本來，樂工李銘是妓院出身的二房太太李嬌兒的弟弟，西門請他來教春梅、迎春、玉簫、蘭香四個丫鬟學琵琶、箏、弦子、月琴。這種環境裏的青年男女在一起時打情罵俏也是常事。一天，迎春等三個丫鬟與李銘一起廝混，「你推我，我打你，頑在一塊」，「狂的有些褶兒」。後來，她們出去鬧了，剩下春梅一個，李銘教她演琵琶時，把她手拿起，略按重了些，這春梅就假裝正經，怪叫起來，千王八、萬王八地把他罵了個狗血噴頭：

好賊王八！你怎的撚我的手？調戲我？賊少死的王八！你還不知道我是誰呢？一日好酒好肉，越發養的那王八靈聖兒出來了！平白撚我手的來了！賊王八！你錯下這個鍬撅了！你問聲兒去，我手裏你來弄鬼？等來家等我說了，把你這王八一條棍攆的離門離户！沒你這王八，學不成唱了？愁本司三院尋不出王八來？撅臭了你這王八了！

直嚇得李銘抱頭鼠竄。她還一路罵給潘金蓮、孟玉樓、李瓶兒、宋惠蓮等人聽，又指責「都是玉簫和他每只顧頑，笑成一塊」，鬧得個天翻地覆。這一下，不僅僅罵走了一個李銘，打擊了迎春、玉簫、蘭香，而且還大大抬高了她的聲價。正如作者所說：「不意李銘遭譴斥，春梅聲價競天高。」特別是到後來，吳神仙來算命，她也能在眾妻妾、女兒之中挨上一腳，而且相得特別好：「必得貴夫而生子」，「三九定然封贈」。她聽後得意忘形，竟對西門慶說：「凡人不可貌相，海水不可斗量。……莫不長遠只在你家做奴才罷？」她已自認為不是奴才的料子了。以後，她總要為自己的「名位」爭一口氣，撒嬌，搭架子，露出一副驕心傲骨。有一回，西門慶請

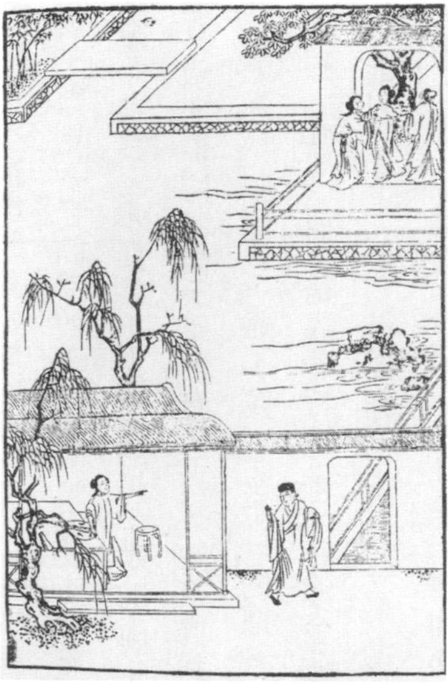

這春梅就假裝正經，怪叫起來，千王八、萬王八地把他罵了個狗血噴頭，直嚇得李銘抱頭鼠竄。

她喝酒，她硬說「心裏不待吃」，就是不喝；再勸喝口茶，她也似有如無地呷了一口，不當一回事（第三十四回）。西門慶要請眾官娘子的客，叫她遞酒，她見妻妾們都做了新衣服，就使性兒起來，說自己像「燒糊了卷子一般」，硬要西門慶答應多做幾件衣裳，才喜歡起來，滿足了她的虛榮心（第四十一回）。可惜的是西門慶死得早，沒來得及讓她升級。但總算皇天不負有心人，她被賣到周守備家後，憑著她的「好模樣兒，乖覺伶俐」，終於爬上「夫人」的位置，過了做「主子」的癮。

卑劣的奴才做了主子，比一般的主子對奴才更兇狠。當她還只是靠著特殊身分在潘金蓮手下當「假主子」的時候，就對「下人」心狠手辣。大肆辱罵「賊王八」李銘、「瞎淫婦」申二姐，就可見一斑；尤其是對待同房裏的丫頭秋菊，她左一個「奴才」，右一個「奴才」，總是擺著主子的架勢虐待她，甚至比真正主子的手段還殘忍。第二十九回寫金蓮責怪秋菊拿了涼酒來，叫春梅每邊臉上打她十個嘴巴，春梅卻說：「皮臉沒的打污濁了我手，娘，只教她頂著塊大石頭跪著！」於是不由分說，把秋菊拉到院子裏，在烈日下頂著塊大石頭跪著。後來她真的做了周家夫人，為了剜掉孫雪娥這個「眼前瘡」，硬找岔子，要剝掉她衣裳，打三十大棍。人家橫勸豎勸，免褪她的小衣，可是春梅尋死覓活，大耍無賴，堅持把孫雪娥脫光了打得皮開肉綻，再賣給娼門。可見春梅心性之毒辣，比金蓮有過之無不

把秋菊拉到院子裏，在烈日下頂著塊大石頭跪著。

及！

不過，奴才畢竟是奴才，不因為她地位的改變而抹掉了其奴性。她對「下人」的殘虐，正是小人得志、奴才逞威的表現。而在主人面前，她從來是奴顏婢膝。我們且不談她在西門慶、潘金蓮乃至周守備前的邀寵，就從她對吳月娘的態度來看吧。春梅原是月娘房中的丫頭，後來才調到金蓮那裏的，因而她對月娘是特別尊敬的，更何況月娘是一家的主婦！月娘遣走她時，頗為刻薄，「教她罄身兒出來」，衣服都留下；後來，形勢又有了變化，月娘迅速衰敗，春梅卻貴為夫人。此時，雙方相見，春梅仍一如既往：

吳月娘與孟玉樓、吳大妗子推阻不過，只得出來。春梅一見便道：「原來是二位娘與大妗子！」於是先讓大妗子轉上，花枝招展，磕下頭去。慌的大妗子還禮不迭，說道：「姐姐，今非昔比，折殺老身！」春梅道：「好大妗子，如何說這話，奴不是那樣人。尊卑上下，自然之理。」拜了大妗子，然後向月娘插燭也似磕頭去。月娘、玉樓亦欲還禮，春梅那裏肯，扶起磕了四個頭，說：「不知是娘兒們在這裏，早知也請出來相見。」月娘道：「姐姐，你自從出了家門，在府中一向奴多缺禮，沒曾看你。你休怪！」春梅道：「好奶奶，奴那裏出身，豈敢說怪？」

在這裏，人們多責月娘情性之薄，讚春梅度量之大。其實，月娘過去在發現春梅姦情的氣頭上，對她嚴厲處裁，也是情理之中。而春梅現在對於月娘的尊重，完全是出於「尊卑上下」之理。「奴那裏出身，豈敢作怪？」一句話露出了她的本性：骨子裏還是一個奴才！

克盡婦道吳月娘

吳月娘是西門慶的正妻，一家的主婦，也是貫串始終的重要人物。

然而，她又是歷來《金瓶梅》人物評價中分歧最大的一個形象。崇禎本批評她具「聖人之心」，是一個「可敬」的賢德之婦（第六十一回）；而清代的張竹坡一反常態，效金聖歎攻擊宋江的故伎，處處指摘她奸詐、貪婪、愚頑及縱容丈夫做壞事等等，竟論作全書中最壞的一個女人。時至今日，不少人還是把她看作是「一個陰險人物，只是披了一張假正經的畫皮而已」。

吳月娘究竟何許人也？我覺得在分析她時必須把作者創作的主觀意圖與後人的客觀認識區別開來。在作者心目中，吳月娘無疑是一個用來與「淫婦」們作對比的符合封建道德規範的「恁般賢淑的婦人」（第十八回）。這在小說的最後結尾處表現得最清楚不過了：「……月娘到老，壽年七十歲，善終而亡，此皆平日好善看經之報也。有詩為證：……樓月善良終有壽，瓶梅淫佚早歸泉；可怪金蓮遭惡報，遺臭千年作話傳。」這一回，作者還通過普靜師父的嘴說，她之所以有一個兒子，也是「平日一點善根所種」。顯然，作者對她的蓋棺論定是「善良」的。

吳月娘的善良、賢慧，固然與她「稟性溫柔」有關，更重要的是由於這個出身於吳千戶家的小姐，深受了封建道德的薰陶，處處用三從四德來束縛自己。以順為正，克盡婦道，就是她的忠實信條。有一次，由於潘金蓮的挑唆，她與西門慶一時不說話。這時，她的弟弟來勸她說：「你若這等，把你從前一場好都沒了！自古癡人畏婦，賢女畏夫，三從四德，乃婦道之常。今後姐姐，他行事，你休攔他……才顯出你賢德來。」這就從側面反映了她所接受的家教。在這種家教下，她作為西門慶明媒正娶的妻子，必然將忠於丈夫、順從丈夫作為生活的基點，從中顯示出這個溫柔女子的持重，寬厚、善良、貞潔的賢德來。

她忠於丈夫，首先表現在私生活上無懈可擊。在西門家裏，淫氣沖天，人欲橫流，而她足不出門，目不邪視，舉止穩重，品格端莊，猶如一株出污泥而不染的芙蓉，潔身自香。西門慶死後，她也一再擺脫別人的引誘與威逼，保清白於最後。這不但與眾淫婦形成了鮮明對比，而且與三醮的孟玉樓也有區別。她幫助西門慶主持內政，忠誠其事，處事公正。與五妾相處，不妒不驕，「一回家，好娘兒們親親噠噠說話兒」（第六十四回），受到大家的敬重。就是潘金蓮，在她面前也會感到有一種邪不勝正的壓抑感。吳月娘為了西門慶「早見嗣息，以為終身之計」，乃吃齋祈天，誠心祝願。後來，儘管李瓶兒先得子，她也

為了西門慶「早見嗣息，以為終身之計」，乃吃齋祈天，誠心祝願。

關懷備至，視同己出。這一切都出於對丈夫的忠誠，不失為一個賢淑大婦的身分。

那麼，何以謂月娘「奸險」呢？有人說，她讓女婿陳經濟出入內閨，是謂「引賊入室」；她為求子而焚香禱天，是故施巧計；諸如此類，可以說不是硬加罪名，就是無中生有。事實上，真要數月娘罪行的話，主要就是張竹坡說的這一點：

若夫西門慶殺人之夫，劫人之妻，此真盜賊之行也，其夫為盜賊之行，而其妻不涕泣而告之，乃依違其間，視為路人，休戚不相關，而是以為好好先生為賢，其為心尚可問哉？

特別是西門慶拐騙李瓶兒的財物時，她還出主意：「那箱籠東西，若從大門裏來，教兩邊街坊看著不惹眼？必須如此如此：夜晚打牆上過來，方才隱密些。」後來，就是照這個法兒辦，而且由吳月娘親自領頭接運，運來的財物又藏在月娘房裏。從這件事看，確實可以給吳月娘安上個助紂為虐的罪名。

不過，細細考察，本性善良的吳月娘對西門慶的「盜賊之行」並非事事慫恿或不聞不問，時或也有所規勸。第二十一回寫月娘祈天時，就擔心「夫主流戀煙花」，希望他「棄卻繁華」，西門慶聽後一時十分感動，說「我西門一時昏昧，不聽你之良言，辜負你的好意，正是有眼不識荊山玉……」（崇禎本為了突出這一點，在第一回就加了一段正面規勸西門慶少與應伯爵一干人去鬼混的話）。再如西門慶將無辜的來旺解官時，月娘也曾「再三將言勸解」：「奴才無禮，家中處分他便了，好要拉剌剌出去，驚官動府做甚麼？」西門不聽勸解，她出來大發牢騷，罵丈夫「恁沒道理，昏君行貨」，「賊強人他吃了迷魂湯了，俺每說話不中聽」！就是盜運花子虛家財物及圖謀李瓶兒一事，她也曾苦口婆心地規勸過。請看第二十回當她聽說西門慶為討好潘金蓮而罵她「不賢良的淫婦」時的發作：

他背地對人罵我不賢良的淫婦，我怎的不賢良的來？……自古道：順情說好話，干直惹人嫌。我當初大說攔你，也只為好來。你既收了他許多東西，又買了房子，今日又圖謀他老婆，就著官兒也看喬了。何況他孝服不滿，你不好娶他。……他自吃人在他根前那等花麗狐哨，喬龍畫虎的，兩面刀哄他，就是千好萬好了。似俺每這等依老實，苦口良言，著他理你理兒！你到如今，反被為仇。正是前車倒了千千輛，後車倒了亦如然。分明指與平川路，錯把忠言當惡言。

可見，吳月娘並非一味助紂為虐，不作勸告，而是往往勸了「不中聽」，甚至「當惡言」，還要給她戴上一頂「不賢良的淫婦」的帽子。她感到委曲，感到懊惱，但在那個「夫為妻綱」的社會裏有什麼辦法呢？為了博得「賢良」的美名，不能不順從，順從，再順從！因此，可以說，吳月娘的助紂為虐之行，並不是出於她的本性的表現，而是屈服於「婦道」的產品。她的惡，完全是封建禮教逼出來的，是封建禮教三從四德之惡。

至於說吳月娘奸詐，也有點冤枉。在《金瓶梅》的娘兒們中，要數李瓶兒和她最老實，不機敏。她常常忍不住氣當面罵人，或者中人家的圈套，上別人的當。比如第八十一回寫來保送迎春、玉簫給翟謙，不但路上姦了這兩個女孩，而且將賞得的兩錠元寶回家時克扣了一錠，還將言語恐嚇月娘。月娘不知是真，甚是感他不盡，打發他酒饌吃了，又拿了一匹緞子與他妻子做衣服穿。在這裏，正如崇禎本所批：「月娘若呆，終不失為好人。」她鬥敗陰險、潑辣的潘金蓮，並不是因為她的奸險勝過潘金蓮，而完全是靠她正妻的地位、貞潔的歷史、當時的公理，堂堂正正地將潘金蓮壓服。如第七十五回潘金蓮撒潑，坐在地下打滾，自打嘴巴，鬆散頭髮，大哭大鬧，也無濟於事，因為潘金蓮畢竟低人一等，不清不白，毫無道理。最後金、梅被斥賣，也完全是她們自作自受，並不是吳月娘施行了什麼陰謀詭計的結果。這正如她識破姦情時斥責金蓮所說的：「六姐，今後再休這般沒廉恥！你我如今是寡婦，比不的有漢子。香噴噴在家裏，臭烘烘在外頭，盆兒罐兒都有耳朵！……我今日說過，要你自家立志，替漢子爭氣！」作為一個正統的大婦，要守住丈夫留下的一切，她是絕不容許潘金蓮敗壞門庭，而不得不採取這樣的斷然措施。

吳月娘就是這樣一個符合封建道德規範的賢良正妻，是作者賴以平衡眾多「淫婦」的「正面形

她讓女婿陳經濟出入內閨，是謂「引賊入室」。

象」。然而，由於她的「正面」的實質是「順從」，「順從」的對象又是一個西門慶！於是乎，在今天看來，其「正面」意義又有幾何呢？

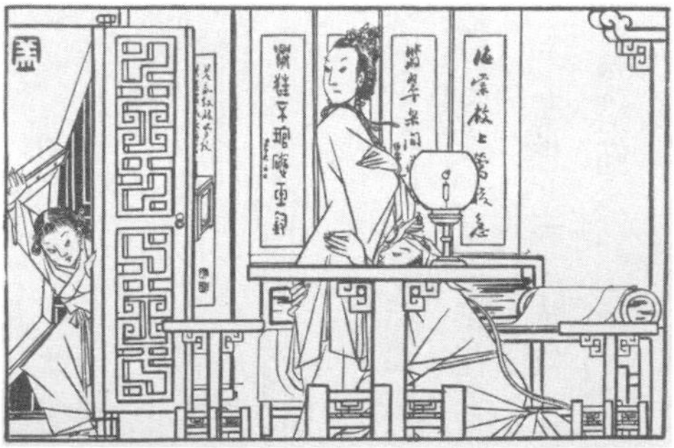

「我西門一時昏昧，不聽你之良言，辜負你的好意，正是有眼不識荊山玉……」

『真正美人』孟玉樓

偷情的金、瓶、梅們一個個走向了絕路，但世上偷情的並非只有一條死路。這正如《初刻拍案驚奇》卷三十四《聞人生野戰翠浮庵，靜觀尼晝錦黃沙弄》開頭所說的：「怎麼今世上也有偷期的倒成了正果?也有奸騙的到底無事，怎見得個個死於非命？」她們沒有死於非命，倒不是因為所謂前緣所定，從《金瓶梅》來看，有三類「淫婦」沒有斷送了性命：一如王六兒，她乾脆蔑禮無法，公開與丈夫合謀「借色生財」，倒也活得很實惠，又很輕鬆；二如林太太，偷偷摸摸地躲在禮法的背後，「好不幹的細密」，仍然不失為尊貴的夫人；三如如意兒、賁四嫂等的淫，儘管也有違於禮法，但順從於權勢。中國的禮法從來是敵不過權勢的，在權勢的砝碼面前，所謂禮法早已顯得無足輕重了。總之，她們與封建禮法擦肩而過，或者說封建禮法對她們也無可奈何，但她們的確是「淫婦」，而且是沒有靈魂的淫婦，根本沒有主體意識可言。

至於不偷情的吳月娘，壓抑了個人的情與欲，一切都以順從丈夫、遵循禮教為立身的準則，讓封建的婦道完全吞噬了活潑潑的自我。

在《金瓶梅》中，唯有孟玉樓一人，不但不是淫婦，而且有主見，有頭腦，一直在探尋著一個女性所應該走的

路。

她出場時，已經是一個寡婦，身邊又沒有子女。這時放在她面前有兩條路：一條是順「天理」，守貞節；另一條是尊人欲，再嫁人。她毅然地選擇了後一條路：「青春年少，守他甚麼！」而且她堅持自擇對象。選擇誰？她不希罕「斯文詩禮人家，又有莊田地土」的尚舉人，而是選擇商人出身的暴發戶西門慶。這種選擇，包括後來看中李衙內，在態度上都表現為與男性是平等的。西門慶來相親時，她「望上不端不正道了個萬福，就在對面椅上坐下」，表現得不卑不亢，絲毫沒有流露出一星低三下四、乞求可憐的樣子。當娘舅張四說了種種理由阻撓她嫁給西門慶時，她頭腦十分清醒，一一加以辯駁，「佳人心愛西門慶，說破咽喉總是閑」，堅定地主宰自己的命運，嫁給所愛的人。怎樣嫁去？「二頂大轎，四對紅紗燈籠」，正大光明地過門。她對過門後可能產生的種種困難也作了充分的思想準備（第七回）。果然，她進西門慶家後無法得寵，而含酸失望，但並不悲觀，也不胡來，處之坦然，巧於周旋，等待時機。機會終於來了，西門慶死了，妾婦們死的死，賣的賣，逃的逃，一片零落。她瞄準時機，也不想「耽擱了奴的青春，辜負了奴的年少」，一眼看中「一表人材、風流博浪」的李衙內，決心第三次嫁人，理直氣壯又光彩煥發地走向另一個「兩情願保百

她「望上不端不正道了個萬福，就在對面椅上坐下」。

年偕」的世界。小說詳細地寫了她又一次自擇婚配時的心理活動：

那日郊外孟玉樓看見衙內生的一表人物，風流博浪，兩家年甲，多相彷佛，又會走馬拈弓弄箭，彼此兩情四目都有意，已在不言之表。但未知有妻子無妻子？口中不言，心內暗度。況男子漢已死，奴身邊又無所出，雖故大娘有孩兒，到明日長大了，各肉兒各疼，歸他娘去了，閃的我樹倒無陰，竹籃兒打水。又見月娘自有了孝哥兒，心腸兒都改變，不似往時。我不如往前進一步，尋上個葉落歸根之處，還只顧傻傻的守些甚麼？到沒的耽閣了奴的青春，辜負了奴的年少！（第九十一回）

很清楚，她認識到自己青春年少的價值，對自己的前途有深入考慮，要親自去再擇丈夫，改變命運。在選擇對象時，她不像龐春梅那樣「屬皮匠的，縫著就上」，也不像李瓶兒那樣稀里糊塗，而是有點像潘金蓮那樣多有主見，但顯然比潘金蓮考慮得更精細，更顯示出女性的獨立意識，她一再追問媒婆：「且說你衙內今年多大年紀？原娶過妻小沒有？房中有人也無？姓甚名誰？鄉貫何處？地里何方？有官身無官身？從實說來，休要說謊。」「你衙內有兒女沒有？原籍那裏人氏？誠恐一時任滿，千山萬水帶去，奴親都在此處，莫不也要同他去？」等等。在《金瓶梅》的女性中，恐怕再找不到一人像她那樣自覺、慎重地對待自己的婚姻和命運。後來陳經濟來勾搭她，甚至拿著她遺失的玉簪來要脅她，她不為所動，忠於「人物風流、青春年少、恩情美滿」的丈夫和「郎才女貌、如魚似水」的「天合姻緣」，機智地挫敗了陳經濟的無賴行為，保全了自己的名節。她顯然不像吳月娘，只知道三從四德，恪守婦道；也不像潘金蓮、龐春梅，縱情欲而不顧一切。她尊重的只是自我的價值，在合禮合法的範圍裏一而再、再而三地自擇婚配，光明磊落地追求美好的生活。抗爭的結果是掙脫了封建勢力的羈絆，得到了一個「百年知己」的有情人，過起「兩情願保百年偕」的夫婦生活（第九十一回）。在人欲與禮法的矛盾中，她既滿足了人欲，又無傷於禮法。她是一個有獨立意識的女性，是生活的強者。無怪乎張竹坡稱讚她是一個「乖人」、「高人」、「真正美人」、「第一個美人」。笑笑生塑造的這個能獨立自主地擺脫封建禮法束縛，不斷地自覺追求個人幸福的女性形象，在中國文學史上是不多見的。在她身上，是不是讓人看到了一種新的女性意識的苗頭？她選擇的路，是不是代表了當時女性應該走的路？

在這裏，或許有人會問：假如西門慶不死，她怎麼辦？她再聰明能幹，有強烈的自主意識，可最後能自由地選擇到美滿的婚姻嗎？換句話說，孟玉樓的自我價值的實現，最終還是建築在偶然性的基礎之上。是的，在《金瓶梅》中，我們可以看到孟玉樓的主體意識有所覺醒，不斷地在追求自我價值的實現，這反映了當時社會發展的一種必然；同時，封建社會的禮法與婚姻制度，不允許已婚女性自由地另擇婚配，這也是一種必然。這兩種必然的衝撞，即以微弱的個體與強大的客體相拼，無疑是雞蛋碰石頭而已，最後往往以這樣或那樣的悲劇告終。孟玉樓的美好結局，確是一種偶然的機緣成全了她。但我們同時也應該看到，假如沒有她的獨立自主的意識和堅持不懈的追求，同樣得不到美好的結局。而後一點正是她的難得之處和閃光之點，也是晚明女性主體意識萌動的難得之處和閃光之點。

《金瓶梅》中的一群女性，在人欲與天理、個人與社會、人類與自然的衝突中各自走完了自己的一生。她們都有熱烈的情欲，但各人表現出不同的追求，得到了不同的結局：有的人未能將原始的欲望提升到更高的層次，超越自然的本能，結果被茫茫欲海所淹沒；也有的仍以社會道德來規範個體情欲，終被沉重的禮教窒息了活潑潑的生命；也有的主體意識開始萌發，卻既不能節制主體私欲的無限膨脹，又無法對抗客觀世界的嚴厲制裁，最終只能以一種扭曲的形式出現，走向犯罪的深淵；但也有人意識到「青春年少」的自身特點，在既合理又合法的道路上不斷地探求個體的人生價值，主宰自己的命運，而得到美滿的結局。它讓我們看到了晚明女性主體意識萌動的真實情況，從而不得不進一步思考：人的主體意識從何而來？為何而發？作為芸芸眾生中的每一個個體，究竟如何對待自然，對待社會與對待自我？個體主體意識的高揚，究竟如何與社會有序的進步相和諧？當然，這人欲與天理、主體與客體的矛盾，或許是文學家的一個永恆的主題，但它同時也將是思想家們永遠爭論的一個難題。

孟玉樓一眼看中「一表人材、風流博浪」的李衙內，決心第三次嫁人。

不平人孫雪娥

在《金瓶梅》的世界裏，等級是森嚴的。就以和西門慶發生關係的女性而言，可分妻、妾、婢、妓、媳五類。前兩者作為主人，後三者歸為奴才，涇渭分明。正妻吳月娘，地位最尊貴，娘兒們都稱她為「姐姐」、「上房」、「娘」。她出門坐大轎，其他的妾婦只能坐小轎，連眾妾中最驕橫得寵的潘金蓮也不得不服服帖帖地說：「娘是個天，俺每（們）是個地。」有一次，潘金蓮在西門慶與吳月娘之間插了話，就被西門慶訓斥了一頓：「賊淫婦！還不過去！人這裏說話也插嘴插舌的，有你甚麼說處？」金蓮羞得滿臉通紅，只得抽身出去（第四十一回）。於此可見妻妾之間地位之懸殊。至於奴才一類，就更無地位可言了，她們只是主人的玩物與工具而已。

在西門慶的眾妾中，孫雪娥的情況比較特殊。西門慶佔有她，可能比誰都早，因為她還是先頭陳家娘子帶來的。她「約二十年紀」，最年輕，長得也有姿色，「五短身材，輕盈體態，能造五鮮湯水，善舞翠盤之妙」（第九回）。可是，她卻排在第四，平時「單管率領家人媳婦在廚房上灶，打發各房飲食」，只是個「廚娘」班頭而已。為什麼地位如此之低呢？因為她係「房裏出身」，本來是個奴婢。

西門慶就怒氣沖沖地到後邊廚房裏，不由分說踢了她幾腳。

小說的作者安排這樣一個人物，是有意同春梅作對比的。春梅在西門家裏，是奴婢，卻正在得寵，常常趾高氣揚，不是主子而勝似主子，雪娥則雖然改變了名位，是小妾，但早失主歡，處處低人一等，是主子而猶如奴才。當吳月娘與眾妾婦還杯回酒時，「惟孫雪娥跪著接酒，其餘都平敘姐妹之情」（第二十一回）；當妻妾們拜見西門慶時，也「惟雪娥與西門慶磕頭」（第七十五回）。第四十回寫眾妻妾添新衣，「先裁月娘的」：兩件袍兒，兩套襖兒，一條裙子；其餘四房都裁了一件袍兒，兩套衣服；「孫雪娥只有兩套，就沒與他袍兒」，甚至還比不上春梅等丫頭。難怪李瓶兒初到西門家做客時，就一眼發現孫雪娥「妝飾少次與眾人」（第十四回）。這些細節，都表明孫雪娥實際上還處於奴婢地位。因此，潘金蓮剛進西門家，首先就把她選作打擊的對象。當雪娥罵了仗勢欺人的春梅為「奴才」後，西門慶就怒氣沖沖地到後邊廚房裏，當著眾人的面，不由分說踢了她幾腳，罵道：「你如何罵他？你罵他奴才，你如何不溺胞尿，把你自家照照？」（第十一回）這清楚地反映了在西門慶心目中，她只是一個奴才。

奴才的出身，奴才的地位，必然使她具有奴才的心理。她對主子怕得不得了，被西門慶又罵又打，敢怒而不敢言。有一次，她剛向別人發牢騷，卻聽得西門慶在房中一聲咳嗽，就唬得夾著尾巴溜走了（第二十三回）。而一旦當漢子難得在她房中歇了一夜，就神氣起來，在妓女洪四兒面前自稱起「四娘」，於是惹來潘金蓮、孟玉樓兩人的一頓譏諷：

> 金蓮道：「沒廉恥的小婦人，別人稱道你便好，誰家自己稱是四娘來？這一家大小，誰與你，誰數你，誰叫你是四娘？漢子在屋裏睡了一夜兒，得了些顏色，就開起染房來了。若不是大娘房裏有她大妗子，他二娘房裏有桂姐，你房裏有楊姑奶奶，李大姐便有銀姐在這裏，我那屋裏有他潘姥姥，且輪不到往你那屋裏去哩！」玉樓道：「你還沒曾見哩，今日早辰起來，打發他爹往前邊去了，在院子裏呼張喚李的，便那等花哨起來。」金蓮道：「常言道：奴才不可逞，小孩兒不宜哄。」（第五十八回）

這的確生動地反映了一個奴才既怕主子又希望得寵的複雜心理。孫雪娥帶著奴才的心理，在妻妾群中也常常自慚污卑，低人一頭。孟玉樓提議每人出五錢銀子，擺一席酒，祝賀西門慶與吳月娘和好。當下，李瓶兒拿出了一塊一兩二錢五的銀子，而孫雪娥則說：「我是沒時運的人，漢子再不進我屋裏來，我那討銀子？」一個錢也不肯拿出來。後耐不過玉樓「求了半日」，才拿出一根三錢八分的銀簪子（第二十一回）。後來，吳月娘提議眾姐妹輪流治酒，大家分佔日子，問到孫雪娥，就是「半日不言語」。月娘不得不說：「他罷，你每不要纏他，教李大姐挨著擺！」到擺酒時，請她又不來，還說：「你每有錢的，都吃十輪酒，沒的拿俺每去赤腳絆驢蹄！」惱得吳月娘罵道：「他是恁不是才料處窩行貨子，都不消理他了，又請他怎的！」（第二十三回）孫雪娥就是這樣常常自感卑賤，自棄於眾妾之外。

孫雪娥感到自己地位的卑賤，但在她內心深處，是不甘心於社會強加於她的這種奴隸地位的。她感到自己受壓抑，社會不公正，有時就「氣憤不過」，發牢騷，講怪話，甚至尋找機會來進行報復和抗爭。上述兩次請酒，她不願參加，不言語，也就算了。但她偏偏忍不住，要發洩自己的怨憤。特別是自從潘金蓮、春梅激怒西門慶三次打了她之後，她更覺得自己的地位一落千丈。於是她就把仇恨瘋狂地集中到金蓮和春梅身上。人們一提到金蓮她們，她就惱火，冷嘲熱諷。一次玉簫對她說：「前邊六娘請姑娘，怎的不往那裏吃酒？」那雪娥鼻子裏就冷笑道：「俺每是沒時運的人兒，漫地裏栽桑，人不上他行，騎著快馬也不上趕他。拿甚麼伴著他吃十輪酒，自下窮的伴當兒伴的沒褲兒。」（第二十三回）不但如此，她還處心積慮地伺機報復，前後找到了三次機會來打擊金蓮一黨。一次是她發現金蓮偷小廝琴童，就向月娘告發，不準，再向西門慶揭露，害得潘金蓮白馥馥的香肌上吃了一頓馬鞭子，經受了一場風險（第十二回）。第二次是告訴來旺說，他老婆怎的和西門慶勾搭，金蓮屋裏怎的做窩巢，挑得來旺揚言要叫西門慶「白刀子進去，紅刀子

告訴來旺說，他老婆怎的和西門慶勾搭，金蓮屋裏怎的做窩巢。

把她毒打一頓又賣入娼家

出來」，並「把潘家那淫婦也殺了」，掀起了一場風波（第二十五回）。第三次，她教唆吳月娘先將金蓮的姘頭陳經濟著實打一頓，即時趕離門，然後將潘金蓮「變賣嫁人，如同狗屎臭尿，掠將出去」！吳月娘依計而行，潘金蓮就此被置於死地（第八十六回）。孫雪娥就是這樣，不甘受人壓制，有一種不打倒壓制她的人不甘休的決心和韌勁。她的努力使她一顆尚未完全奴化了的被羞辱的心得到了一點補償。

處於妾、奴之間的孫雪娥，她的抗爭不得不借助於主子的勢力。然而，她並不把希望完全寄託在主子身上，也不像春梅那樣力求躋身到主子的行列，拼命地保持和發展其穩固的地位。她並不看重這名義上的主人的地位，而早就暗暗鍾情於頗有反抗性格的家奴來旺兒。為此，她挨了西門慶的一頓毒打，並「拘了他頭面衣服，只教他伴著家人媳婦上灶，不許他見人」（第二十五回）。幾年後，當曾經被西門慶陷害而遞解回原籍的來旺兒重新出現在她面前時，她就熱情地鼓勵他：「常常來走著，怕怎的！」並主動約他晚上私會。他倆經過一番努力，想逃出牢籠，成其夫婦，靠「銀行手藝」，或去鄉下「買幾畝地種」，過平靜的生活。這就是她的生活理想，想徹底擺脫奴才的命運而追求自由和愛情。

然而，在作者「冤冤相報」的思想下，孫雪娥永遠是個「沒時運的人兒」。她跳出牢籠，又跌進火坑。剛剛逃出西門家門，她就被官府抓獲，賣給周守備家。春梅大發淫威，把她毒打一頓又賣入娼家。後因情夫張勝忿殺了陳經濟，她不甘再受凌辱，自縊身死。

出生奴婢，死於娼妓。憑著自己的色相，曾經擠入半個主子的行列，但無法消彌她身上奴隸的印記。她深感不平，奮力抗爭，追求過她所理解的自由、平等的生活，而等級森嚴的社會永遠不會讓她走運。她終於失去了生活的信心，又不甘於再屈辱求生，於是不得不用死來證明：她是個倔強而失敗了的奴隸。

良心尚存宋惠蓮

《金瓶梅》第二十二回至二十六回，作者用正筆濃墨描繪的宋惠蓮，使全書大為增色。她作為主人第一個佔有的僕婦，是西門慶「敗壞風俗」、「亂倫彝」的見證；她又是被金蓮勾結丈夫第一個害死的女人，是金、瓶爭寵的前奏。她和剛烈的丈夫來旺兒的存在，與唯貪財色的王六兒及甘當烏龜的韓道國形成了強烈的對比。她的悲慘結局，以及由此相關的丈夫受罪、父親慘死，是對當時腐敗官府和黑暗社會的有力控訴。她無疑是作者精心結撰的一個籌碼，因而也寫得特別見功夫，成為中國古代小說中難得的一個鮮龍活跳又能震撼人心的形象。她鮮龍活跳，因為她不是作家意念的圖解；她震撼人心，因為她告訴人們：真情和正義畢竟是在天地間長存的。

宋惠蓮是窮人家的女兒，父親宋仁是賣棺材的。她長得俏麗、聰慧、活潑、熱情，「身子兒不肥不瘦，模樣兒不短不長，比金蓮腳還小些兒」，這在當時看來當然是很美的。盪起秋千來，也不用人推，一下子飛到半天雲裏，「端的卻是飛仙一般，甚是可愛」。一陣風過，颭起裙子，露見了漂亮的大紅潞綢褲兒。她心靈手巧，有本領不消一根柴禾能燒得好豬頭，擲骰子比誰都反應快，還能講得一口俏皮話，又加上「會妝飾」，愛打扮，自然很容易惹起男人的注意。

宋惠蓮的天然美質引起人們的注意本來是很正常的。可惜她生活在一個淫欲橫流的環境裏，禁不起社會的污染，很快輕薄起來，成了「嘲漢子的班頭，壞家風的領袖」。最初，她「在蔡通判家房裏，和大婆作弊養漢，壞了事」，被打發了出來。嫁與廚役蔣聰為妻後，暗與來旺兒搭上。正巧，蔣聰被人打死，來旺兒的媳婦病故，她倆就結成了一對。她原名叫金蓮，其出身和淫蕩正與潘金蓮十分相像。到西門家後，月娘覺得不好稱呼，就改名為惠蓮（崇禎本改為「蕙蓮」）。這時，她才二十四歲，同眾家人媳婦一起上灶，開始還不甚妝飾，也不甚引人注目。過了一月有餘，她看了玉樓、金蓮眾人的打扮，也難免心動起來。女子天生顧影自憐，希望自己裝扮得更美，更何況她本來就是美容的能手。於是，「他把髻墊的高高的，梳的虛籠籠的頭髮，把水鬢描的長長的」，顯得十分招搖。這讓西門慶睃在眼裏，怎麼能放得過她呢？

端的卻是飛仙一般，甚是可愛。

芸芸眾生，往往是貪錢財、愛虛榮的。宋惠蓮本來就不是一個正經的女人，當然經不起主子一匹藍緞子、幾兩散銀子的引誘，就一屁股坐在西門慶的懷裏任其所為了。她的確是個輕骨頭，剛攀附上主子，又和主人的女婿陳經濟打情罵俏起來。在第二十四回元宵夜放煙花炮時，她一回叫：「姑夫，你放過桶子花我瞧！」一回又道：「姑夫，你放過元宵炮𤏩我聽！」一回又落了花翠拾花翠，一回又掉了鞋，扶著人且兜鞋，左來右去，只和經濟嘲戲。「兩個言來語去，都有意了」。精靈的金蓮一下子發現了她和西門慶、陳經濟的首尾，她就紅著臉雙膝跪下，低聲下氣地向金蓮求饒。她是如此的輕浮、放蕩，且放蕩得如此露骨、低賤，難怪西門家裏的一些僮僕、婦女們都瞧不起她了。

宋惠蓮被人瞧不起還在於她是那麼的淺薄。只因為被主人睡過覺，她就自以為攀上高枝，抖起來了。次日，就在人前花哨起來，呼張喚李，全無忌憚。西門慶給她一些銀兩，她就「常在門首成兩價拿銀錢買剪截花翠汗巾之類，甚至瓜子兒四五升量進去，散與各房丫鬟並眾人吃；頭上治的珠子箍兒，金燈籠墜子黃烘烘的；衣服底下穿著紅潞綢褲兒，線捺護膝；又大袖子袖著香茶，木樨香桶子三四個帶在身邊。見一日也花消二三錢銀子。」（第二十三回）她闊了，自以為不同於一般的婢僕，有時竟如主子般地指使起他人來。元宵那天，主人們飲合歡酒，下人們忙著服侍，宋惠蓮卻一人「坐在穿廊下一張椅兒上，口裏嗑瓜子兒。等的上邊呼喚要酒，他便揚聲叫：『來安兒，畫童兒，娘上邊要熱酒，快儹酒上來！賊囚根子，一個也沒在這裏伺候，多不知往那裏去了！』」（第二十四回）畫童兒忙來，結果被她罵了一通，還忍氣給她掃掉了一地的瓜子皮。過幾天，西門慶在廳上待客要茶，她推說這是「上灶的」職責，不管外邊的賬，而上灶的惠祥正在燒飯

就一屁股坐在西門慶的懷裏任其所為了。

結果被她罵了一通，還忍氣給她掃掉了一地的瓜子皮。

沒有空，推來推去，誤了時間。西門慶一追究，惠祥受了罰。事後，惠祥氣不過，尋著惠蓮大罵：

> 賊淫婦，趁你的心了！罷了，你天生的就是有時運的爹娘房裏人，俺每是上灶的老婆來。巴巴使小廝坐名問上灶要茶，上灶的是你叫的？你我生米做成熟飯，你識我見的。促織不吃癩蝦蟆肉，都是一鍬土上人。你恒數不是爹的小老婆，就罷了。是爹的小老婆，我也不怕你！（第二十四回）

看來，宋惠蓮確實是個下賤貨，其人盡可夫的淫蕩不亞於金蓮，其欲附高枝的卑劣又一如春梅，作者通過她的一舉一動和旁人的一言一行，已經亮出了她的靈魂。作者假如讓她到此結束一生，也不失為一個栩栩如生的「反面角色」。中國小說史上的眾多形象，往往就此止步。然而，《金瓶梅》的作者不滿足於此，他既要把這顆骯髒的靈魂暴露於光天化日之下，又要進一步拭去覆蓋在這顆靈魂之上的污垢來發現其本來的良心。其手法是通過她和西門慶的兩顆罪惡的靈魂猛烈撞擊，從中迸發出正義的火光來。這場撞擊的契機是宋惠蓮的丈夫來旺回來了，且立即了解到其中的隱情。來旺兒不願當韓道國之流的王八，他不能容忍妻子讓主子「耍了」。他咆哮起來，揚言「破著一命剮，敢把皇帝打」，不但要請西門慶吃刀子，而且還要把同謀「潘家那淫婦也殺了」。形勢一下子險惡起來。

處在夾縫中的宋惠蓮，開始想用瞞和騙來安撫兩方：在丈夫面前一口咬定與主人沒有首尾，在主人面前發誓賭咒說丈夫不敢罵街。為了避免「生事兒」，他給西門慶出了個主意：「與他幾兩銀子本錢，教他信信脫脫，遠離他鄉做買賣去。」同時，她還補充了一條西門慶聽得進去的理由：「他出去了，早晚爹和我說句話兒也方便些。」西門慶聽了當然滿心歡喜。這時，宋惠蓮還對西門慶抱著希望，主動與他親熱，甚至還這樣說：「休放他在家裏，使的他馬不停蹄才好！」

如此，衝突或許就可暫時緩解，然而，充滿嫉妒和仇恨的潘金蓮並不甘休。她向西門慶指出，這一辦法說明惠蓮「只護他的漢子」。他漢子有拐錢外逃的危險，因此必須斬草除根。於是，西門慶瞞過了老實的來旺夫婦，巧設毒計，把來旺輕易地投進了監獄。作者並沒有把衝突緩解，反而在事實上更加激化了。

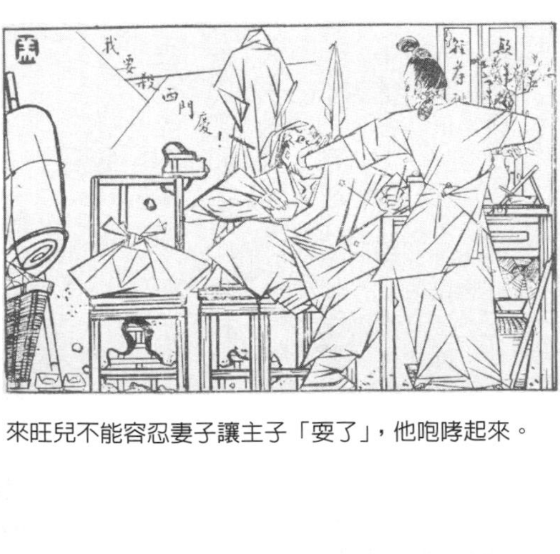

來旺兒不能容忍妻子讓主子「耍了」，他咆哮起來。

丈夫真的離開她了。宋惠蓮並沒有完全倒向主子而暗暗高興，而是為丈夫感到冤屈。她雲鬢蓬鬆，衣裙不整，跪在西門慶面前半是埋怨，半是叫屈：「爹，此是你幹的營生？他好意進來趕賊，把他當賊拿了？……恁活埋人，也要天理！他為甚麼，你只因他甚麼，打與他一頓，如今拉刺刺著送他那裏去？」她對丈夫還是有感情的，她直覺到西門慶「幹的營生」毫無「天理」。她到處求情，可是誰能救急？她只能「關閉房門哭泣，茶飯不吃」，消極反抗，希望西門慶「不看僧面看佛面」，看在她的份上，把來旺兒放出來。這一著果然使西門慶慌了，答應「一兩日放他出來，還教他做買賣」。只要丈夫出來，宋惠蓮任何條件都答應，甚至說「我常遠不是他的人了」，叫西門慶「替他尋上個老婆」了結。這些話未必不是出自真心，她還存有攀附這個儘管沒有「天理」的西門慶的念頭。西門慶投其所好，哄她專門「收拾三間房子與你住」，又買個丫頭伏侍，做第七夫人。於是兩人又親親熱熱地上了床。

這使潘金蓮又一次妒性大發：「我若教賊奴才淫婦與西門慶做第七個老婆，我不是喇嘴說，就把潘字吊過來哩！」一席話又使西門慶掉轉了方向，把來旺往死裏整。幸虧縣裏有個「仁慈正直之士」幫忙，來旺才免於一死，被打了四十大棍，論個遞解原籍徐州為民。被西門慶蒙在鼓裏的宋惠蓮一旦得知真情，便放聲大哭：

> 我的人！你在家幹壞了甚麼事來？被人紙棺材暗算計了你。你做奴才一場，好衣服沒曾掙下一件在屋裏。今日只當把你遠離他鄉算的去了，坑得奴好苦也！你在路上死活未知，存亡未保，我如今合在缸底下一般，怎的曉得？（第二十六回）

這哭聲，流露了對丈夫的一片情和義，哀訴著對主子的怨和恨！她感到丈夫被人「暗算」了，自己也被人「暗算」了。如今猶如「合在缸底下一般」，愧對丈夫，愧對自己，眼前是一片漆黑，還有什麼路可走？

宋惠蓮上吊了。雖然被人救起，但救不轉她的心。娘兒們安慰她，同伴們勸化她，西門慶再誘騙她，都無濟於事，她「原來也是個辣菜根子」。她已徹底認定西門慶是個殺人魔鬼：「你原來就是個弄人的劊子手，把人活埋慣了。害死人，還看出殯的！……你也要合憑個天理！你就信著人，幹下這等絕戶計！」她決心與他一刀兩斷：「你就打發，兩個人都打發了，如何留下我做甚麼？」人們勸她說：「守著主子，強如守著奴才！」這，她曾經也動過心。而如今，一顆被驚醒的正直的良心不能不使她「一心只想他漢子」，寧可向著奴才！她也清楚，向著奴才的丈夫也談不上早已失去的「貞節」了。但是，與丈夫，「千也說一夜夫妻百夜恩，萬也說相隨百步也有個徘徊意」，他們之間畢竟是夫妻，畢竟有著一段真情啊！於義於情，她怎麼能再對不起丈夫？她終於又上吊了，帶著強烈的悲憤夾雜著羞慚離開了這個吃人的世界。

作者感歎說：「世間好物不堅牢，彩雲易散琉璃脆。」宋惠蓮是「好物」嗎？她曾經那麼淫蕩下賤。但是，作者又讓她不可抗拒地最終用年輕的生命來證明：她還沒有失卻善良的本性。她懂得

她終於又上吊了，帶著強烈的悲憤夾雜著羞慚離開了這個吃人的世界。

正義，又不忘真情，最後還是以「情」戰勝了「淫」。她的情，不是李瓶兒式的盲目癡情，而是寧肯守著被壓的奴才，不肯屈從於邪惡的主人；她的情，也不是孟玉樓追得的喜劇性的情，而是充滿悲劇的氣氛，那麼的扣人心弦。於是乎，她的死，就給人一種悲壯崇高的感覺，似乎一洗她以前的恥和辱，使人肅然起敬起來。看來，作為人，良心是不能迷失的。正義和真情畢竟永遠放射著光芒。

借色求財王六兒

「酒、色、財、氣」四大貪欲，乃《金瓶梅》著意譴責的人性弱點。其中財、色兩貪，尤為作者關注。東吳弄珠客序說：「蓋金蓮以奸死，瓶兒以孽死，春梅以淫死，較諸婦為更慘耳。」顯然，金、瓶、梅三人都是由「色」而走向了絕路，而王六兒則為財而道德喪盡。當然，她也貪淫，但作者塗在她身上的基色調是貪財。寫其貪淫，也是為了寫其貪財。

王六兒貪財倒不是由於她出身貧窮。她原為「宰牲口王屠妹子」，在小說中出場時已為西門慶新開的絨線鋪夥計韓道國的老婆，應該說，衣食是不愁的。她生性有點「淫」，與小叔韓二早有姦情。不過他們之間的偷情與「財」字並無什麼關係，作者寫此無非是為以後她與西門慶之間的財色交易作一鋪墊。因為她「淫」，長得也可以，「長挑身材，紫膛色，約二十八九年紀」（第三十三回），西門慶才有興趣、有可能去勾搭她，「包佔她」；然後，她才有機會憑著她的色相，從西門慶那裏源源不斷地得到金錢的補償。後來，潘金蓮罵她是「大紫膛色黑淫婦」（第六十一回），那是多少帶有一些偏見的。否則，西門慶怎能一見她就失了魂。小說寫他們初次見面時，西門慶為她的女兒韓愛姐遠嫁蔡京的翟管家而到她家裏，「這西門慶且不看他女兒，不轉睛只看婦人」。當見她「上穿著紫綾襖兒，玄色段紅比甲；玉色裙子，下邊顯著的兩隻腳兒，穿著老鴉段子羊皮金雲頭鞋兒。生的長挑身材，紫膛色瓜子臉，描的水鬢長長的」，「自然體態妖嬈」，「生定精神秀麗」，「兩彎眉畫遠山，一對眼如秋水」時，不由得「心搖目蕩，不能定止」，事後就託馮媽媽去牽線。當馮媽媽轉彎抹角地向王六兒說到「他要來和你坐半日兒」時，馬上用「利」來誘說她：「你若與他凹上了，愁沒吃的、穿的、使的、用的？走上了時，到明日房子也替你尋得一所，強如在這僻格剌子裏。」這句話，她聽進去了。貞操對她本無意義，金錢才最為現實，所以她聽了毫不生氣，暗暗高興，但不相信大官人真會看上她，因而她「微笑」著問道：「他宅裏神道相似的幾房娘子，他肯要俺這醜貨兒？」當馮媽媽告訴她，這叫作「情人眼內出西施」，真的不騙她時，她就十分爽快地答應：「既是下顧，明日請他過來，奴這裏等候。」第二天，她早就「收拾房中乾淨，薰香設帳，預備下好茶好水」，「買了許多雞魚嗄飯菜蔬果品」，迎接大官人的來到。西門慶來了，馬上給了她一個見面禮，即答應替她買了個十三歲的丫頭。第二次來，又答應在獅子街給她買房子，「等你兩口子一發搬到那裏去住」。這正如張竹坡所指出的：「王六兒與西門慶交，純以利者也。故初會即騙丫頭，再會即騙房子。」（第三十七回批）以後兩人每每相交，往往即是一種財色的交易，例如第五十回西門慶初試胡僧藥時，中間就對王六兒說：「等你家的來，我打發他和來保、崔本揚州支鹽去。支出鹽來賣了，就交他往湖州織了絲綢來，好不好？」王六兒答道：「好達達，隨你交他那裏，只顧去，閑著忘八在家裏做甚麼？」所以，張竹坡在這裏又批道：「與六兒交合時，必講買賣，見六兒原利財而為此，西門亦止以財動之也。」關於王六兒的這種借色圖財的心理，在他丈夫送女兒去京城回來時的一段對話中，交代得最為明白。當時，韓道國一回來，西門慶就十分大方地將五十兩禮錢送給他；他發現家裏多了個丫頭，於是，「老婆如此這般，把西門慶勾搭之事，告訴一遍」：

「自從你去了，來行走了三四遭，才使四兩銀子買了這個丫頭。但來一遭，帶一二兩銀子來。……大官人見不方便，許了要替咱們大街上買一所房子，教咱搬到那裏去。」韓道國道：「嗔道他頭裏不受這銀子，教我拿回來，休要花了，原來就是這些話了。」婦人道：「這不是有了五十兩銀子？他到明日，一定與咱多添幾兩銀子，看所好房兒，也是我輸身一場，且落他些，好供給穿戴！」韓道國道：「等我明日往鋪子裏去了，他若來時，你只推我不知道。休要怠慢了他，凡事奉他些兒！如今好容易賺錢，怎麼趕的這個道路！」老婆笑道：「賊強人，倒路死的！你倒會吃自在飯兒，你還不知老娘怎樣受苦哩！」兩個又笑了一回，打發他吃了晚飯，夫妻收拾歇下。（第三十八回）

這一對寶貨，思想倒十分統一，都明確這是一條賺錢的路。王六兒最後說的一句話：「你還不知老娘怎樣受苦哩！」半是戲謔，半是實話。她為了用「色」拴住這個大主顧，於是極力奉承西門慶，什麼事情都肯做，比那些娼妓還娼妓。所以，不難理解西門慶得到胡僧的淫藥後，第一個去試驗的就是王六兒。在她身上施虐，燒的香疤也屬於最多的三處。當燒香疤時，她主動對西門慶說：「我的親達，你要燒淫婦，隨你心裏揀著那塊，只顧燒，淫婦不敢攔你。左右淫婦的身子屬了你，顧的那些兒了！」西門慶還有點擔心他丈夫發覺了不好，說：「只怕你家裏的嗔是的。」她就一針見血地指出：「那忘八七個頭八個膽？他敢嗔？他靠著那裏過日子哩！」的確，不但他丈夫靠著西門大官人吃飯，她也直接靠著做這營生賺錢。她和她的丈夫本來就把這事看作是一種買賣關係，他哪裏會嗔？不但如此，為了不妨礙自己與西門大財主之間的關係，她不斷地慫恿西門慶打發丈夫到「外邊去」做買賣，而且當她的老情人韓二再來糾纏時，還一頓棒槌將他打出門去，並讓西門慶把他「拿到提刑院，只當作掏摸賊，不由分說，一夾二十，打的順腿流血」，嚇得他「影也再不敢上婦人門纏攪了」（第三十八回）。看來，王六兒為了與西門慶做這筆大生意，不論是肉體上還是精神上，都是作出了一定的犧牲的。

王六兒與西門慶打得火熱，完全是一種色與財的交易，根本沒有多少情義可言。西門慶一死，她就與丈夫合謀，狠心地吞沒了一千兩貨銀遠走高飛。當時，韓道國從江南買貨回來，將一千兩銀子倒在炕上，準備明天送到西門家去。這時，他們夫妻有這樣一段對話：

（韓道國）因問老婆：「我去後，家中他也看顧你不曾？」王六兒道：「他在時倒也罷

她生性有點「淫」，與小叔韓二早有姦情，

了。如今你這銀，還送與他家去？」韓道國道：「正是要與你商議。咱留下些，把一半與他如何？」老婆道：「呸，你這傻材料，這遭再休要傻了！如今他已是死了，這裏無人，咱和他有甚瓜葛？……到不如一狠二狠，把這一千兩，咱雇了頭拐口上東京，投奔咱孩兒那裏。愁咱親家太師爺府中招放不下你我！」……韓道國說：「爭奈我受大官人好處，怎好變心的？沒天理了。」老婆道：「自古有天理倒沒飯吃哩！他佔用著老娘，使他這幾兩銀子不差甚麼！……」一席話，說得韓道國不言語了。（第八十一回）

韓道國儘管寡廉鮮恥，但還是有一點良心發現，而王六兒則把她與西門慶的關係完全看成了一種買賣關係、金錢關係，這正如張竹坡所點出的：「寫王六兒者，專為財能致色一著做出來。你看西門在日，王六兒何等趨承，乃一旦拐財遠遁。故知西門於六兒，借財圖色，而王六兒，亦借色求財。……甚矣，色可以動人，尤未知財之通行無阻，人人皆愛也。」而「人人皆愛」的金錢，真的讓王六兒這樣的人變得那麼虛情假意，無情無義。

然而，使讀者難以理解的是，這樣一個被張竹坡看來「狗彘」不如的貪財淫婦，竟有一個不

王六兒與丈夫合謀，狠心地吞沒了一千兩貨銀遠走高飛。

錯的結局。儘管她後來又一度淪落為暗娼，卻勾搭上了一個湖州販絲客商何官人。最後何官人、韓道國相繼死去，她又與小叔韓二重續舊好，結為夫婦，並繼承了何官人的家業田地，想來善終。或許，生活本來就是這樣，貪淫的，戀財的，未必都有一個不好的下場。更何況，像王六兒這樣的人，在社會底層掙扎，雖與社會的道德相背，但畢竟沒有做出什麼特別傷天害理的事情。歸根到底，她還是一個被侮辱、被損害的人，我們有什麼必要一定要她有一個不好的結果呢？

『節義堂』後林太太

張竹坡曾在《第一奇書金瓶梅》的卷首開列過十九名「西門慶淫過婦女」的名單。這裏除了他的小妾之外，主要就是一批奴僕的老婆和妓院的粉頭，可以說大都是些低層女性。其中唯有林太太一人，乃出身高貴，是個封建大官的未亡人。當西門慶第一次偷偷摸摸地進入林太太家的後堂時：

只見裏面燈燭熒煌，正面供養著他祖爺太原節度使邠陽郡王王景崇的影身圖，穿著大紅團袖蟒衣玉帶，虎皮交椅坐著觀看兵書，有若關王之像，只是髯鬚短些。傍列著槍刀弓矢。迎門硃紅匾上「節義堂」三字；兩壁書畫丹青，琴書瀟灑；左右泥金隸書一聯：「傳家節操同松竹；報國勳功並斗山。」（第六十九回）

這等氣象，何等的莊嚴高貴，西門慶見了，不由不肅然起敬，不知不覺地感到自己矮了三分，所以一見林太太，就忙著「躬身施禮」，並說：「請太太轉上，學生拜見。」林太太客氣一番說：「大人免禮罷。」西門慶還是不肯，「就側身磕下頭去拜兩拜」，顯然對林太太是十分尊重的，儘管他來拜見林太太的目的就是想勾引她。

而林太太之所以十分願意秘密地接見西門慶，就是聽了她的地下引線文嫂的介紹。文嫂將西門慶大大地吹捧了一番，其實質性的有兩點：一是他家的生意市面大，在官場上兜得轉，可謂有財有勢；二則是為人風流，「正是當年漢子，大身材，一表人物，也曾吃藥養龜，慣調風情」。而後一點，正是林太太的著意所在。所以，文嫂的一席話，就說得她「心中迷留摸亂，情竇已開」。當她一見西門慶時，看他「身材凜凜」，「軒昂出眾」，確認是個「出籠兒的鵪鶉，也是個快鬥的」時，就更是「歡喜無盡」，不待「交杯換盞」多時，「一雙竹葉穿心，兩個芳情已動」，很快地「相挨玉體，抱摟酥胸」，搭上了鉤。

這西門慶初會林太太，從西門慶這個市井暴發戶的心理來看，無非是想滿足一下佔有一個貴婦人的虛榮心。不過，這第一次的苟合，西門慶畢竟還難以徹底擺脫在貴婦人面前的自卑心態，難免顯得有點拘謹，再加上那個莊嚴肅穆的「節義堂」，也使西門慶平添了幾分局促不安。後來，一則林太太已經得手，二則林太太有求於他的有關兒子王三官的訴訟案已經由他擺平，事實已證明，林氏貴族的家世還不如他這個得勢的現官，在心理上他已佔了上風，且王三官又拜了他為「義父」，因此當第二次去王招宣府家時，完全是以一種征服者的姿態出

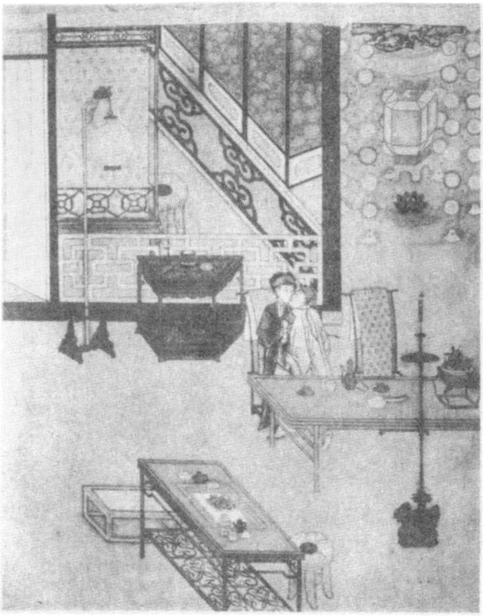

很快地「相挨玉體，抱摟酥胸」，搭上了鉤。

現，將林太太視作一般的洩欲工具。為了滿足他的佔有欲，還特地在她身上「燒了兩炷香」——當時流行的一種通過燒香留疤來表示對於女性的征服和佔有——從而將林太太的「一段身心」「拴縛住了」。在《金瓶梅》中，西門慶唯將潘金蓮以及王六兒、如意兒之類出身低賤的女性施於這種性虐的方式，而從不敢在其他女性身上放肆。如今，一位高貴的太太，也如同下賤的小妾、女僕一樣，成了他玩弄的對象，怎不讓他「滿心歡喜」？西門慶在這裏所佔有的雖然是一個女性的肉體，但能不能說這同時也是一個新興的市井官商對於一個世代貴族的征服？是對於整個封建等級制度和門閥觀念的一次嚴重的衝擊？

西門慶將林太太作為玩弄的對象，而林太太未嘗不是將西門慶視為洩欲的工具。她對西門慶感興趣，無非是看上了這個「軒昂出眾」的男子漢「也是個快鬥的」。她本「好風月」，「生得好不喬樣，描眉描眼，打扮狐狸也似」，可惜二十幾歲就守了寡。十幾年來，她作為一個身居名門的官太太，就不能不比一般的女性更要注意「存天理，滅人欲」，守住節，不嫁人。孟玉樓曾說她「一個兒子也長恁大，大兒大婦，還幹這個營生。忍不住，嫁了個漢子，也休要出這個醜」（第七十九回）。此話對於觀念比較新潮的孟玉樓這樣一個小商販的寡婦來說，忍不住，就嫁人，確實也不難。但對一個世代簪纓的官太太來說，再嫁人卻是出了醜。不嫁人，而人欲畢竟是難以遏制的，更何況她飽食終日，百般無聊，怎耐得住閨幃寂寞，空房獨守？於是她早就在標榜「傳家節操同松竹」的「節義堂」後，通過文嫂做「牽兒」，「專在家，只送外賣」，做出了與「節義」完全對立的好事。其事雖然幹得好不細密，但實際上連妓女們都熟知她「是個綺閣中好色的嬌娘」。如今遇上了這個有錢有勢又「風流博浪」的西門慶，當然是一拍即合。她找西門慶表面上是要儆戒兒子嫖妓，實際上他倆做得比嫖妓還醜惡。當她第一次與西門慶見面時，雖然也略帶謹慎，但還是顯得比較主動，到第二次時，更是「滿口應承」西門慶的任何要求，連西門慶企圖勾搭她的媳婦也二話不說了。這就難怪吳月娘罵她「乾淨是個老浪貨」（第七十九回）。不過她的「浪」，不同於其他市井女性的淫浪，而是帶著貴婦的光環，在深受「節義」的壓抑下而又敢於挑戰「節義」，只是在「節義堂」的後面做著她的不「節義」的好事罷了。在她身上，我們可以看到「節義」的虛偽和罪惡。作者描寫了這樣個官太太，也不能不說是對於封建倫理道德和禁欲主義的一種衝擊。

作者安排了林太太這樣一個人物，固然對刻畫西門慶這樣一個淫棍新貴和揭露封建貴族禮義的虛偽，大有深意，同時，對塑造潘金蓮這樣一個人物的性格的形成也大有干係。張竹坡在論作者為何寫林太太時說得好，這是由於作者「深惡金蓮，而並惡及其出身之處，故寫林太太也」。這就是說，寫林太太是為了寫潘金蓮的出身，寫潘金蓮的淫蕩性格之所以形成的環境。他認為，「王招宣府內，固金蓮舊時賣入學歌舞之處也」。潘金蓮後來的一腔機詐，喪廉寡恥，本不是天生，「吾知其自二三歲時，未必便如此淫蕩也」。而當日王招宣家，假如「男敦禮義，女尚貞廉，淫聲不出於口，

且教其做張做致，喬模喬樣。

淫色不見於目，金蓮雖淫蕩，亦必化而為貞女」。可事實卻是：「堂堂招宣，不為天子招服遠人，宣揚威德，而一裁縫家九歲女孩至其家，即費許多閒情教其描眉畫眼，弄粉塗朱，且教其做張做致，喬模喬樣。」在這樣的環境中，接受的又是這樣的薰染，一個小小使女，怎麼能不變成淫婦呢？而王招宣的妻子作為女性的「儀型」典範，也可想而知了。所以不難理解「三官之不肖荒淫，林氏之蕩閑逾矩」，這樣的環境，就有這樣的人。在第七十九回，當吳月娘等妻妾們知道她與西門慶「有聯手」時紛紛罵她，連潘金蓮也罵：「那老淫婦有甚麼廉恥！」這時，吳月娘就一語點明：「你還罵他老淫婦，他說你從小兒在他家使喚來。」一下子就使金蓮「把臉掣耳朵帶脖子紅了」。很清楚，有了林太太，才有潘金蓮；作者寫林太太，同時也就是寫了潘金蓮這個《金瓶梅》中「淫婦」第一的性格形成的典型環境。

林太太身為貴婦，實同暗娼。張揚的是傳家節操，骨子裏卻廉恥全無。這是她個人的墮落，也是那個社會的悲哀。「忍不住，嫁了個漢子，也休要出這個醜」，人生的欲望與社會的道德如何能和諧？何時能和諧？

粉頭李桂姐

娼妓，一開始就與中國古代小說結下了緣分。從李娃、霍小玉到杜十娘、沈瓊枝，再到《海上花》之類的作品出現，可以說綿延不斷。《金瓶梅》作為一部描寫世俗的小說，自然忘不了觸及社會的這一角落。西門慶的妻妾隊裏，已故的卓丟兒就是私窠出身，目下的二房太太李嬌兒原來也是勾欄裏的粉頭。李家的妓院名叫麗春院，現由嬌兒的兩個侄女撐市面，大的叫李桂卿，小的叫李桂姐。此外，尚有鄭家的姐妹愛香、愛月，韓家的姐妹金釧、玉釧，以及吳銀兒等，經常出入西門慶家裏。加上李銘、吳惠等樂工小優，專供娛樂差遣的「圓社」、「架兒」，看門守衛的「門頭」、「俳長」，乃至管家的鴇母，服侍的丫頭，實在也是別有一番天地，是《金瓶梅》世界裏的重要一角。在這個天地裏表演得最充分的，要數李桂姐了。

李桂姐出場時，剛「成了人兒」，出落得嬌豔誘人，色藝雙全，更有一套「乖覺伶變」的本領。她一見西門慶，就「殷勤勸酒，情話盤桓」、「爺許久怎的也不在裏邊走走?」「你肯貴人腳兒踏俺賤地?」逗得西門慶心花怒放，家也不回，逕到李家勾欄去「梳弄」她。西門慶從小「在三街兩巷遊串」，「專一嫖風戲月」，他去「梳弄」李桂姐當然是貪色；而李桂姐作為一個煙花女子，竭力勾引西門慶，則完全出於圖財和附勢。他們之間的勾搭實質上是色與財的交易，流氓和娼妓的聯盟。你看，西門慶的一次「梳弄」費，就拿出了五十兩銀子和四套衣服，相當於他家裏一個經理級夥計的兩年多工資！這對妓家來說無疑是接到了一個財神，難怪已經身為西門慶夫人的李嬌兒，聽說丈夫要同她的親侄女睡覺，竟高興得不得了，「邊忙拿了一錠大元寶與玳安，拿到院中，打頭面，做衣服，定桌席，吹彈歌舞，花攢錦簇，做三日，飲喜酒」。這就是娼妓的心理，她們是只認錢財，毫無倫理的。而且，西門慶這個財主，又是個惡霸，妓家的賣笑營生，本來少不了這類地方惡棍的庇護。他一光火，可以把妓家的「吃酒桌子掀倒，碟兒盞兒打的粉碎」（第二十回），叫你不能安身，吃不了這口飯；他保護你，再大的風險也可包下來。例如，第五十二回寫到「禍從天上來」，皇帝殿前的六黃太尉點名要抓李桂姐。李桂姐急得雲鬟不整，花容淹淡，只得向西門慶磕頭求救。西門慶竟把她窩藏起來，再派人往縣裏乃至東京去說情打點，終於化凶險為平夷。看來，行娼必須仗勢，李桂姐們是必須緊緊抱住西門慶之流的大腿的。

為了穩住西門慶這座靠山，李桂姐費盡了心機。她一會兒撒嬌，一會兒生嗔，千方百計地牢籠住西門慶的心，同時，她又竭力去討娘兒們的歡心。大娘吳月娘，當然是她最重點的工作對象，其

她一見西門慶，就「殷勤勸酒，情話盤桓」。

中拜月娘為乾娘，就是她最成功的一次表演。當時，西門慶生子加官，正是春風得意、炙手可熱之時，李桂姐就和虔婆商量定當，次日買了許多禮品，一清早趕在吳銀兒等妓女之前來拜月娘做乾娘。一進來，她就向月娘笑嘻嘻插燭也似拜四雙八拜，然後才與他姑娘（李嬌兒）和西門慶瞌頭，把月娘哄得滿心歡喜。當上了主母的義女之後，她頓時覺得高人一頭，忍不時賣弄起來：

> （她）坐在吳月娘炕上，和玉簫兩個剝果仁兒，裝果盒，吳銀兒、鄭香兒、韓釧兒在下邊机上一條邊坐的。那桂姐一徑抖擻精神，一回叫：「玉簫姐，累你，有茶倒一甌子來我吃。」一回兒又叫：「小玉姐，你有水盛些來，我洗這手。」那小玉真個拿錫盆舀了水，與他洗了手。吳銀兒眾人都看他睜睜的，不敢言語。桂姐又道：「銀姐你三個拿樂器來，唱個曲兒與娘聽。我先唱過了。」（第三十二回）

這件事，吳銀兒最惱火。她們之間本來彼此彼此，而如今桂姐略施小技，突然襲擊，竟把姐妹們都耍了。姐妹們還得唱曲，桂姐竟吆喝起別人來了。銀兒忍氣告訴了應伯爵，聰明的應伯爵一語道破桂姐「認乾娘」的天機，並指點銀兒以牙還牙的「法兒」：

一清早趕在吳銀兒等妓女之前來拜月娘做乾娘。

我對你說罷，他想必和他鴇子計較了，見你大爹做了官，又掌著刑名，一者懼怕他勢要，二者恐進去稀了，假著認乾兒女往來，斷絕不了這門兒親。我猜的是不是？我教與你個法兒：他認大娘做乾女，你到明日也買些禮來，卻認與六娘是乾女兒就是了。（第三十二回）

「懼怕他勢要」，就是找黑後臺；「恐進去稀了」，還是要賺他的錢。她們眼裏盯住的就是財和勢。果然，吳銀兒如法炮製，拜了瓶兒作乾娘，害得桂姐也氣了一陣子。其實這正如應伯爵當西門慶「乾兒子」一樣荒唐可笑。月娘、瓶兒當時自己也不過二十多歲，當乾爹的還公開與這些義女們睡覺，這些狗男女的靈魂竟被財色勢利搞得如此七顛八倒！

吃醋的潘金蓮看不慣西門慶與李桂姐打得火熱，罵街道：「十個九個院中淫婦，和你有甚情實？常言說得好：船載的金銀，填不滿煙花寨。」（第十二回）此話頗有道理。李桂姐對西門慶本無情可言。她附勢，歸根到底是為了圖財；為圖財，就不得不「假意虛情恰似真，花言巧語弄精神」（第二十回），甚至在依附的「乾爹」、「乾娘」面前也連騙帶哄，耍起花槍來。照理說，西門慶花了五十兩銀子「梳弄」，就意味著包佔了桂姐，她是不能再接客的。可是，真如《金瓶梅》作者說的：這妓家是「不見錢，眼不開，嫌貧取富，不說謊調誑也成不的」（第二十回）。李桂姐見西門慶幾天不來，就讓一個杭州販綢絹的丁二官人，化了十兩銀子歇了二夜。西門慶撞來，老鴇還騙他說桂姐「與他五姨媽做生日去了」，結果被西門慶識破，把麗春園打得七零八落。事後，桂姐好不容易把

「乾爹」哄回來，不久卻又偷偷地讓王三官用三十兩銀子包著（第六十九回）。她有時被西門慶召去，就想方設法早點脫身，或推說母親想念她，或假稱不巧那天是母親生日。謊話太多，不免使老實的吳月娘感到奇怪：怎麼你們園子裏的生日這麼多？其實，哪有什麼生日，無非是應伯爵說的：為了多接幾個漢子！多撈幾兩銀子！

西門慶死了，樹倒猢猻散，娼妓們紛紛另找靠山。李桂姐抓住時機，就在出殯的那天勸姑娘李嬌兒說：「……守甚麼？教你一場嚷亂，登開了罷。昨日應二哥來說，如今大街坊張二官府，要破五百兩金銀，娶你做二房娘子，當家理紀。你那裏便圖出身，你在這裏守到老死也不怎麼。你我院中人家，棄舊迎新為本，趨炎附勢為強，不可錯過時光。」（第八十回）這席話，徹底暴露了李桂姐之流的真面目。李桂姐在《金瓶梅》中的表演也就此結束。

結果被西門慶識破，把麗春園打得七零八落。

娼妓，本有各色各樣，不可一概而論。但世俗的觀念，往往把她們看作淫欲和貪欲的象徵。以寫「淫」著稱的《金瓶梅》的作者卻一反常態，在寫娼妓時偏偏很少渲染她們的淫態，煙花寨裏幾乎沒有留下不堪入目的筆墨。但這不能說是出於作者對她們的憐惜。因為作者並未徹底擺脫世俗習見，還是把她們當作「見錢開眼」、「趨炎附勢」的壞種來鞭撻的。吳月娘對天祈禱，李瓶兒臨終關照，不都流露了作者對粉骷髏們的態度嗎?·更直接的，可見之於不少「看官聽說」、「證詩」等作者介入的文字。請看第八十回作者道：「看官聽說：院中唱的，以賣俏為活計，將脂粉作生涯；早辰張風流，晚些李浪子；前門進老子，後門接兒子；棄舊迎新，見錢開眼，自然之理。」這裏的「自然之理」，就反映作者對娼妓們的根本認識。李桂姐，就是循著這種「自然之理」塑造出來的一個最活躍的娼妓形象。

幫閒應伯爵

在古今文學作品中，應伯爵數得上是寫得最成功的幫閒形象了。

幫閒，就是幫主子吃喝玩樂，消閒遣暇。古往今來，那些達官富豪，要裝門面，擺威風，尋開心，通消息，就少不得這類哈巴狗式的幫閒人物。西門慶一旦有錢有勢，在他周圍就麇集了「十兄弟」。其中，有遊手好閒的謝希大，有專與官吏保債的吳典恩，有討風流錢過日子的孫天化……而「頭一個名喚應伯爵，是個破落戶出身，一分兒家財都嫖沒了，專一跟著富家子弟幫嫖貼食，在院中頑耍，諢名叫做應花子。」（第十一回）這應伯爵實在是個絕頂聰明的人兒，「會一腳好氣球，雙陸棋子，件件皆通」。他能識古董，唱小曲，講笑話。對於吃，精到能把鰣魚分成幾份分別享用，使得「牙縫裏也是香的」；對於嫖，熟得連西門慶也不認識的粉頭，他都能一一講得清來龍去脈。而更重要的是，他善於察顏觀色，迎合別人的心理，懂得生意人怎樣想賺錢，窮朋友何時想借債，小優兒什麼最苦惱。當然，他最理解的還是西門慶的心，能使得主子在飲酒下棋、嫖妓聽曲、投壺行令，乃至婚喪喜慶之時都感到開心有趣，甚至能化憂為樂。因此，西門慶也最需要他，幾日不見，就要問：「你連日怎的不來？」應伯爵的聰明才智就這樣用在為西門慶尋歡作樂而插科打諢，而他也陶醉於在這種逢場作戲

中分得一杯殘羹，揩到一點油水，過著「化子」般的生活。

在這裏，我們只要看他一出場在「西門慶梳櫳李桂姐」中的表演就可見一斑了。那天，十兄弟在花子虛家擺酒會茶，西門慶竟不認得李桂姐等三個唱的而詢問東家，應伯爵就忙插口作了介紹。當西門慶有意梳櫳李桂姐時，他就和謝希大「兩個在根前一力攛掇，就上了道兒」。於是，他陪著西門慶「每日大酒大肉，在院中頑耍」。不想將近七月二十八日，西門慶生日來到。吳月娘見西門慶在院中留戀煙花，不想回家，就使玳安拿馬往院中接。玳安進勾欄時，捎去了潘金蓮的一封情書，不提防被李桂姐搶到了手。拆開一讀，原來是一首寫著「黃昏想，白日思，盼殺人多情不至」的肉麻纏綿的詞。粉頭李桂姐為了牽住嫖客的心，假裝醋勁大發，撇下酒席，走入房中，倒在床上，面朝裏面睡了。這下惱了西門大官人，把信扯得粉碎。應伯爵輩見主子發怒，便把玳安亂踢了幾腳，馬上幫主子去安慰李桂姐。大家七嘴八舌，忙了一陣子，最後還是應伯爵一錘定音：「大官人，你依我：你也不消家去，桂姐也不必惱。今日說過，那個再恁惱了，每人罰二兩銀子，買酒肉，大家吃。」這樣，大官人不回家了，小窯姐也不惱了，幫閒們有酒吃了，皆大歡喜，於是又「說的說，笑的笑，在席上猜枚行令，頑耍飲

一旦有錢有勢，在他周圍就麇集了「十兄弟」。

酒」，西門慶又「把桂姐摟在懷中陪笑，一遞一口兒飲酒」了（第十二回）。你看，應伯爵多聰明，多機靈！可惜的是，他把自己的才智都這樣消磨在陪主子嫖妓作樂，貪幾頓酒肉飽飯之中了！

不過，應伯爵這類幫閒是不會使人感到可惜的，而只能讓人覺得可鄙。這不僅因為他投靠的主子是惡霸，更重要的是他本身長著奴顏與媚骨，只知道奉承與拍馬，給人以一種低下、庸俗、卑劣之感。他認為，「如今時年尚個奉承」，對有錢人就是要低聲下氣裝笑臉，「你若撐硬船兒，誰理你？」（第七十二回）他實年長於西門慶，因為西門慶有錢，就稱他為「哥」。這位「哥」娶了原屬「弟」的花子虛的富有美貌的李瓶兒，他就「恨不得生出幾個口來誇獎奉承」，左一聲「我這嫂子，端的寰中少有，蓋世無雙」；右一句「這一表人物，普天之下，也尋不出來」。一會兒誇西門慶說「那裏有哥這樣大福」！一會兒又說自己「今日得見嫂子一面，明日死也得好處」！這等肉麻話連吳月娘等人聽了，也罵他「扯淡輕嘴的囚根子不絕」（第二十回）。李瓶兒生了官哥兒，他又是送禮物，又是關照要好生照顧孩子，還說道：「相貌端正，天生的就是個戴紗帽胚胞兒。」說得西門慶心花怒放（第二十一回）。李瓶兒死了，西門慶大哭，口口聲聲只叫「我的好性兒有仁義的姐姐」，應伯爵來到，進門撲倒靈前地下，哭了半日，也只哭「我的有仁義的嫂子」，與西門慶唱一個調子（第六十二回）。當黃真人為薦祓李瓶兒做法事完畢後，西門慶一再感謝他「經功救祓，得遂超生」，而應伯爵竟說：「方才化財，見嫂子頭戴鳳冠，身穿素衣，手執羽扇，騎著白鶴，望空騰雲而去。此賴真人追薦之力。哥哥的虔心，嫂子的造化，連我好不快活！」（第六十六回）這真是白日見鬼！為了一個李瓶兒，應伯爵就這樣在西門慶面前好話說盡，百般諂媚，其他奉承拍馬的事例更是多得不勝枚舉。應伯爵的這種奴才相，有時竟到了毫無人格的地步，跪地下，挨耳光，受戲弄，都做得出，受得了，甚至連自己的老婆也可以出賣。他因老婆春花生了個兒子來問西門慶借錢，西門慶就半真半假地說：「實和你說過了，滿月把春花兒那奴才叫了來，且答應我些時兒，只當利錢，不算發了眼。」（第六十七回）要不是後來西門慶打聽到春花長著個黑瘦瘦的「大驢臉」，恐怕這應花子也免不了做韓道國第二。這類幫閒行徑，正如應伯爵輩在祭西門慶時說的：「受恩小子，常在胯下隨幫。」因此，幫閒實質上也是主子「胯下」的奴才。

人處胯下，也有不得已而為之的如韓信之類的英雄，然應伯爵輩實是張竹坡所說的「蟣虱」。因為這類寄生蟲的本質十分卑污，他們本來就是一批市井無賴而已。作者為了突出他們的醜惡靈魂，還常常用一些誇張的、甚至漫畫式的筆法來勾畫他們的嘴臉。請看應伯爵之流在李桂姐院中的吃相：

眾人坐下，說了一聲動箸吃時，說時遲，那時快，但見：人人動嘴，個個低頭。遮天映日，猶如蝗蝻一齊來；擠眼掇肩，好似餓牢才打出。這個搶風膀臂，如經年未見酒和肴；那個連二筷子，成歲不逢筵與席。一個汗流滿面，恰似與雞骨朵有冤仇；一個油抹唇邊，把豬毛皮連唾咽。吃片時，杯盤狼藉；啖良久，箸子縱橫。杯盤狼藉，如水洗之光滑；箸子縱橫，似打磨之乾淨。這個稱為食王元帥，那個號作淨盤將軍。酒壺番灑又重斟，盤饌已無還去探。正是：珍羞百味片時休，果然都送入五臟廟。當下眾人，吃了個淨光王佛。……臨出門來，孫寡嘴把李家明間內供養的鍍金銅佛，塞在褲腰裏；應伯爵推鬥桂姐親嘴，把頭上金啄針兒戲了；謝希大把西門慶川扇兒藏了；祝日念走到桂卿房裏照臉，溜了他一面水銀鏡子；常時節借的西門慶一錢八成銀子，竟是寫在嫖賬上了。（第十二回）

這一段描寫不無誇張的色彩，但頗合人情物理，把這批「世之小丑」的神傳了出來。應伯爵性行之骯髒，莫過於第五十二回在藏春塢裏的所作所為了。他發現西門慶與李桂姐離席很久，就去跟蹤追擊，終於發現他倆在藏春塢裏苟合。這個下流無恥的傢伙，竟一無迴避，先在門縫外「只顧聽覷」，後來還衝將進去，要「抽個頭兒」，硬是按著光溜溜的桂姐「親個嘴」，才讓西門慶繼續在這雪洞裏胡纏。這類行徑真無異於豬狗，不知人間尚有此等羞恥事！

應伯爵之流不僅如此可鄙，而且有時也十分可惡。因為他不只是幫閒，也要幫忙；不只圖陪著主子「白嚼」幾頓而已，還要窮兇極惡謀私利。西門慶從何二官處接手絨線生意，向黃四、李三放高利貸，乃至借錢給十兄弟之一的常時節買房子……這類盤剝取巧的勾當，大都由他經手。轉手間，他必攫取大筆銀子。其心之黑，甚或超過他的主子。第三十四回「書童兒因寵攬事」所寫，最能暴露他的狠毒心腸。當時，西門慶的夥計韓道國的老婆王六兒與小叔通姦，被街坊小夥子捉住要解官去。韓道國急著來求應伯爵向西門慶求情，跪在地上說：「事畢重謝二叔。」應伯爵對西門慶花言巧語了一番，黑白竟完全顛倒了過來，通姦者無罪釋放，捉姦者反而被「打得皮開肉綻，鮮血迸流」，關了起來。無奈，家人們湊了四十兩銀子交他，「央他對西門慶說」。應伯爵略施小技，就了結了此事，兩邊撈了錢。其手段之辣，本性之貪，與西門慶實在不相上下！

為了使這個卑劣齷齪的幫閒形象昇華，作者還特地給他安排了這樣一個結局：另攀高枝，忘恩負義。西門慶死了，這些「也曾吃過他的，也曾用過他的，也曾使過他的，也曾借過他的，也曾嚼過他的」「兄弟」，每人只出了一錢銀子祭奠，還念念不忘佔便宜。一出門，就倒進了新主子張二官懷裏，「無日不在他那邊趨奉，把西門慶家中大小之事，盡告訴他」。特別具有典型意義的是，就是這個應伯爵，一手促使張二官花了三百兩銀子，把李嬌兒娶到家中做了二房娘子，還極力獻計張二官把那「第五個娘子潘金蓮」也用幾百銀子娶來受用。西門慶生前「百計趨承」的最好兄弟，如今竟是個「謀妾伴人眠」的罪魁禍首！這無疑對西門慶是極大的諷刺，也是對應伯爵的有力鞭撻！它簡直把那群幫閒的心肝血淋淋地挖了出來：原來所有的奉承拍馬都是圍繞著「勢利」兩個字！難怪小說的作者就此結束了幫閒的筆墨，寫了這樣一段總評：

> 看官聽說：但凡世上幫閒子弟，極是勢利小人。見他家豪富，希圖衣食，便竭力承奉，稱功誦德。或肯撒

這位「哥」娶了原屬「弟」的花子虛的富有美貌的李瓶兒，他就「恨不得生出幾個口來誇獎奉承」。

漫使用，說是疏財仗義，慷慨丈夫。脅肩諂笑，獻子出妻，無所不至。一見那門庭冷落，便唇識腹誹……就是平日深恩，視如陌路。當初西門慶待應伯爵，如膠似漆，賽過同胞弟兄，那一日不吃他的，穿他的，受用他的？身死未幾，骨肉尚熱，便做出許多不義之事。正是：畫虎畫皮難畫骨，知人知面不知心。（第八十回）

其實，世態炎涼，人心冷暖，豈只見之於幫閒小人，見之於《金瓶梅》世界？應伯爵只是「世之小丑」的一面放大鏡而已。在這面放大鏡下，可以看清楚人世間的奴顏與媚骨，往往來之於附勢與逐利。假如天底下存在著地位和財富的懸殊，恐怕就免不了「世情看冷暖，人面逐高低」，免不了大大小小的應伯爵式的腳色滋生著、活躍著。

浪子陳經濟

《金瓶梅》的成功，比較集中地表現在塑造了西門慶這樣一個典型來暴露社會現實，而更令人讚歎的是，小說通過藝術的展現告訴人們：西門慶這類惡棍的產生絕不是偶然的，特別是陳經濟、張二官、玳安這幾個西門慶式的「接班人」的塑造，更強有力地證明：在那樣一個社會裏，西門慶是死不完、絕不了的。不過，作者寫這些「接班人」，用的是不同筆法，寫得也各有特色。寫張二官，只是在行文中略帶了淡淡的幾筆，點出這個富戶後來用西門慶同樣的行賄手法，頂了西門慶提刑官的缺，包攬了西門慶原想包攬的為朝廷購古器的買賣，收羅了原來活躍在西門慶周圍的一些幫閒，連西門慶的第二夫人李嬌兒也成了他的第二房妾，儼然是清河縣的又一西門慶。而玳安，雖然作者很少用正筆描繪，但卻是個貫串始終的人物。他原是西門慶的隨身小廝，善於察顏觀色，隨機應變，能掌握西門慶的心性，人稱主人的「肚裏蛔蟲」。他生活在這樣的環境裏，耳濡目染，上行下效，也學得一套偷香竊玉、處世立身的本領，後來竟事實上成了西門慶的繼承人，人稱「西門小員外」。而陳經濟，則更是作者花大力氣寫的西門慶的影子。他猶如西門慶而不是西門慶，自有其生活道路和性格特點。

說陳經濟猶如西門慶，主要表現在嗜色如命這一點上。第十八回有《西江月》一首對他加以寫

照，說他「自幼乖滑伶俐，風流博浪牢成……見了佳人是命。」他十七歲娶西門慶的女兒為妻，過兩年，寄居在岳丈家，即偷上了岳母潘金蓮與春梅。之後，他一有機會就姦丫頭，玩妓女，所淫婦女之多僅次於西門慶。最後，就在與春梅行淫作孽之後赤條條地死於別人的刀下。他實在是《金瓶梅》世界中的第二淫棍。正是從這點出發，作者在這部「以淫說法」的小說中，選了他作為西門慶的繼承者。

然而，陳經濟的命運與西門慶殊不相類。西門慶一出場，就是地方一霸，以後也一直官運亨通，步步高升，始終似那個社會的主宰。而陳經濟命運多乖，一開始就家遭變故，寄人籬下，後來又輾轉磨難，吃盡苦頭，最後也只是在姘婦春梅的庇護下混日子。因此，西門慶之貪淫，多表現為驕橫狠毒，肆無忌憚；而陳經濟之偷色，多顯得奸滑巧飾，偷偷摸摸。本來，陳經濟自小長在京城，父親陳洪也屬蔡京奸黨一類，故必見過一定世面。而如今屈居在西門家裏當管工，做夥計，不得不夾住尾巴，謹慎從事，裝得勤勉老實，讓月娘覺得他很「志誠」，允許他自由出入內闈。西門慶也認為他可靠，甚至當面對他說：「姐夫，你在我家這等會做買賣……我也得托了。常言道：有兒靠兒，無兒靠婿。

月娘覺得他很「志誠」，允許他自由出入內闈。

……我若久後沒出，這份兒家當都是你兩口兒的。」（第二十回）凡家中大小事務，出入書柬禮帖，都教他寫。有客人來，必請他陪。事實上已把他當作接班人來培養。殊不知這小子表面裝得頗為正經，嘴裏口口聲聲說：「蒙爹娘抬舉，莫大之恩，生死難報」，骨子裏卻是色膽比天大，要害岳丈當王八。他第一次看到西門慶愛妾潘金蓮時就「心蕩目搖，精魂已失」。不久兩人即搭上，「挨肩擦膀，通不忌憚」。在這裏，潘金蓮固然早存此心，但陳經濟實在也是個偷花能手。《新刻繡像批評金瓶梅》的批語就評他：「勾挑軟昵處在西門慶之上。」（第二十八回）就是他首先主動向潘金蓮撲去，「摟他親嘴」（第十九回）。以後兩人稍有機會，即不擇地勢，苟且解饞，真如豬狗一般。而這一切，都被他的「乖滑伶俐」遮掩過去了，西門慶到死都蒙在鼓裏。後來春梅將他收留在身邊暗續舊情，無所不至，而呆若木雞的丈夫周守備還對這位假表弟關懷備至，既幫他掙前程，又為它娶妻室，受盡了這個無義之徒的騙。陳經濟就是這樣一個善於偽裝又十分奸滑的小色鬼。

當然，狐狸再狡猾，總有一天會露出尾巴來的。西門慶死後，陳經濟逐漸放肆起來，居然與金蓮、春梅兩人「無日不相會做一處」，還偷出個「私肚子來了」，雖然弄來兩帖打胎藥，把「一個白胖的小廝兒」打了下來，但終於被忍無可忍的秋菊告發，一一被逐

骨子裏卻是色膽比天大，要害岳丈當王八。

出了西門家的大門。從此，陳經濟拉下了面上的假正經的薄紗，徹底暴露了一個無賴、浪子的真面目。當時，他見賣了春梅，又不得往金蓮那裏去，就在家中破口大罵，甚至公開威脅：

好不好我把這一屋子裏老婆都刮剌了，到官也只是後丈母通姦，論個不應罪名。如今我先把你家女兒休了，然後一紙狀子告到官；再不，東京萬壽門進一本，你家見收著我許多金銀箱籠，都是楊戩應沒官贓物，好不好把你這幾間業房子都抄沒了，老婆便當官辦賣。我不圖打魚，只圖混水耍子！（第八十六回）

活畫出了一個企圖把水攪渾的市井油滑無賴的嘴臉。當月娘率領雪娥等眾婦人把他按在地下，痛打一頓之時，他竟把褲子脫了，嚇得眾婦女丟下棍棒亂跑，惹得月娘又是惱，又是笑，罵道：「好個沒根莖的王八羔子！」而他的無賴行為的最傑出表演，是妄想去拐騙孟玉樓。當他聽得孟玉樓嫁了嚴州府李通判的兒子，帶過許多東西去上任時，就異想天開地憑著過去拾到的一根簪子，誣說孟玉樓與他有姦，再告她們的東西是昔日楊戩的應沒官之物。他的如意算盤是：「那李通判一個文官，多大湯水，聽見這個利害口聲，不怕不教他兒子雙手把老婆奉與我，我那時取將來家，與馮金寶又做一對兒，落得好受用。」結果，這個「計就月中擒玉兔」的傢伙，自己中計被人擒，差一點送掉了小性命，只落得人財兩空，頓時變成了個窮光蛋。這也可以說是對這個無賴的小小的懲罰。

陳經濟這個薄劣無賴，又是敗家浪子。他從西門家出來時，月娘曾「交還了許多床帳妝奩，箱籠家火」。他娘張氏手頭也有相當銀子，曾兌了二百兩銀子交他開布鋪，做買賣。可是他逐日與楊大郎等一群狐朋狗黨吃喝玩樂，差一點把本錢都丟了。他就又問娘要了三百兩銀子去臨清販布，一到臨清，卻整日價「遊娼樓，串酒店，每日睡睡，終宵蕩蕩」，最後看上了粉頭馮金寶，一下子摸出了銀子五十兩，一連歇了幾夜，又乾脆花了一百兩娶回家。他母親見兒子把本錢倒娶了一個賣唱的來家，氣得嗚呼哀哉，一命身亡。他卻讓粉頭馮金寶住正房，妻子西門大姐睡耳房，天天大酒大肉買與馮金寶吃，把大姐丟著不理睬。待他從孟玉樓處敲詐失敗回來，知道價值九百兩銀子的幾乎全部財產被流氓楊大郎拐走。西門大姐告訴他馮金寶偷銀子轉給鴇母，他卻不分青紅皂白將大姐毒打一頓，大姐氣不過，懸樑自盡了。吳月娘領人來問罪，把陳家打得七零八落，還一紙告到了衙門裏。陳經濟花了一百兩銀子賄賂縣官，才輕判「准徒五年，運灰贖罪」。待他坐了半月監獄出來，馮金寶也丟了，房兒也典了，家中的所有都乾淨了，不久即落到一貧如洗的境地，不得不去做乞丐，當道士，流落在社會的最低層。可是，這個浪蕩子本性難移，白日間街頭乞食，晚上做夢還在調風弄月；好心人給他盤纏做買賣，他卻喝酒吃肉花個精光；做道士一旦偷得錢財，馬上又去宿娼嫖妓，再被人捉到官府裏。陳經濟就是這樣一個只懂吃喝玩樂、偷香竊玉的浪蕩子。他毀掉了一個家，也毀掉了他

居然與金蓮、春梅兩人「無日不相會做一處」。

自己。

顯然，作者塑造陳經濟這樣一個西門慶的影子，不僅僅是使故事的下半部分能賴以延續，而且是有意將他和西門慶作一對比。一個時來運盛，一個命多蹇塞；一個興家立業，一個敗家蕩產；一個是大惡霸，一個是小無賴；一個橫行霸道，一個刁滑偷生；一個寫得「熱」，一個顯得「冷」；然而，他們是繫在一根藤上的兩隻瓜：都是色中的餓鬼。作者在安排這對淫棍時又是那麼的巧妙：陳經濟作為西門慶的下一代、接班人，不但在「淫」字上一脈相承，而且可以說是青出於藍而勝於藍。他偷情的手段更精，膽子更大，結果死得也更慘！他們兩人的異途同歸，強有力地顯示了作者這樣的創作意圖：貪淫者必敗！而這兩個形象的客觀意義又告訴人們：淫悪者不絕！

『蠢』婢秋菊

潘金蓮有兩個丫頭，一個是春梅，另一個是秋菊，她們雖然跟的是同一個主子，但兩人的遭遇和命運卻天差地別。小說第十回末曾有過這樣的對比：「原來春梅比秋菊不同，性聰慧，喜謔浪，善應對，生的有幾分顏色，西門慶甚是寵他。秋菊為人濁蠢，不任事體，婦人打的是他。」這是在春梅被西門慶「收用」後的一段議論。實際上，春梅不僅得寵於西門慶，而且與潘金蓮始終穿的是一條褲子，同心同德，情同姐妹；而秋菊則始終與潘金蓮離心離德，形若仇敵，這正是：「春梅秋菊不同時。」

秋菊是潘金蓮進西門慶家後僅花六兩銀子新買來的丫頭，用來上灶，做粗活，但在小說中被著力描寫的是她常常是潘金蓮性鬱悶或爭寵時的出氣筒，動不動就被潘金蓮及春梅毒打一頓。在西門慶家中，可以說秋菊的日子最難過，最悲慘。

看來，潘金蓮確是個虐待狂。早在武大死後，一個多月不見情夫西門慶到來，她欲火燒，心煩燥，動不動就將迎兒打罵一頓。一日，「心中正沒好氣」，迎兒又偷吃了一隻「角兒」（一種蒸餃），就「不由分說，把這小妮子跣剝去了身上衣服，拿馬鞭子下手打了二三十下」，還不過癮，又用「尖指甲掐了兩道血口子，才饒了她」。潘金蓮到西門慶家後，爭寵吃醋，矛盾重重，稍不如意，秋菊就

要吃苦頭。第一次寫秋菊被打是第二十八回。由於潘金蓮與西門慶白天在葡萄架下宣淫過了頭，昏昏沉沉地回到家掉了一隻鞋，被名叫小鐵棍兒的孩子拾到，後又被陳經濟騙去，到明日潘金蓮起來時發現少了一隻紅鞋，於是就有了下面的故事：

（潘金蓮）問春梅。春梅說：「昨日我和爹搊扶著娘進來，秋菊抱娘的鋪蓋來。」婦人叫了秋菊來問，秋菊道：「我昨日沒見娘穿著鞋進來。」婦人道：「你看胡說！我沒穿鞋進來，莫不我精著腳進來了？」秋菊道：「娘，你穿著鞋，怎的屋裏沒有？」婦人罵道：「賊奴才，還裝憨兒！無過只在這屋裏，你替我老實尋是的。」這秋菊三間屋裏，床上床下，到處尋了一遍，那裏討那隻鞋來。婦人道：「端的我這屋裏有鬼，攝了我這隻鞋去了？連我腳上穿的鞋也不見了，要你這奴才在屋裏做甚麼？」秋菊道：「倒只怕娘忘記落在花園裏，沒曾穿進來。」婦人道：「敢是昏了！我鞋穿在腳上沒穿在腳上，我不知道？」叫春梅：「你跟著這賊奴才往花園裏尋去。尋出來便罷，若尋不出我的鞋來，教他院子裏頂著石頭跪著。」

她們去花園尋了一遍沒尋著，秋菊就只能在院子裏被罰跪。在這

秋菊一口咬定「沒見娘穿著鞋進來」

裏，秋菊一口咬定「沒見娘穿著鞋進來」，是她蠢嗎？不蠢。她清楚得很，潘金蓮就是沒有穿著鞋進來，「穿著鞋，怎的屋裏沒有」？其推斷有道理。但在這個不平等的家庭裏，主子就是真理，白的可以說成黑的，秋菊蠢就蠢在作為一個奴才，竟敢頂主子說大實話，不但說，還要堅持，頂到底，這在那些見風使舵的聰明人看來，真是大蠢特蠢了。

秋菊無奈，只得再到花園裏去尋，結果在藏春塢裏尋出西門慶珍藏著的一隻宋惠蓮的鞋。這隻鞋，比金蓮的還要小，也就是說更美，宋惠蓮曾經在眾人面前張揚過，在與西門慶偷歡時自吹過——這又恰恰被潘金蓮偷聽著，因此，這隻鞋馬上叫潘金蓮醋意大發，妒火中燒，將秋菊來出氣：「這鞋不是我的鞋。奴才，快與我跪著去！」吩咐春梅：「拿塊石頭與他頂著！」秋菊哭著叫冤：「我饒替娘尋出鞋來，還要打我；若是再尋不出來，不知還怎的打我哩！」但身為奴才的秋菊是無冤可伸、無理可辯的，她再分辯，也逃不過春梅「掇了塊大石頭，頂在她頭上」。

再看第四十一回，潘金蓮見吳月娘與喬大戶結親，李瓶兒都在酒席上披紅簪花遞酒，自己受了冷落，心裏不平。來家後，又被西門慶罵了兩句，越發不高興。再聽見西門慶到李瓶兒房中去了，就更是「使性子，沒好氣」。因秋菊開門遲了些，一進門就把她打了兩個耳刮子。待要再打，又恐隔牆西門慶聽見，只能強按怒氣睡了。到明日，見西門慶衙門中去了，她就放肆地毒打秋菊，並通過打罵秋菊，指桑罵槐地痛罵李瓶兒：

婦人把秋菊教他頂著大塊柱石，跪在院子裏。跪的他梳了頭，教春梅扯了他褲子，拿大板子要打他。那春梅道：「好乾淨的奴才，教我扯褲子，倒沒的污濁了我的手！」走到前邊，旋叫了畫童兒小廝，扯去秋菊底衣。婦人打著他，罵道：「賊奴才淫婦，你從幾時就恁大來？別人與你，我卻不與你！姐姐，你知我見的，將就膿著些兒罷了，平白撐著頭兒逞什麼強！姐姐，你休要倚著，我到明日洗著兩個眼兒，看著你哩！」一面罵著又打，打了又罵，打的秋菊殺豬也似叫。李瓶兒那邊才起來，正看著奶官哥兒，打發睡著了，又唬醒了。明明白白聽見金蓮這邊打丫鬟，罵的言語兒妨頭，一聲兒不言語，唬的只把官哥兒耳朵搗著。一面使繡春：「去對你五娘說，休打秋菊吧。哥兒才吃了些奶睡著了。」金蓮聽了，越發打的秋菊狠了。

秋菊這次被打，完全是無辜的。她只是作為一個不順心的奴才，被潘金蓮當作出氣筒，不時地用馬鞭子抽，用鞋底板刮，頂著石頭在太陽底下跪瓦碴兒，進行任意的摧殘。但作為一個人，再笨再蠢，都有自己做人的尊嚴，都有要求平等的欲望。「哪裏有壓迫，哪裏就有反抗」，這的確是一條真理；更何況，秋菊並不蠢。她心裏不服，時刻尋找著機會報復。真是皇天不負有心

自以為聰明的月娘不但不信，反而將她痛罵了一頓。

人，一天湊巧她發現了潘金蓮與女婿陳經濟的姦情，就對月娘房裏的丫頭小玉說了。想當初，她發現潘金蓮夜間與琴童在房中行事，也是先告訴小玉，然後傳到了雪娥、月娘那裏的。想不到這次小玉變了卦，因她和春梅好，就向春梅告了密。於是秋菊被潘金蓮「拿棍子向他脊背上盡力狠抽了三十下，打的殺豬也似叫，身上都破了」，春梅還叫小廝剝了她的衣服，「拿大板子盡力砍與他二三十板」，教訓她要「裏言不出，外言不入」，不能「葬送主子」。可是，秋菊越挨打，越不服，她清楚地知道被小玉出賣了，所以，當她第二次發現金蓮與經濟「貪睡失曉，至茶時前後還未起來」時，就逕到上房向月娘告狀，結果不巧被小玉擋駕，蒙蔽了月娘。第三次，儘管她被春梅灌醉後倒扣在廚房裏，但當半夜起來淨手時，弄開了倒扣的門，看清了他們「三人串作一處」後，依舊往廚房裏去睡了。天明春梅發現廚房門開過，追問秋菊，秋菊機智地掩飾過去，並立即去報告月娘。可歎的是，自以為聰明的月娘卻很蠢，不但不信秋菊的話，反而將她痛罵了一頓，怪她是個「賊葬弄主子的奴才」！還要打她。一而再，再而三，秋菊被打，被罵，被不信任，但她不氣餒，不甘休，不屈不撓，鬥爭到底，終於有一天，拉著月娘去捉姦當場捉了個正著，用事實證明了「不是奴婢說謊」，而是「奴婢兩番三次告大娘說不信」，證明了「濁蠢」的不是秋菊，而是月娘。潘金蓮、春梅、陳經濟也因此而被逐出了家門，改變了命運。對秋菊來說，氣出了，怨也報了，儘管她自己也被月娘們視作「倒弄主子」的「蠢」貨而遭斥賣，而且以比原先低一兩銀子即五兩銀子的價錢賣了出去，但應該說，她在西門慶家裏的所作所為是光彩照人的。她正直、堅強、機智，她捍衛了一個人的人格，她敢於同惡勢力鬥爭到底。她何蠢之有？

奴成員外小玳安

西門慶家中有兩個奴才的結果令人矚目：一個是春梅，後來成了周守備的堂堂正夫人，氣焰極盛；另一個則是玳安，成了最後承受西門慶家業的接班人，人稱「西門小員外」。假如說春梅最後能婢作夫人是由於機緣好，那麼玳安能成為員外則完全在於功夫深。

玳安的功夫主要在於做好一個奴才。做好一個奴才的關鍵是能摸透主子的心思，迎合主子的好惡，一切圍著主子轉。作為西門慶的貼身跟班，西門慶在官場、商場、情場上的種種活動，他幾乎都跟在一起，聽從使喚，說一不二。而對其他人，則要看主子的眼色來決定自己的言行，該說的說，該瞞的瞞，該拍馬的拍馬，該冷落的冷落，隨機應變，處處乖巧。比如，第八回寫西門慶娶了孟玉樓，新婚燕爾，如膠似漆，一個多月沒有往潘金蓮家中去，使得她憋得慌。一天，潘金蓮好容易見玳安從門前走過，馬上就把他叫住。金蓮敏感到西門慶另外有花頭，就問他：「想必另續上了一個心甜的姊妹，把我做個網巾圈兒——打靠後了？」玳安馬上為西門慶掩飾，說：「俺爹再沒續上姊妹。只是這幾日家中事忙，不得脫身來看得六姨。」但精靈的金蓮不信，她一再追問，又加上玳安心裏清楚，金蓮也是西門慶的相好，得罪不得，更何況自己也曾得到過她的好處，於是吞吞吐吐地將孟玉樓之事從頭

到尾說了一遍。金蓮聽了止不住紛紛落下來，想不通「與他從前已往那樣恩情，今日如何一旦拋閃了」？這時，玳安在懂得主人心理的前提下，討好這個主人的情人說：「六姨，你休哭。俺爹怕不的也只在這兩日頭。他生日待來也，你寫幾個字兒，等我替你捎去，與俺爹瞧看了，必然就來。」這使得潘金蓮一時十分感激，又是弄點心，又是給小費，玳安白落了個人情，又沒有得罪西門慶。後來，在西門慶與李瓶兒偷情的過程中，玳安也是瞞裏瞞外，處理得很巧妙。一天，西門慶吩咐他回家，李瓶兒關照他說：「到家裏，你娘問，只休說你爹在這裏。」他即回答道：「小的知道，只說爹在裏邊過夜，明日早來接爹就是了。」當下把李瓶兒喜歡得要不的，說道：「好個乖孩子，眼裏說話！」到明天，玳安接西門慶回家後，潘金蓮揭穿了他們的鬼把戲：

金蓮便問：「你昨日往那裏去來？實說便罷，不然，我就嚷的塵鄧鄧的！」西門慶道：「你們都在花家（即瓶兒家）吃酒，我和他每燈市裏走了回來，同往裏邊吃酒，過一夜。今日小廝接去，我才來家。」金蓮道：「我知小廝去接，那院裏有你那魂兒罷麼！賊負心，你還哄我哩！那淫婦昨日打發俺每來了，弄神弄鬼的，晚夕叫了你去，搗了一夜；搗的了，才放來了。玳安這賊囚根子，久慣兒牢成，對著他大娘又一樣話兒，對著我又是一樣話兒。先是他回馬來家，他大娘又是問他：『你爹怎的不來家？在誰家吃酒哩？』他回話：『和應二叔眾人看了燈回來，都在院裏李桂姨家吃酒，教我明早接去哩。』落後我叫了問他，他笑不言語；問的急了，才說：『爹在獅子街花二娘那裏哩。』賊囚根，他怎的就知我和你一心一計？想必你叫他

話來！」西門慶哄道：「我那裏教他！」（第十六回）

的確，玳安高明就高明在用不到西門慶教他，而他卻如西門慶「肚裏的蛔蟲」（第六十二回吳月娘語），摸透了主人的脾性和心理，也摸透了主人與各種人的關係，巧於逢迎周旋。關於這一點做奴才的基本經驗，他自己也坦率地介紹過兩次。一次是平安兒沒有攔住幫閒白賚光闖進屋來混了一頓飯吃，事後西門慶大為惱火，把平安兒打了個皮開肉綻。這時玳安就給平安兒講伺候主子要「見景生情」的心得：

> 平安兒，我不言語繁得我慌。虧你還答應主子，當家的性格，你還不知道，你怎怪人！常言：養兒不要屙金溺銀，只要見景生情。比不得應二叔和謝叔來，答應在家不在家，他彼此都是心甜厚間罷了。以下的人，他又分付你答應不在家，你怎的放人來？不打你，卻打誰？（第三十五回）

另一次是李瓶兒死了，西門慶哭得不思飲食，還是玳安出了個主意，請應伯爵、謝希大兩人來勸說了幾句，西門慶「即拭淚而止，令小廝後邊看飯去了」，這時：

平安兒，我不言語繁得我慌。

玳安走至後邊，向月娘說：「如何？我說娘每不信，怎的應二爹來了，一席話說的爹就吃飯了？」金蓮道：「你這賊，積年久慣的囚根子！鎮日在外邊替他做牽頭，有個拿不住他性兒的！」玳安道：「從小兒答應主子，不知心腹？」（第六十三回）

他就是一個積年久慣的「心腹」，能拿住主子的性兒，又能「見景生情」，見機行事，這就永遠能討得主子歡心。這就是做好一個奴才的看家本領。

當然，聽話當是奴才的第一要著，但若是被主子真正看上，畢竟還要有一點才幹。玳安在處理一些日常事務上，還是有一手的。第五十一回寫吳月娘正在聽尼姑宣講經卷，忽然有宋巡按家差人送禮來，吳月娘慌得不知怎麼辦才好。這時，玳安就露了一手：

正亂著，只見玳安兒放進氈包來，說道：「不打緊，等我拿帖兒對爹說去。交姐夫且讓那門子進來，管待他些酒飯兒著。」這玳安交下氈包，拿著帖子，騎馬雲飛般走到夏提刑家，如此這般，說了巡按宋老爺送禮來。西門慶看了帖子……連忙分付：「到家教書童快拿我的官銜雙摺手本回去。門子答賞他三兩銀子、兩方手帕，抬盒的每人與他五錢。」玳安來家，到處尋書童兒，那裏得來，急的只遊回磨轉。陳經濟又不在，交傅夥計陪著人吃酒。玳安旋打後邊樓房裏討了手帕、銀子出來，又沒人封，自家在櫃上彌封停當，交傅夥計寫了，大小三包。……

正在急唿之間，只見陳經濟與書童兩個騎著騾子才來。被玳安罵了幾句，交他寫了官銜手本，打發送禮人去了。

吳月娘就放心地仍在後邊聽佛曲，陪著尼姑吃茶食。她雖然沒有說幾句讚賞玳安兒的話，但心裏還是明白的，後來她讓玳安承受家業，或許就因為由這類事情給她留下了較好的印象吧！

當奴才的對上極力奉承，對下則擺足架勢，這是一種奴性正反兩方面的正常表現。第四十六回寫西門慶的妻妾在元宵節出外赴宴，大雪驟降，月娘叫玳安回家取皮襖，他到家卻差琴童找玉簫去取，自己則找情人小玉烤火吃酒肉，害得琴童在風雪黑夜，到外面去找玉簫，跑前跑後，往返四次，叫苦連天，又不敢在他與小玉面前發作。第四十五回，寫李嬌兒房中的丫頭夏花兒因拾金事發，挨了一頓拶打，吳月娘正使人將她變賣出去，而李桂姐怕影響其姑的聲價，在西門慶面前說情。西門慶改變主意，吩咐玳安告訴月娘留下夏花兒。玳安覺得此事難辦，就差畫童兒去告訴吳月娘。他這樣老是差遣「奴才的奴才」，怪不得月娘要大罵他：「好奴才！使你怎的不動？又遣將兒，使了那個奴才去了？也不問我一聲兒，三不知就去了。但坐壇遣將兒，怪不的，你做了大官兒，恐怕打動你展翅兒巾，就只遣他去！」

玳安長期跟著西門慶，上行下效，主子的種種劣性也被他繼承下來。比如其貪財，小說多處寫到他撈外快，乃至在苗青案中也撈了一把。其貪淫，特別見之於他偷賁四嫂。張竹坡曾指出，小說之所以安排了一個賁四嫂，就是為了寫玳安。玳安一方面為西門慶與賁四嫂之間牽線搭橋，站崗放哨，另一方面，等西門慶一走，就進去取而代之，與賁四嫂同枕同眠。這與其說是有意「欺主」，倒不如說是習以成性。尤其是第五十回寫他與琴童一起到蝴蝶巷魯家嫖妓時，一副無賴惡霸嘴臉，與西門慶如出一轍。那天，西門慶在王六兒家姦宿未起，玳安就抽空招呼琴童一起「混一回子去」：

玳安與琴童一起到蝴蝶巷魯家嫖妓時，一副無賴惡霸嘴臉，與西門慶如出一轍。

那玳安一來也有酒了，叫門叫了半日才開。原來王八正和虔婆魯長腿在燈下拿黃杆大等子稱銀子哩，見兩個凶神也般撞進裏間屋裏來，連忙把燈來一口吹滅了。王八認的玳安是提刑所西門老爹家管家，便讓坐。玳安道：「叫出他姐兒兩個唱個曲兒俺每聽就去。」王八道：「管家，你來的遲行一步兒，兩個剛才都有了人了。」這玳安不由分說，兩步就扠進裏面。只見黑洞洞，燈也不點，炕上有兩個戴白毯帽子的酒太公，一個炕上睡下，那一個才脫裹腳，便問道：「是甚麼人？進屋裏來了？」玳安道：「我合你娘的眼！」不防颼的只一拳去，打的那酒子叫聲阿㘄，裹腳襪子也穿不上，往外飛跑。那一個在炕上扒起來，一步一跌也走了。玳安叫掌燈來，罵道：「賊野蠻流民，他倒問我是那裏人！剛才把毛搞淨了他的才好，平白放了他去了。好不好，拿到衙門裏去，教他且試試新夾棍著！」魯長腿向前掌上燈，拜了又拜，說：「二位官家哥哥息怒，他外京人不知道，休要和他一般見識。」因令金兒、賽兒出來，「唱與二位叔叔聽」。只見兩個都是一窩絲盤髻，穿著洗白衫兒、紅綠羅裙兒，向前道：「今日不知叔叔來，夜晚了，沒曾做得準備。」一面放了四碟乾菜，其餘幾碟都是鴨鴟、蝦米、熟鮓、鹹魚、豬頭肉、乾板腸兒之類。玳安便摟著賽兒一處，琴童便擁著金兒。……正唱在熱鬧處，忽見小伴當來叫，二人連忙起身。玳安向賽兒說：「俺每改日再來望你。」說畢，出門。（第五十回）

其貪淫，其霸道，其無賴，正是一個活脫的小西門慶！這就不難理解作者有意讓這樣的一個人物來作為西門慶的接班人。假如說，玳安是西門慶的實際的接班人的話，那麼小說中還有一個虛寫的張二官，後來連西門慶的小老婆李嬌兒也投入他的懷抱，好「兄弟」應伯爵則趨之於他的門下，儼然是清河縣的又一個西門慶。這都說明了這樣一個事實：像西門慶這樣的人物在社會中是死不完的！

欲海回頭韓愛姐

在《金瓶梅》結尾處，作者用濃彩重墨描寫了最後一個女人——韓愛姐，這在全書的布局中，大有深意在焉。作為一個娼婦，她能回頭是岸，守節殉情，成了金、瓶、梅等所有「淫婦」們的一面亮燦燦的反光鏡。

韓愛姐的一生充滿著苦難。她出身在社會下層，父親韓道國與母親王六兒，是一對寡廉鮮恥的寶貨，故自幼不可能有良好的教育，十四五歲時，被西門慶送給蔡京的管家翟謙當二房。翟謙本想將她當作傳宗接代的機器，無奈他是個「年也將及四十，常有疾病」的男人，不能生育，就讓這個「瓊林玉樹一般，百伶百俐」的姑娘去「寸步不離」地侍候老太太。這時，她儘管有三間房住，有兩個丫鬟服侍，但其內心充滿著壓抑，鬱積著一股追求真正情愛的動力。沒過幾年，蔡京等被劾，聖旨下來，發煙瘴地面永遠充軍，愛姐受株連，不得不與父母一起倉皇出逃。回到山東，已無落腳之所，輾轉到臨清，只得隨「摻白鬚鬢」的父母，做暗娼勉強度日。她從一個小妾，成逃犯，做暗娼，生活的道路充滿著荊棘，感情上受到嚴重創傷。

正當她與父母在繁華的臨清碼頭艱難度日，思想上極度苦悶的時候，遇到了溫情脈脈的陳經濟。陳經濟本是風月場中的老手。韓愛姐給他的第一印象是：「一個年小婦人，搽脂抹粉，生的白淨標緻，約有二十多歲」；又嘴巧，「會說話兒」；再加上她彈琴唱曲、詩詞歌賦，樣樣都通，十分風流，自然就另眼相看。但他從幫助韓家到愛上愛姐的因素還是比較複雜的，其中不排除有一種故交之情和惻隱之心在起作用。開始，當他沒有認出她們一家時，也斥責了她們。但當知道她是韓夥計的女兒時，馬上改變了態度，對她們十分客氣：「你每三口兒既遇著我，也不消搬去，便在此住也不妨，請自穩便！」還叫伴當幫他們搬行李，吩咐主管「明早送些茶盒與他」。陳經濟在這時的確有一種「你我原是一家，何消計較」的念頭，對患難中的故交伸出了真誠的援助之手。而當他後來深深地眷戀韓愛姐，還有更深層的心理因素，即愛姐在許多方面，諸如彈琴唱曲、識文解字、善於言辭、溫柔風流等等，很像他刻骨銘心的最愛六姐潘金蓮。所以當與愛姐「曲盡綢繆」，聽了她「鶯聲燕語」之後，便「歡喜不勝，就同六姐一般，正可心上」，將他與潘金蓮的不了情，統統移之於愛姐身上，「以此與他盤桓一夜，停眠整宿」，難分難捨。

再說韓愛姐愛上陳經濟，在開始時也並不是純潔的。第一次兩人單獨對坐時，還是愛姐十分主動地「把些風月話兒來勾經濟」，並引他上樓後，直截了當地說：「奴與你是宿世姻緣，你休要作假，願偕枕席之歡，共效于飛之樂。」當經濟還怕「有人知覺」，說「使不得」時，她卻「做出許多妖嬈來，摟經濟在懷」。在這裏，固然有一些以身報恩的意味在內，但更多的成分恐怕還是「一路上與他娘也做些道路」慣了的韓愛姐想以色來勾住一個主顧的魂，是一種性的交易，而不是情的驅使。但一來二往，她們之間的真情逐漸產生，在愛姐的心裏，就只有陳經濟一個人了。當經濟一去數日，不來看她時，她只專心地等著他。王六兒三番五次地要她接客，她卻「一心想著經濟，推心中不快」，不肯下樓，而對經濟的相思與日俱增，「挨一日似三秋，盼一夜如半夏」。當有人帶信來說經濟「身子不快」時，她十分著急，馬上讓母親買了禮物，並寫了一封情意纏綿的信，訴說對他的思慕與懸念，也擔心他「在家有嬌妻美愛，又豈肯動念一妾，猶吐去之果核也」。為了表示她的情愛，還特地送了一隻香囊，用鴛鴦雙扣做成，扣著「寄與情郎，隨君膝下」八字，裏面還放著一縷青絲。這一表白，深深地打動了經濟的心。投之以桃，報之以李。經濟寫了回信，並送上綾帕一方，上面寫著：「寄與多情韓五姐，永諧鸞鳳百年情。」他們互表衷腸，互贈信物，標誌著二人之間的關係已經發生了很大變化。假如說，以前在很大程度上是一種嫖客與妓女的關係的話，那麼現在，他們之間確實產生了真情，有了真愛，兩人在一起，「無非說些深情密意的話兒」；即使是「交歡之際」，也充滿著「無限恩情」，是一種欲與情的和諧結合。他們山盟海誓，等待著「同諧到老」。

正當她們熱戀之時，陳經濟為了韓愛姐一家的事被人所殺，所有的情愛，所有的美夢，都一下子徹底粉碎了。韓愛姐忍受不了這殘酷的現實，在經濟墳前口口聲聲：「親郎，我的哥哥！奴實指望我你同諧到老，誰想今日死了！」哭得昏暈倒了，頭撞於地下，就死過去了。救了半日，方才蘇醒，一再表示「情願不歸父母」，要與陳經濟的妻子葛翠屏一起「守孝寡居」，因為「奴與他恩情一場，活是他妻小，死傍他魂靈」。當春梅勸她說：「我的姐姐，只怕年小青春守不住，只怕誤了你好時光。」她堅決地說：「奴既為他，雖刳目斷鼻，也當守節，誓不再配他人！」當愛她的母親懇求她「承望你養活俺兩口兒到老」時，她絕情地表示：「你就留下我，到家也尋了無常！」於是就和葛翠屏一起，清茶淡飯，守節持貞，過其日月。待到金兵殺到山東，百姓各逃生命，韓愛姐去湖州尋親，「一路上懷抱月琴，唱小詞曲」，「覓些衣食」，千辛萬苦，卻保持著自己的貞節。後來雙親去世，「那湖州有富家子弟，見韓愛姐生的聰明標緻，多來求親」。她叔叔韓二教她嫁人，她即「割髮毀目，出家為尼姑，誓不再配他人」。後年至三十二歲，以疾而終。正如作者所說的：「貞骨未歸三尺土，怨魂先徹九重天。」

韓愛姐生於不潔之家，長事皮肉生涯，而當一旦找到她所真心鍾愛的情郎後，便把自己的一切都託付與他，矢志不移，真可謂回頭是岸，立地成佛。作者在描寫她的這種轉變時，走筆不免匆忙，線條有點粗糙，但還是能給人以一種心靈上的震撼，引發一些思考。清人張竹坡評說韓愛姐曰：

> 內中有最沒正經、沒緊要的一人，卻是最有結果的人，如韓愛姐是也。一部中諸婦人，何可勝數，乃獨以愛姐守志結，何哉？作者蓋有深意存於其間矣。言愛姐之母為娼，而愛姐自東

十四五歲時，被西門慶送給蔡京的管家翟謙當二房。

京歸，亦曾迎人獻笑，乃留心敬（經）濟，之死靡他。以視瓶兒之於子虛，春梅之於守備，二人固當慚死。若金蓮之遇西門，亦可如愛姐之逢敬濟，乃一之於琴童，再之於敬濟，且下及王潮兒，何其比回心之娼妓，亦不若哉！此所以將愛姐作結，以慚諸婦，且言愛姐以娼女回頭，還堪守節，奈之何身居金屋，而不改過悔非，一竟喪廉寡恥，於死路而不返哉！（《批評第一奇書金瓶梅讀法十一》）

她卻「做出許多妖嬈來」

張竹坡此言不無道理，但他只是從「節」與「淫」來對比，實際上，作者寫韓愛姐，在更深的層次上，是用真情實愛來與貪淫嗜欲相對照。因就「守節」而論，作者本身並不很看重，似孟玉樓這等一嫁再嫁，只要是明媒正娶，也光明正大。而就守節者而言，各人的情況也大不相同。全書中有三人「守節」：吳月娘之守節，明確地基於三綱五常；葛翠屏之守節，只是隨波逐流；唯有韓愛姐之守節，乃是出於真情實愛。天地間有了真情實愛，就能使娼妓也一變而為貞婦，就能使一個最平凡的人也能做出驚天動地的事情來！作者歌頌韓愛姐，就是歌頌真情實愛。韓愛姐之名「愛姐」，不虛也！作者通過愛姐，在那個充斥著「假人言假言而事假事、文假文」（李贄《童心說》）的社會裏，呼喚著人間的真情實愛！

鏡裡春秋

黃　霖　說　金　瓶　梅

晚明社會的一面鏡子

西門慶在山東清河縣裏作威作福，煞是神氣，但他畢竟只是一個小小的千戶提刑官而已。潘金蓮說得好：「你是衙門裏千戶，便怎的？無故（過）只是個破紗帽，債殼子窮官罷了！」比起朝中大官如高楊董蔡、太尉朱勔等人來，恐怕相差還有一大截呢！且看第七十回所寫的「太尉的富貴」：

赫赫公堂，晝長鈴索靜；潭潭相府，漏定戟杖齊。林花散彩賽長春，簾影垂虹光不夜。芬芬馥馥，獺髓新調百和香；隱隱層層，龍紋大篆千金鼎。被擁半床翡翠，枕欹八寶珊瑚。時聞浪珮玉叮咚，待看傳燈金錯落。虎符玉節，門庭甲仗生寒；象板銀箏，磈磊排場熱鬧。終朝謁見，無非公子王孫；逐歲追遊，儘是侯門戚里。雪兒歌發，驚聞麗曲三千；雲母屏開，忽見金釵十二。……

這段駢文，把「賣官鬻獄，賄賂公行」的朝中大臣們的豪華奢侈描畫得淋漓盡致！他們生活之糜爛，當然十倍於西門慶之流。事實上，不要說這些大官兒，就是那些太監也荒唐得可怕。這些閹豎，竟然也要趕時髦，玩女人。李瓶兒名義是花子虛的老婆，但實際上被她的叔公花公公長期霸佔，花子虛等閒沾不著身。那些妓女們就非常討厭這批「內相公公」來胡鬧：

桂姐道：「劉公公還好，那薛公公慣頑，把人掐擰的魂也沒了。」月娘道：「左右是個內官家，又沒什麼，隨他擺弄一回子就是了。」桂姐道：「娘且是說的好，乞他奈何的人慌。」（第三十二回）

統治集團如此荒淫無恥，下層百姓命運如何呢？西門慶生藥鋪裏的傳夥計月薪只有二兩銀子，更有不少窮苦人家不能不賣兒鬻女。第三十七回寫道：「南首趙嫂兒家有個十三歲的孩子」，「只要四兩銀子」，就賣給王六兒當丫頭。稍好一點的身價也只值六兩（秋菊）、五兩（小玉）。窮人家女兒「插定」（即訂婚）送禮，只是「四塊黃米麵棗兒糕、兩塊糖、幾個艾窩窩」（第七回）！這真是天上地下，天壤之別。

對於這種貧富的懸殊，社會的對立，作者意識到了，因而小說致力於暴露時，注意在社會對

太尉的富貴

抗的背景中加以展現。誠然，這部小說的重點是暴露統治階級的惡，其鋒芒也觸及到了那些被腐蝕了心靈的下層群眾和完全墮落了的奴才，但這絕不是說作者眼裏的世界全是污濁，心中根本沒有人民，而是往往以同情的筆觸去表現被統治、被壓迫人民的苦難和反抗。他在抨擊皇帝、朝臣及「天下贓官污吏、豪惡刁民」時，就為「黎民失業，百姓倒懸」，「役煩賦重，民窮盜起」發出哀歎之聲，並直接歌頌宋江一類專打不平的「強盜」（第三十回）。小說中難得的正面人物武松，最後也跟隨宋江上梁山去了。第二十七回在引用《水滸》中同樣引用的「赤日炎炎似火燒，野田禾黍半枯焦。農夫心內如湯煮，樓上王孫把扇搖」這首鮮明地表現社會對立的詩歌之前，還多了一段兩類「三等人」的議論。作者認為，人世間有一類是「怕熱」的田間農夫、經商客旅、塞上戰士，另一類是「不怕熱」的宮內帝后、羽士禪僧和王侯貴戚、富室名家。這裏且各擇一等，以觀作者的態度：

……田舍間農夫，每日耕田邁壟，扶犁把耙，趁王苗二稅，納倉廩餘糧，到了那三伏時節，田中無雨，心中一似火燒。

那薛公公慣頑，把人掐擰的魂也沒了。

……王侯貴戚、富室名家，每日雪洞涼亭，終朝風軒水閣。蝦鬚編成簾幕，鮫綃織成帳幔，茉莉結就的香球吊掛。雲母床上，鋪著那水紋涼簟；鴛鴦珊枕，四面撓起風車來。那旁邊水盆內，浸著沉李浮瓜、紅菱雪藕、楊梅橄欖、婆白雞頭。又有那如花似朵的佳人，在旁打扇。

在這裏，作者客觀上揭示了社會的對立，並明顯地站在同情「怕熱」的三等被統治者的立場上。作者的這種思想感情還反映在描寫西門慶的家人時，對僕人來旺、宋惠蓮夫婦、丫鬟秋菊，乃至小妾孫雪娥這些人的苦難遭遇也表示了不同程度的同情，甚至可以說，這部小說還能使人覺得，如武松那樣，「上梁山為盜去」，跟隨宋江，「替天行道，專報不平，殺天下贓官污吏，豪惡刁民」，正是一條可走的道路。

《金瓶梅》這樣描寫社會，無疑在客觀上觸及到了當時社會的基本矛盾。明王朝到萬曆時期，急劇走向衰落。由於當時明神宗的昏庸荒怠，以致佞幸擅權，內閣紛爭，上為結黨營私，下競夤緣鑽刺，吏治敗壞，貪污成風。統治集團過著越來越荒淫無恥的生活，廣大人民則日益貧困。

於是，柔者轉死溝壑，強者揭竿起義，全國爆發了「民變」數十起。這樣的現實，正如屠隆在《奉楊太宰書》中所說：

隆竊思此時，國本未定（按：指建儲之爭，參見本書《明神宗與〈金瓶梅〉》篇），朝議多端，宗室失所，邊防懈弛，吏治粉飾，官守貪污，人情傾仄，俗尚浮誇，費用太繁，徵求頗急，閭閻空虛，黔首痼瘝。又如，以災情事，大有可虞！夫天下仳離，則治平繼之；治平之後，所繼養復治平矣！

火山總有一天會爆發的。不到三十年，張獻忠、李自成的起義，終於席捲了《金瓶梅》所表現的社會。有人說，明不亡於崇禎而亡於萬曆。這話是有相當道理的。

《金瓶梅》作為社會的一面鏡子，它所反映的內容十分廣泛。用當時謝肇淛的話來說，「其中朝野之政務，官私之晉接，閨闥之媟語，市里之猥談，與夫勢交利合之態，心輸背笑之局，桑中濮上之期，尊罍枕席之語，駔驓之機械意智，粉黛之自媚爭妍，狎客之從臾逢迎，奴佁之稽唇淬語」，都達到了「窮極境象，駴意快心」的地步，不少都可作為社會學、經濟學、民俗學等史料來加以引用，這裏無法一一羅列，只能抓其一綱而不舉其目了。

聚光鏡對準了皇帝

《金瓶梅》能在社會對立的背景上刻意暴露封建統治集團的惡，這已顯示了它的不同凡響之處。但它並不滿足於此，還敢於進一步「傷時罵世」、「訕謗君相」（《紅樓夢》第一回），把矛頭直指封建社會中的最高統治者皇帝，這點恐怕連後來者曹雪芹也為之卻步。再進一步，我們可以看到，《金瓶梅》之敢於犯上，醜化皇帝，並不是一般的信手所及，隨便帶到，而是通過巧妙的構思，把整個暴露的聚光鏡緊緊地對準了皇帝。

先看小說開頭，作者提綱挈領地安排了這麼一段話：

> 話說宋徽宗皇帝政和年間，朝中寵信高楊童蔡四個奸臣，以致天下大亂，黎民失業，百姓倒懸，四方盜賊蜂起……皆轟州劫縣，放火殺人，僭稱王號，惟有宋江，替天行道，專報不平，殺天下贓官污吏，豪惡刁民。

這段話，粗看起來似乎與正文並不十分搭界，實際上卻是作者對《金瓶梅》世界的高度概括。

在第三十回，作者再次評論這一社會，道：

看官聽說，那時徽宗天下失政，奸臣當道，讒佞盈朝，高楊童蔡，四個奸黨在朝中，賣官鬻獄，賄賂公行，懸秤升官，指方補價，夤緣鑽刺者驟升美任，賢能廉直者經歲不除，以致風俗頹敗，贓官污吏，遍滿天下，役煩賦重，民窮盜起，天下騷然：不因奸佞居台輔，合是中原血染人。

顯而易見，這裏所謂「賣官鬻獄，賄賂公行，懸秤升官，指方補價」的社會弊端，正是《金瓶梅》著重暴露的。作者用最明白的語言告訴人們：造成這些弊端的根源，是昏庸腐敗的統治集團，而其罪魁禍首不是別人，正是最高統治者徽宗皇帝。

當然，這是作者置身於故事情節之外的議論，似乎還不足以體現作者的意圖。我們且進一步從小說的故事發展中來看一看「徽宗皇帝」這一角色處於何等地位。如前所述，這部小說的中心人物是西門慶。西門慶是惡的代表，《金瓶梅》世界中種種假醜惡幾乎都與他有著聯繫。然而，西門慶之所以能作惡多端，肆無忌憚，正是與他擠進官場有關，而他能步步高升的關鍵就是背後

富貴必因奸巧得，功名全仗鄧通成。

有那位徽宗皇帝在。這個山東僻縣中的地痞頭上的山東省理刑副千戶的烏紗帽，就是從蔡京手裏買來的。第三十回寫到蔡京屢屢受到西門慶的賄賂，感到有點過意不去心裏覺得「如何是好」。於是就問送禮的來保道：「你主人身上可有甚官役？」來保回道說：「小的主人一介鄉民，有何官役？」蔡京就說：「既無官役，昨日朝廷欽賜了我幾張空名告身札付，我安你主人在你那山東提刑所做個理刑副千戶。」很清楚，蔡京之所以能在這裏輕而易舉地賣個官給西門慶，正是皇帝縱容的結果。作者心細如髮，在這裏特意安上「欽賜」一句，話雖不多而重如千鈞，直將一把解剖刀探向了心肝。後來，西門慶「貪肆不職」，被曾御史奏了一本，「乞賜罷黜，以正法事」：

理刑副千户西門慶，本係市井棍徒，夤緣升職，濫冒武功；菽麥不知，一丁不識。縱妻妾嬉遊街巷，而帷薄為之不清；攜樂婦而酣飲市樓，官箴為之有玷。至於包養韓氏之婦，恣其歡淫而行檢不修；受苗青夜賂之金，曲為掩飾而贓跡顯著。（第四十八回）

這裏所開列的罪狀，條條確鑿。可是這件事先由西門慶「打點」了蔡京，再由蔡京去迷惑皇帝，鬧到最後，聖旨下來，曾御史受到了處罰，而西門慶卻得到了嘉獎：

理刑副千户西門慶，才幹有為，英偉素著。家稱殷實而在任不貪，國事克勤而台工有績。翌神運分毫不索，司法令而齊民咸仰。宜加轉正，以掌刑名者也。

於此可見，西門慶一流「贓官污吏、豪惡刁民」的最高後臺就是皇帝。《金瓶梅》就是這樣清楚地告訴人們：這個世界的統治機器，正是皇帝通過朝中高楊童蔡「四個奸黨」來層層控制、培植和組裝起來的，因而這個社會腐敗勢力的總後臺就是皇帝。

既無官役，昨日朝廷欽賜了我幾張空名告身札付，我安你主人在你那山東提刑所做個理刑副千戶。

《金瓶梅》中的皇帝不僅是打擊正義、扶植邪惡的總後臺，而且他自己本身就是一個貪財好色的惡棍。他為了滿足私欲，營建艮獄，差人「往江南湖湘採取花石綱」，搞得「官吏倒懸，民不聊生」，「公私困極，莫此為甚」（第六十五回），而他因這一己之欲得到了滿足，就「朕心加悅」，大加封贈，蔡京、朱勔等一大批奉承他的大小官員都升官進爵（第七十回）。第七十一回，寫皇帝臨朝，百官叩拜，仗衛莊嚴，用了八九百字的駢儷文詞來寫這皇帝，開始時說「這帝皇生得堯眉舜目，禹背湯肩」，似諷似頌地用了一套浮文濫調，接著就直點了他的真面目：「朝歡暮樂，依稀似劍閣孟商王；愛色貪杯，彷彿如金陵陳後主。」不錯，西門慶一流的總後臺，只能是孟商王、陳後主一路貨色！

《金瓶梅》將暴露社會黑暗的焦點集中到皇帝身上，是抓住了腐朽的封建政治的要害。封建政治的最大禍害就是「朕即國家」，專制獨斷，毫無民主。假如皇帝是個昏庸無道之主，政治就不可能有清正光明之日。而且，上行下效，層層污染，必將毒化整個世界。然而，這個使中國社會長期黑暗、腐敗的根子，是不准人們去挖，去碰。欺君罔上，就罪該萬死，更何況直接詆毀、大膽痛罵呢！早在明成祖時，就下過一道禁令：「但有褻瀆帝王聖賢之詞曲駕頭雜劇，非律所該載者，敢有收藏傳誦印賣，一時拿送法司究治。」《金瓶梅》竟敢冒風險，抓要害，批逆鱗，怎不令人讚歎！更何況，這部小說所罵的並不只是宋徽宗這隻「死老虎」，而是針對著現實中的「活老虎」呢！至於如何針對「活老虎」，「且聽下回分解」。

明神宗與《金瓶梅》

還在《金瓶梅》流行之初，人們就從這部「穢書」中嗅出了它的政治諷喻性。沈德符的《萬曆野獲編》說得比較明確，認為這是一部「指斥時事」之書。最早透露《金瓶梅》一書消息的袁中郎在《與董思白書》說得比較含蓄，稱它「勝於枚生《七發》多矣」。眾所周知，《七發》一文是針對「太子」一類統治者「久耽安樂，日夜無極」，乃至「久執不廢，大命乃傾」發出的諷諫。《金瓶梅》勝於《七發》，那究竟是何等樣的小說？與以上說法類似的，詞話本欣欣子序結尾處曰：「笑笑生作此傳者，蓋有所謂也。」廿公跋語一開頭就說：「蓋有所刺也。」看來，萬曆間的第一批讀者心裏大都明白，《金瓶梅》並不只是一部「穢書」，而是有其現實政治意義的。其矛頭指向誰？他們躲躲閃閃的言詞不能不令人懷疑：這是否涉及到地位高於嚴嵩、陶仲文、陸炳之流的最高統治者？

明朝君王之貪淫，實為空前。成化時，萬貴妃寵冠後宮，群小皆憑以競進，方士胡僧等紛紛以獻房中秘方驟貴，一時諫諍風紀之臣，爭談穢媟。武宗、世宗、穆宗衣缽相傳，多信媚藥，淫樂無度，以至佞幸進獻成風。其中如沈德符在《萬曆野獲編》中認為《金瓶梅》所影射的陶仲文，即世宗時進「紅鉛」得幸：「嘉靖間，諸佞幸進方最多，其秘者不可知，相傳至今者，若邵、陶則用『紅鉛』……然在世宗中年始餌此及他熱劑，以發陽氣，名曰長生，不過供秘戲耳。至穆宗以壯齡御宇，亦為內宮所蠱，循用此等藥物，致損聖體，陽物晝夜不仆，遂不能視朝」，死時才三十六歲，不比差不多同樣致死的西門慶多活幾年。接下來就是《金瓶梅》出現的萬曆朝。神宗之好淫，比之乃祖有過之無不及。據記載，萬曆十二年，他一次就擴充了宮女九十七人。他幸御嬪妃嫌無味，猶試男寵：「選垂髫內之慧且麗者十餘曹」，與之「同臥起」，「內廷皆目之為十俊」（《萬曆野獲編》）。大臣們接二連三地「進無欲之訓」，勸他「嗜欲以節」，但這位戀色成性、淫欲過度，以致不時「動火頭眩」、氣虛體弱的皇帝根本不聽，後來發展到終年不接朝臣，日處深宮荒淫。夏日，於明月高懸之夜，令宮女以輕羅團扇爭撲流螢。若流螢落在某女簪上，則是夜幸之。故宮女爭以香水灑於簪上，以盼流螢光顧。冬天，則於洛殿大池，注滿香湯，挑柔肌雪膚的宮女同浴於池，效「鴛鴦之會」。至於春秋之淫樂，更別出名目，不言可知。皇帝如此耽於女色，不但整個社會淫風大熾，而且直接給朝廷政治帶來了危害。萬曆十四年後，正是由於神宗迷戀「情色」、寵幸鄭貴妃而萌發廢長立幼、動搖「國本」的念頭，於是圍繞著冊立東宮問題，引起了一場震動朝廷、長達十幾年的異常激烈的鬥爭。在萬曆二十年《金瓶梅》成書前後，正是這場鬥爭的一個高潮。

這件事還得從頭說起。本來，神宗的王皇后沒有生孩子。萬曆十年，神宗私幸慈寧宮宮女王氏後得長子常洛。這位王氏宮女的年齡比神宗大，神宗只是一時高興，竟有了孕，要不是太后抱孫心切，神宗還不一定認賬。迫於母命，神宗於四月冊封王氏為恭妃，八月就生下了這個一生倒楣的常洛。十四年正月，最得寵的鄭氏生了皇三子常洵（第二子一歲夭折），二月即冊封為貴妃，名位竟在恭妃之上。這時，長子常洛已五歲，皇帝毫無冊立東宮的跡象，於是朝廷內外紛紛懷疑將立三子，當時的宰相申時行等人連續兩次聯名上疏懇請冊立東宮，以重「國本」。皇帝的答覆是稍待二三年，敷衍了過去。接著，戶科給事中姜應麟上疏請求冊立太子，強調正名定分，並明確指出當「首進恭妃，次及貴妃」。這下觸怒了神宗，說：「惡彼疑朕立幼廢長。」這正是不打自招。應麟就此被謫為山西廣昌縣典史。但這件事讓太后不大高興。一天，帝入侍，太后問起此事，帝曰：「彼都人子也。」太后怒曰：「爾亦都人子。」帝惶恐伏地不敢起。這是因為內廷呼宮女為都人，太后亦宮女出身。正因此，神宗雖欲立三子為太子而有礙於太后名分，不敢斷然廢長子。他內心充滿矛盾，臣子們又不斷上疏，指斥宮闈，這使他十分惱火，形成了「交章言其事，竄謫相踵，而言者不止」（《明史‧福王常洵傳》）的惡性循環。每年總有幾位不怕死的臣子上疏冊立太子，隨著的就是降職、罷官、打屁股。其中萬曆十七年十二月二十一日，大理寺左評事雒于仁上疏規勸皇帝戒除酒色財氣四病。關於色，他就這樣說皇帝，「寵十俊以啟幸門，溺鄭妃靡言不聽，忠謀擯斥，儲位久懸，此其病在戀色也」。疏文最後，特地附「酒箴」、「色箴」、「財箴」、「氣箴」四箴以獻。這篇四箴疏，可以說是對神宗全面而嚴厲的批評，在社會上產生了很大影響。關於冊立太子的事一直鬧到萬曆十八年，皇帝總算答應「後年（即萬曆二十年）冊立」。可是反覆無常的神宗，後來發了一次火，又改為二十一年舉行。二十一年到了，又變卦了，說再等幾年。於是天下大譁，廷臣諫章日數上，力請追還前議。鬧到二十二年二月，才讓十三歲的常洛出閣講學，於是臣心稍安，一股「爭國本」

的浪頭趨向低潮，但也時有催請冊立、觸怒皇帝之事，一直折騰到萬曆二十九年十月，才草草完成了冊立之禮。《金瓶梅》的作者，假如捲入了「國本」之爭的漩渦，甚至是因此事牽連而被迫去國如屠隆者，難道不會很自然地將此事反映到小說中去嗎？

明神宗貪淫固然十分突出，而「酒色財氣」中的另外三病也相當嚴重。雒于仁所陳四箴，完全基於事實。請看萬曆二十年正月御史馮從吾抗疏言：「不知鼓鐘於宮，聲聞於外，陛下每夕必飲，每飲必醉，每醉必怒，左右一言稍違，輒斃杖下，外庭無不知者。天下後世，其可欺乎！」就此一例，即可見其酒、氣兩端。至於神宗之貪，也實驚人。現代著名史學家孟森曾評這位皇帝曰：「怠於臨政，勇於斂財」，「行政之事可無，斂財之事無奇不有」，「帝王之奇貪，從古無若帝者」（《明清史講義》）。《金瓶梅》的作者，作為這樣一個皇帝統治下的臣民而又追求作品有所「寄意」的小說家，難道對此能不聞不問，無動於衷嗎？

事實上，當時轟動天下的「冊立東宮」事件，在《金瓶梅》中是有所反映的。第八十七回寫武松到安平寨去時，「不想路上聽見太子立東宮，郊天大赦」。第八十八回陳經濟的母親張氏也說：

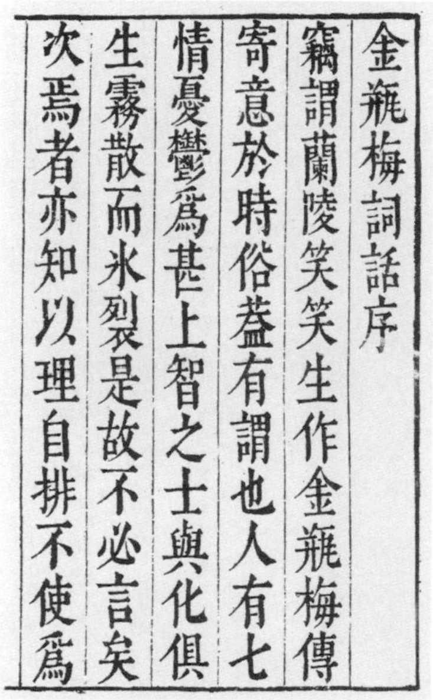
金瓶梅詞話序
竊謂蘭陵笑笑生作金瓶梅傳
寄意於時俗蓋有謂也人有七
情憂鬱爲甚上智之士與化俱
生霧散而氷裂是故不必言矣
次爲者亦知以理自排不使爲

欣欣子《金瓶梅詞話序》

「喜者，如今且喜朝遷冊立東宮，郊天大赦。」顯然，這是小說作者在萬曆二十、二十一年左右創作時，受到當時盛傳皇帝要冊立太子的時代浪潮衝擊後，不自覺地表現於筆下的。此外，在第六十五回山東兩司八府中出現了一個值得注意的人名：陳四箴。在他前面還有一個「何其高」。這兩個寓意性的名字聯繫在一起，不能不使人覺得作者是把雒于仁陳四箴以及其他人為冊立太子之事幾次三番地諫諍於廷的事放在心上的。因此，我們可以說，《金瓶梅》與當時的歷史並非無關，作者對當時時政也沒有無動於衷。假如再進一步聯繫小說卷首特意附上一組批判酒色財氣的《四貪詞》，編進項羽「只因寵著一個婦人」而毀了霸業和劉邦「只因也寵著個婦人」而想廢嫡立庶的故事，就更使人強烈地感到整部作品對「四貪」的批判，特別是對貪戀情色的鞭撻，是有的放矢，寓意深長的。正如欣欣子序言所說：「蘭陵笑笑生作《金瓶梅傳》，寄意於時俗，蓋有謂也。」

當然，《金瓶梅》懲淫色、戒四貪的客觀意義和主觀創作意圖，都不一定僅僅是針對神宗之荒怠，西門慶式死去的武宗、穆宗一類或許也是作者心目中鞭撻的對象。但是，我們無法否認這部小說包含著「指斥時事」、譏刺君王的重要因素。這部有名的「淫書」，也正是一部具有相當現實政治意義的「有為之作」。寫淫與諷政的統一，也遂使這部小說成了名副其實的「奇書」。

人性弱點的思考

《金瓶梅》的開頭很特別，前面先引了一組《四貪詞》，對酒、色、財、氣四病作了一番批判性的詠歎，如詠「色」云：

> 休愛綠鬢美朱顏，少貪紅粉翠花鈿。損身害命多嬌態，傾國傾城色更鮮。　莫戀此，養丹田。人能寡欲壽長年。從今罷卻閑風月，紙帳梅花獨自眠。

接著的「入話」，又把四病中的一病「色」突顯出來，強調「情色二字」，「貪他的，斷送了堂堂六尺之軀；愛他的，丟了潑天哄產業」。崇禎本雖然對開頭作了改動，但其「引子」的核心還是從酒色財氣「四箴」入手，並加上批語曰：「一部炎涼景況，盡此數語中。」的確，整部小說就是在這種對於人性弱點的思考的基礎上層層展開的。

「人性」問題早就為中國先秦的哲學思想家們所注意。人性是善還是惡，或者無善無不善，可以為善可以為不善呢？哲學家們喋喋不休的論爭自然會影響文學家的頭

腦，遲早會反映到文學創作中來。從中國小說發展的歷史看，其描寫對象從神到人是一個進步；從超人到凡人又是一個進步；再到側重於刻畫人情，探討人性，又是一個進步。當然，這種進步，在短篇小說的創作中較早得到了反映。例如《清平山堂話本》中的《錯認屍》一篇，其入話詩就道出了宗旨：「世事紛紛難意陳，知機端不誤終身。若論破國亡家者，盡是貪花戀色人。」把一切禍害的根源歸結於人類常犯之病：「貪花戀色」。在正文中，又說「只因酒色財和氣，斷送堂堂六尺軀」，擴大為四病。事實上，酒色財氣在中國古代普遍認為是人性的弱點，是常人易得的病證。早在《戰國策》卷二十二《梁王魏嬰觴諸侯於范臺》章中，就提到酒色等四者「足以亡其國」的觀點；至後漢時，有人曾以「酒色財」作為三戒；到了元明時期，酒色財氣四戒已在詞曲小說中普遍出現，且在這四字中，往往特別強調「那色字利害」（《蔣興哥重會珍珠衫》）；《金瓶梅》即在此基礎上，作為一部長篇小說，第一次比較自覺地將整部作品的構思立足在暴露人性中的「酒色財氣」四病上。

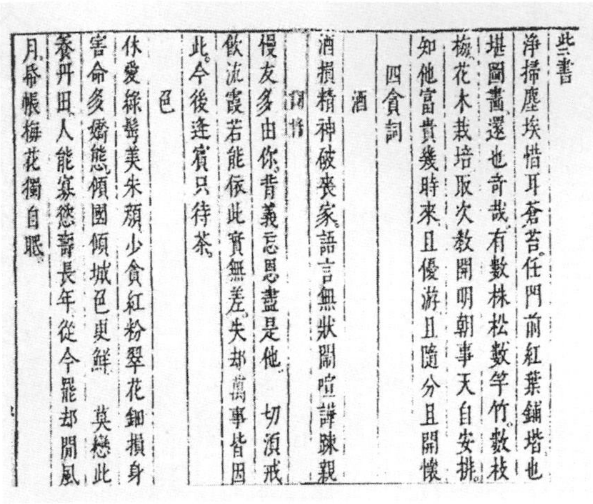

些書
淨掃塵埃惜耳蒼苔任門前紅葉鋪堦也
堪圖畫還也奇哉有數株松數竿竹數枝
梅花木栽培取次教開明朝事天自安排
知他富貴幾時來且優游且隨分且開懷
四貪詞
酒
酒損精神破喪家語言無狀鬧喧譁疎親
慢友多由你背義忘恩盡是他 切須戒
飲流霞若能依此實無差失却萬事皆因
此今後逢賓只待茶
色
休愛綠鬢美朱顏少貪紅粉翠花鈿損身
害命多嬌態傾國傾城色更鮮 莫戀此
養丹田人能寡慾壽長年從今罷却閒風
月紙帳梅花獨自眠

明萬曆刊新刻《金瓶梅詞話》卷首

由於《金瓶梅》集中暴露了由酒色財氣帶來的罪惡，故人們往往會引起誤解，認為其作者即是「性惡論」者，將人生的本原看作惡，是酒色財氣。其實不然。假如說他的人性論接近誰的觀點的話，那還是比較接近告子的性無善無不善，或可以為善可以為不善的說法。《金瓶梅》的作者並不認為人人都必定有酒色財氣之病，病就病在「貪」上，過度上。即以色論，告子曰：「食色性也。」飲食和男女是人性所固有的。因此，《金瓶梅》的作者並不否定男女的情欲。只是根據傳統的觀點，他認為這種欲望非常容易導致過分的貪求，而這種過分的貪求必將招致罪惡。西門慶、潘金蓮可以說是小說中兩個男女貪淫的首惡。他們貪淫的結果，就是敗風紀，毀人倫，乃至謀財害命，最後也毀了自己。

再看李瓶兒，她漂亮、溫順、善良，作者對她多少有點同情，但最終還是把她當作「淫婦」來加以批判，因為她確實失之於貪淫。當初，李瓶兒嫁給花子虛後，並沒有過著正常的夫婦生活，這是由於她的叔公花太監似乎佔有了她，故李瓶兒與他丈夫「另一間房裏睡著」。花子虛無可奈何，「每日在外邊胡撞，就來家，奴等閒也不和他沾身」（第十七回）。這就養成花子虛即使在花公死後也長期在外宿娼，「整三五夜不歸家」，氣得李瓶兒一身病痛。後嫁給蔣竹山，原想把他「當塊肉兒」，但結果是個「腰裏無力」的「中看不中吃的蠟槍頭、死王八」，也使她「不稱其意」（第十九回）。相比之下，西門慶的「狂風驟雨」滿足了她渴求的欲望，所以她幾次說道：「你是醫奴的藥一般，一經你手，教奴沒日沒夜只是想你！」（第十九回）李瓶兒就是貪求這「醫奴的藥」，使她違反了當時的社會秩序，狂熱地追求西門慶，以致一時間變得心狠手辣，氣死了花子虛，逼走了蔣竹山，幾乎完全成了兩個人。最後，她終於也被這「醫奴的藥」種下了病根，因經期與西門慶交歡而「精沖了血管」（第六十一回），再加上被潘金蓮「氣惱」就「氣與血相搏則血如崩」而亡。這正如張竹坡所說的，寫李瓶兒「甚言女人貪色，不害人即自害也」。總之，《金瓶梅》的作者要批判的不是人性的本身，而是人性的弱點，即人性中容易導致過分之求的傾向。這裏，酒色財氣，特別是情色，就是作者認為人性中最有誘惑力，因而也是最有危險性的東西。

《金瓶梅》的作者在暴露、批判人性的弱點時，當然不可能用階級論，他往往強調「貴賤一般，今古皆然」（第一回），但在具體描寫中，這種人性的弱點在各人身上又表現得千差萬別。比如貪財，蔡太師的受賄，西門慶的奸取，乃至王六兒等的「借色求財」（張竹坡語），貪財則如一，表現各有別。而且，《金瓶梅》的作者或許受了告子的影響，並不認為人性的弱點之所以成病是先天的，而是被後天社會環境薰染成的。告子曰：「性猶杞柳也，義猶桮棬也。」（《告子》上）人性猶如杞柳，可以編成各種不同的器具。或者說，人性好像水，「決諸東方則東流，決諸西方則西流」，引導不同，發展就不同。潘金蓮之所以成為蕩婦，就是因為從小被賣在王招宣府家學歌學舞，學「描眉畫眼，弄粉塗朱」，學「一腔機詐，喪廉寡恥」。張竹坡說：「使當日王招宣府家，男敦義禮，女尚貞廉，淫聲不出於口，淫色不見於目，金蓮雖淫蕩，亦必化為貞女。」的確，環境對潘金蓮性格的形成起了很大作用。至於西門慶，出生在一個破落戶財主家，從小是個浮浪子弟，「在三街兩巷

逼走了蔣竹山

遊串」，慣於尋花問柳，也就逐漸使他好色成性。《金瓶梅》的作者在揭示環境對人的影響時，又十分強調「上行下效」，把惡的源頭歸於上層，指向統治階級。這也正如張竹坡在《讀法》中說的那樣：「西門止知貪濫無厭，不知其左右親隨，且上行下效，已浸淫乎欺主之風。」如第七十八回，寫到其親信玳安剛侍候西門慶從賁四嫂屋裏出來，自己就緊接著進去「睡了一宿」。於此，詞話本的作者點明：

看官聽說，自古上樑不正則下樑歪。此理之自然也。如人家主行苟且之事，家中使的奴僕，皆效尤而行。

因此，我們說《金瓶梅》的作者在暴露酒色財氣等人性的弱點時，儘管有把它們當作人類共性的傾向，但同時又把它們表現得各有個性，他還朦朧地感覺到：這種人性的弱點具有「上」「下」之分，而其罪惡的源頭正是在「上」而不在「下」。請問：中國古代文學史上，對於「人性」問題作如此暴露並作如此思考的，能有幾多？

性解放乎？淫首惡乎？

《金瓶梅》之所以成為一部有名的禁書，就是因為它是「古今第一淫書」。它那赤裸而又放肆的對於男女性行為的大量描寫，實在是空前少見，驚世駭俗的。今天，人們要出版、閱讀、研究它時，誰也不能迴避這個問題。

本來，飲食男女，人之大欲。古往今來，世界上哪間房屋裏不發生這等事情？因此，流傳至今的周代的鼎盤、漢朝的刻石、唐代的鑄錢，都有如此這般的造形。元代喇嘛教所鑄的歡喜佛之類的裸形交合的神像，今天仍可見之於北京的雍和宮。生民之初不明白生殖機能的科學意義，這就十分自然地對這一人類賴以生存、延續的行為感到既神聖又神秘。在先秦兩漢時代還有不少專著來加以研究，如《漢書·藝文志》中所列的《素女經》、《容成子》等就有好多種。但是，後來中國被以講究「禮義廉恥」的儒教所統治，這等事情也就慢慢地成為可做而不可說了。只偶爾在《漢書》、《晉書》、《唐書》之類的正史中略見幾筆，有《飛燕外傳》、《遊仙窟》、《迷樓記》等小說稍作鋪敘，以及零星的幾則筆記、有數的幾幅畫有所洩露之外，一般都避免提到它，更不去描摹形容它。假如一定要提及，也往往用「雲雨」、「敦倫」、「房事」、「人道」等字眼來加以取代。就是有關不正當的性行為也有代稱，如亂嫖稱之為「尋花問柳」，姦暴則曰「狂蜂採

死心塌地倒在西門慶懷裏

蕊」，諸如此類文雅又含蓄的名詞，使人讀了不至於臉紅。然而，《金瓶梅》卻一反常態，竟大寫特寫其男女苟合，乃至種種亂倫滅理的濫交。於是，有人對照現代西方的某種頗為時髦的風氣，禁不住驚歎：《金瓶梅》宣揚的是「性解放」，而且在當時有一定的進步意義。

《金瓶梅》真的是宣揚「性解放」嗎？在《金瓶梅》產生的年代裏，人們對於性與淫是有嚴格區別的。性指正當的夫婦生活；淫則指無度，亂合。《金瓶梅》的作者對於與「食」並列的「性」顯然不是簡單否定的。屠隆在《與李觀察》信中就談到自己的性欲「其根固也」，「若頓重兵堅城之下，雲梯地道攻之，百端不破；」這是因為「父母之所以生我者以此，則其根也，根固難去也」。在《金瓶梅》中，對於符合名分的生理上的要求，往往並無非議，通常只是用「是夜在（其妻妾）房中歇了」之類一筆帶過，對於並不貪淫的吳月娘、孟玉樓等人也並不流露多少貶斥之意。因為這是「性」，不是「淫」。那麼作者對於在性的問題上「自由」、「解放」的態度如何呢？顯然，他認為這是淫，是必須否定的。

否定的表現之一，是在總體設計上把那些貪淫的主角置於批判的位置上，讓他們遭到報應，不得好死。淫棍西門慶，最後因亂服春藥下邊毒腫「遺精溺血」而亡；蕩婦潘金蓮因淫作孽，成了刀下之鬼；李瓶兒貪那「醫奴的藥」，結果被「精沖了血管」，死於「崩漏之疾」；春梅也「淫欲無度」，得了「骨蒸癆病」，暴死於「性解放」之時。讓這批追求「性自由」的角色遭到如此下場，豈不是最嚴厲的誅伐？同時，這些人「淫」字當頭，壞事做盡，不但害己，而且害人。西門慶從誘姦潘金蓮開始，殺人奪妻，貪贓枉法，奸巧騙錢，無不與「淫」字相關。聰明能幹的潘金蓮先親手毒殺武大郎，後設計驚死小官哥，在西門家妒心大發，口角不斷，也不是「淫」字在作祟嗎？本來溫柔善良的李瓶兒，一變而為心狠手辣，活活氣死丈夫花子虛，接著又迫不及待地再嫁蔣竹山，然後又一腳將他踢開，死心塌地倒在西門慶懷裏，不也是因為貪求床笫間的「狂風驟雨」嗎？春梅由婢作夫人，也因為她「貪淫不已」，接連葬送了陳經濟、周勝、劉二、孫雪娥、周義等五條人命。《金瓶梅》就是這樣告訴人們：貪淫無好死，萬惡淫為首！

作者否定淫的表現之二，是在具體描繪那些細節時，往往與罪惡、貪欲緊密聯繫在一起，並不單純地為寫淫而寫淫。有人作過統計：全書描述男女同宿共一百零五處，其中大描繪者三十六處，小描者三十六處，根本未描者三十三處。可見「根本未描者」佔有相當比例，加上「小描者」一共約佔三分之二。有時即使寫西門慶與潘金蓮比較放縱地作樂，也只是用「是夜兩人淫樂無度」一句輕輕帶過。凡是「大描大繪」處，十九是作者加以巧妙地穿插，將其淫行與其他醜行交織在一起，以增強批判力量。例如最荒唐的「醉鬧葡萄架」一節，就是為了表現潘金蓮的嫉妒和西門慶因此而故意將她一再懲罰，以致搞得那「婦人目瞑氣息，微有聲嘶，舌尖冰冷，四肢收嚲」，昏厥了過去，充分地暴露了這個性虐狂的嘴臉。與此有關的，緊接著秋菊被潘金蓮罰在三伏天烈日之下頭頂大石，跪在當院；進一步鞭撻了西門慶與潘金蓮白日宣淫的醜惡行徑。而當西門慶與宋惠蓮、王六兒、如意兒、賁四嫂等苟且時，大都寫財與色相互作交易，一邊說：「你若依了我，頭面衣服隨你揀！」一邊討：「你有銀子，與我些兒。」（第二十三回）這就使兩「貪」相映，倍增其醜。因此，《金瓶梅》的寫淫，總體來說不是出自欣賞，而是重在譴責。「蓋為世戒，非為世勸也。……奉勸世人勿為西門之後車可也。」（東吳弄珠客《金瓶梅序》）。

作者既然把「淫」放在批判的位置上，那麼為什麼在「大描大繪」之中往往寫得那麼客觀細緻，甚至津津有味呢？這與作者對於用文學作品來表現性欲問題的特殊看法有關。屠隆認為，文學作品要達到「示勸懲，備觀省」的目的，就有必要「善惡並采，淫雅雜陳」（《鴻苞．詩選》），而不必對「淫」躲躲閃閃。更何況當時的社會在皇帝的帶動下，淫風充斥，不要說士大夫縱談房中之術習以為常，就是官宦人家的年輕媳婦，也居然「春宮尤精絕」（徐樹丕《識小錄》）。就文學作品而言，稍前的《如意君傳》、《金主亮荒淫》、《張于湖誤入女貞觀記》，以及同時代的《繡榻野史》、《弁而釵》、《宜春香質》等書，多少也有性行為的描寫。就是需要表演的戲曲作品，如屠隆的《修文記》以及徐渭的《四聲猿》、湯顯祖的《還魂記》、

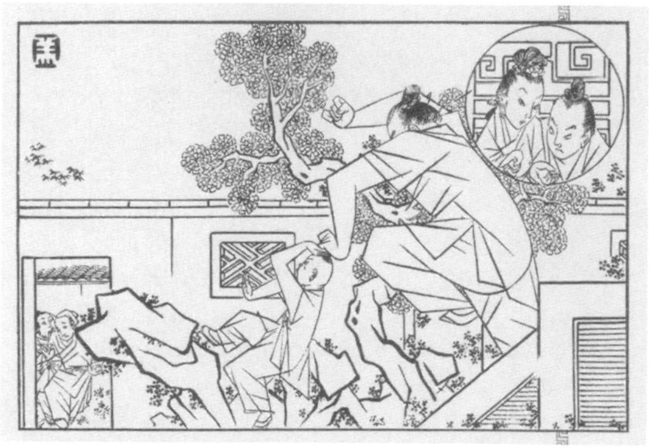

小鐵棍被西門慶拳打腳踢，「死了半日」，

陸采的《南西廂》等，也免不了淫穢的筆墨。特別是那些市井間的戲謔文字，更有不少圍著「性」字轉。《金瓶梅》的作者耳聞目濡，也就不以為穢，只是把它當作人生中的一種客觀存在，像描寫其他現象一樣，隨筆寫來，細加描摹。殊不知這下闖了大禍，它因此被加上了「淫書」的惡謚長期打入禁宮。

如今看來，這樣一部傑作是禁也禁不住的，毀也毀不了的。那麼，對於那些「穢詞」怎麼辦呢？有人主張刪，刪去了仍「不失為一部偉大的名著」，而且「也許『瑕』去而『瑜』更顯」。然而，這些穢褻描寫，除個別的或許是照搬現存的作品而稍顯游離情節外，多數則是表現主題、刻畫人物的有機組成部分，刪去勢必會破壞全書的完整性、連貫性。不刪呢？對於未受科學的性教育和有健全的性心理的人們，特別是青少年，確實是後果堪憂。究竟應該怎麼辦？我看還是分清情況，區別對待；刪、全俱存，各取所需。

重彩濃墨寫飲食

《孟子》說：「食、色，性也。」在不少人印象中，《金瓶梅》專寫了一個色字，而且是黃的。清初的丁耀亢在《續金瓶梅》中就這樣說過：「一部《金瓶梅》，說了個色字。」（第四十三回）其實，人生在世，食比色更要緊。沒有食，哪能活？何談色！《金瓶梅》寫飲食，真是重彩濃墨，下足了工夫，不亞於寫男女。你看，全書一百回。哪一回沒有寫到食？據有人統計，小說寫到的菜肴約有二百種，其中禽類四十一種，畜（獸）類六十七種，水產類二十五種，素菜二十四種，蛋品兩種；主食中餅類三十七種，糕類十二種，麵食類三十種，飯粥類十二種；另有湯類七種，酒類三十一種，茶類十九種，乾鮮果品二十一種。這樣一本賬，不能不令人驚歎！翻開中國文學史，從古到今，有幾部作品能這樣聚精會神地寫食品，寫吃寫喝？

《金瓶梅》寫食，並不像菜場上擺攤子那樣羅列一番，而是有深意在焉。多數場合下，我們看到的西門慶家是何等窮奢極欲，何等鋪張浪費。如第二十二回寫西門慶隨便請他的小兄弟應伯爵吃早飯，擺上餐桌的是：「四個鹹食，十樣小菜兒，四碗燉爛下飯：一碗蹄子，一碗鴿子雛兒，一碗春不老蒸乳餅，一碗餛飩雞兒。銀鑲甌兒粳米投著各樣榛松栗子果仁、玫瑰白糖粥兒。」西門慶陪著吃了，還拿小銀鐘篩金華酒，每人吃了三杯。這種排場，即使當今廣州一般的「吃早茶」，恐怕也不能與之相匹敵。至於像我這樣上海出生的人，從小早飯吃的是鹹菜加泡飯，有時若加半根「油炸檜」（即油條），那就十分美味了。像西門慶這樣二三個人吃這樣的早飯，真是匪夷所思。至於中飯，排場當然更大，三湯五割（上三次湯類，有五道菜需用刀割的），不在話下。假如碰到請官員，拉關係，就更豪華，不但菜肴的量多、品精，而且餐具高雅，外加戲曲表演，吹吹打打，乃至請幾個女孩子來「三陪」。如西門慶請蔡、宋兩御史，一頓酒席就花了「千兩金銀」！而那些達官們的派頭就更是嚇人，如蔡太史的翟管家為西門慶洗塵，一場筵席，列著「九十樣大菜，幾十樣小菜，都是珍饈美味，燕窩魚翅，絕好下飯」。這上百樣的小菜如何下筷？似乎有點誇張。其實這正是明代社會的真實反映。據說，《金瓶梅》時代的首相張居正奉旨歸葬時，「所過州邑，牙盤上食，水陸過百品，居正猶以為無下箸處」。後來得到真定太守的款待，才滿意地說：「吾至此僅得一飽耳！」《金瓶梅》也寫到了窮人們的食，與西門慶等人比，真是一個天上，一個地下。第五十五回寫到苗秀、苗實與兩個歌童四人在酒店中的一頓飯是「打上兩角酒，攘個蔥兒蒜兒，大買肉兒，豆腐菜兒，鋪上幾碟」，就準備「舒懷暢飲」。更可憐的是一百回中的那些「挑河夥子」，吃的只是「一大鍋稗稻插豆子乾飯，又切了兩大盤生菜，撮上一把鹽」，就算填飽了肚子。這就是《金瓶梅》寫食所描繪出來的第一幅貧富懸殊圖。

整個社會是貧富懸殊，階級分明，就是在一個大圈子裏的人吃飯，也是等級森嚴，毫不含糊。在官場裏，如第六十五回宋御史請六黃太尉吃飯。六黃太尉是一人一席的專席，又是個大桌面；宋御史與兩司的官員都是平頭桌席，這是第二等；以下府官，只是散席而已。在家裏，西門慶過元宵節，闔家歡樂飲酒，西門慶與吳月娘居上座；其餘李嬌兒、孟玉樓、潘金蓮、李瓶兒、孫雪娥、西門大姐都在兩邊列坐；再在東首設一席，給女婿陳經濟坐。處處都寫得層次分明。寫吃飯就寫出了中國封建社會中的「禮」，寫出了一個社會的等級。

社會有了等級，人與人之間就不會平等，人心就容易趨炎附勢，嫌貧愛富。《金瓶梅》第三十五回，通過寫兩杯茶，寫盡了人間的世態炎涼。一日，西門慶的窮兄弟白賚光來見他。西門慶明明在家，小廝平安兒知道主人不歡迎他，就謊說不在家，推三阻四，就是不讓他進門。白賚光硬是把槅子推開，進入廳內，在椅子上坐了。眾小廝也不理他，由他坐去。正巧，西門慶有事出來撞見，推辭不得，只得讓坐。這裏，小說特別寫了西門慶睃見白賚光的一副寒磣相：「頭帶著一頂出洗覆盔的、恰如泰山遊到嶺的舊羅帽兒，身穿著一件壞領磨襟救火的硬漿白布衫，腳下靸著一雙乍板唱曲兒前後彎絕戶綻的皂靴，裏邊插著一雙一碌子蠅子打不到、黃絲轉香馬登襪子。」西門慶只好無奈地與他搭訕著。「說了半日話，來安兒才拿上茶來」。白賚光才拿在手裏呷了一口，只見小廝拿著大紅帖兒往裏飛跑，報導：「掌刑的夏老爺來了，外邊下馬了。」於是，西門慶就不管白

白賚光硬是把 槅 子推開，進入廳內。

賁光，往後邊換衣服去了。白賁光只得躲在西廂房內，打簾裏望外張看。他看到的是，夏提刑進到廳上，兩人分賓主坐下，「不一時，棋童兒拿了兩盞茶來吃了」。請注意，一個是「說了半日話」才拿上茶來，一個是坐定後「不一時」就上茶了。難怪張竹坡在這裏批道：「明襯賁光，可歎，可歎！」同樣上一杯茶，寫盡了人間的勢利。當然，小廝們的勢利，根子在他們的主人。小廝們即使小心翼翼地去迎合主人的旨意，但還是沒能做到主人滿意，因為他們畢竟讓那個喪氣的窮兄弟進門了，最後還是逃不了西門慶的一頓毒打。

《金瓶梅》寫食，還寫出了一個腐爛透頂的官場。在一部《金瓶梅》中，賄賂的最佳工具除了金銀財寶外，就是獨多各色各樣的食品與食器。請看，西門慶欲害武松，給知縣送了五十兩雪花銀，還有一副金銀酒器；西門慶給蔡京慶上壽禮品中，也有「兩把金壽字壺、兩副玉桃杯」、「湯羊美酒，盡貼封皮」；西門慶賄賂安進士、蔡狀元，也送上「一分嗄程、酒麵、雞鵝」，又在家「預備下酒席」；後來迎接宋御史、蔡御史，盛宴後又「把兩桌席面，連金銀器」一併奉送；在宴請六黃太尉後，「桌面器皿，答賀羊酒」，俱送皇船交割；西門慶升官進京謝恩時，贈送朱太尉的即是「金華酒四罈」，另送崔中書「一腔羊，一罈酒」，送何太監「一口豬，一罈酒」。食品，是西門慶打通關節、賄賂上司的利

西門慶給蔡京慶上壽禮品中，也有「兩把金壽字壺」。

器。人，離不開食。只是有的該食，有的不該食。不知古今中外的官兒們每每酒肉穿腸過時，是否想過西門慶們送來的正是埋在心裏的炸彈？

互襯互動食與色

飲食與男女、食與色，在《禮記》和《孟子》這類古代的儒家經典裏，都將它們相提並論，且都認為是人類的本性，這就使人們常常將它們糾合在一起，搞得難分難解，不知不覺形成了中國傳統中一種頗為特殊的觀念。於是，我們常常看到一些「以食物喻肉體」和「視男女若飲食」的現象。櫻桃、蓮藕、雞蛋、麵團、黃瓜、餃子、蚌、饅頭等往往用來形容性感的口、唇、臂、面、屁股、乳房、生殖器等；性事活動也常常寫成飲食行為，如《金瓶梅》第二回寫道：

西門慶道：「乾娘，你這個梅湯做得好，有多少在屋裏？」王婆笑道：「老身做了一世媒，那討得一個在屋裏？」西門慶笑道：「我問你這梅湯，你卻說做媒，差了多少！」……西門慶也笑了。一會，便問：「乾娘，間壁賣的是什麼？」王婆笑道：「他家賣的拖煎河漏子、軟巴子肉、翻包著菜肉匾食餃窩窩、蛤蜊麵、熱燙溫和大辣酥。」西門慶笑道：「你看這風婆子，只是風！」

這裏，我們且不談前面將食物的「梅」諧音成「媒」，只看後面王婆的一句「風（瘋）」話，就是典型地將性事說得像飲食。所謂「河漏子」，蘇北等地方言就是指河蚌。「軟巴子肉」，即乾肉薄片，肉脯。「蛤蜊」，也形似蚌。顯然，這些都是借指女性器。而「辣酥」，即落蘇，就是長茄子。這與「餃窩窩」一起，均借指男性器。所謂「翻包」與「熱盪」，就很清楚是指什麼了。

當然，這樣的食與色的結合還是一種低層次的筆墨，無非只是一種借喻而已。《金瓶梅》寫食與色互襯、互動的深層用意，還在於要與「萬惡淫為首」的主旨聯繫起來，進一層說明「淫」的來源：「飽暖思淫欲」。本來，「飽暖思淫欲，饑寒起盜心」這句古話，就非常淺顯又十分明白地說明了食與色之間的聯繫與互動關係。人生在世，有得吃，才能生存；才談得上性事，談得上生命的延續；如果饑寒交迫，首先想到的是吃飽，哪怕是鋌而走險。一部《金瓶梅》之所以在寫飲食方面下足工夫，恐怕很重要的一點就是想用形象來證明「飽暖思淫欲」這樣一種人性的弱點。所以，我們不難發現小說中寫食時往往與寫色結合在一起，且形成了一種互襯互動的態勢。

我們不妨先看《金瓶梅》中第一場姦情，亦即西門慶與潘金蓮是如何勾搭上的：

自古風流茶說合，酒是色媒人。

西門慶見金蓮十分情意欣喜，恨不得就要成雙。王婆便去點兩盞茶來，遞一盞與西門慶，一盞與婦人，說道：「娘子，相待官人吃些茶。」吃畢，便覺有些眉目送情。王婆看著西門慶，把手在臉上摸一摸，西門慶已知有五分光了。自古風流茶說合，酒是色媒人。

這裏最後的一句「風流茶說合，酒是色媒人」，就點出了男女間由茶而傳情，由酒而催情，由食而迷色的某種規律。西門慶與潘金蓮是如此；後來去孟玉樓家相親時，玉樓也是先差人端上一盞「福仁泡茶」；去李瓶兒家時，又是先品佳茗話閒情；與王六兒約定相會時，婦人就先濃濃地點了一盞「胡桃夾鹽筍泡茶」。茶過後，即是酒，接著就是正式偷情的開局。潘金蓮便是接了西門慶的酒後，「兩個就在王婆房裏脫衣解帶，共枕同歡」。後來的李瓶兒、王六兒、林太太等都是沿著這條路上走過來的，即使如西門慶去初會妓女鄭愛月時，也是先「斟上苦豔豔桂花木樨茶」，須臾，擺上酒來。一直飲到「兩個一遞一口兒飲酒咂舌，無所不至」。當然，《金瓶梅》中寫西門慶等的淫欲，更多的並不是寫偷情的開始，而是寫其淫欲的無度。在其所有的性活動中，絕大多數的有關描寫都是與茶酒、與飲食緊密地聯繫在一起。西門慶不是在外面「酒足飯飽」後回來「賣弄精神」；就是「乘著酒興」，淫心輒起；乃至邊幹邊飲，幹好了再飲。在整部小說的結構中，作者有意將一些情節安排成食與色的互動：常常是一場飲食活動的結束，即是一場男女之事的開始；當一場淫戲收場，又一場酒宴即開局。周而復始，故事就在食與色的互動中拓展。結果，西門慶的生命也就在這食欲與性欲的交攻中消竭。中國古代養生書如《素女經》等，早就告誡「醉飽而交接」者必有損益，而西門慶偏偏要走這條路，最後「腰脊疼痛」、「身體浮腫」，終於一命嗚呼。這正如小說第七十九回所點明的：

醉飽行房戀女娥，精神血脈暗消磨。
遺精溺血流白濁，燈盡油乾腎水枯。
當時只恨歡娛少，今日翻為疾病多。
玉山自倒非人力，總是盧醫怎奈何！

既然是「飽暖思淫欲」，而又「萬惡淫為首」，那麼就只能從「饑寒」上找出路，求克制了。於是《金瓶梅》的繼承者《肉蒲團》的作者說出了這樣的話：「惟恐飽暖太過，要起淫心，一件好衲衣也不穿，一樣好蔬菜也不吃。時常帶些饑寒，好使道心生發。」這就將「饑寒起盜心」改成了「饑寒起道心」。

這裏改一個字，構思確實很巧妙，但事實上

西門慶去初會妓女鄭愛月時，也是先「斟上苦豔豔桂花木樨茶」，須臾，擺上酒來。

不論是「飽暖思淫欲」還是「饑寒起道心」，這兩個命題都有一定的片面性。因為飽暖是思淫的基礎，但未必是思淫的必然；饑寒可以激人奮發，但也可以逼人走險。食與色，雖然都是人的本性，但兩者畢竟還有區別。它們有互動的一面，同時也有分離的一面。飽暖和饑寒都可以從正反兩方面去影響人類道心的生發和精神的文明。我們追求的當是豐衣足食，又要家庭幸福，在「飲食」與「男女」都美滿，亦即人性和諧的基礎上，道德高尚，精神文明。這或許是《金瓶梅》的作者所不曾想到的吧！

豬頭肉和茄鮝

中國古代小說中，寫飲食，特別是寫飲酒出色的在《三國》、《水滸》等名著中時見精采的片段，像關羽溫酒斬華雄、景陽崗武松打虎等都很膾炙人口，但總體說來，還不那麼普遍與細緻。唯有《紅樓夢》，可與《金瓶梅》旗鼓相當。據有人統計，《紅樓夢》所寫的食品種類有一百八十種之多，有的筆墨比之《金瓶梅》更加精雕細刻，但總體上看，兩部書的飲食風貌迥異：《金瓶梅》俗，充斥市井味；《紅樓夢》雅，顯得貴族化。假如各用一種具體的食品來作為各自風貌的代表的話，那麼豬頭肉與茄鮝恐怕是最合適不過的了。

豬頭肉這玩意兒，在目下大城市的餐桌上，恐怕早已久違了。比之蹄膀、排骨、夾心，乃至肋條來，它顯然是等而下之，卻頗受《金瓶梅》中人物的歡迎，宋惠蓮也因為身懷燒爛豬頭肉的絕技而得到主人們的欣賞。《金瓶梅》第二十三回寫道：

惠蓮笑道：「五娘怎麼就知我會燒豬頭，巴巴的栽派與我替他燒？」於是起身走到大廚灶裏，舀了一鍋水，把那豬首、蹄子剃刷乾淨，只用的一根長柴安在灶內，用一大碗油醬並茴香大料，拌著停當，上下

錫古子扣定。那消一個時辰，把個豬頭燒的皮脫肉化，香噴噴五味俱全。將大冰盤盛了，連薑蒜碟兒，教小廝兒用方盒拿到前邊李瓶兒房裏。旋打開金華酒篩來。玉樓揀上分兒齊整的，留下一大盤子，並一壺金華酒，與月娘吃，使丫鬟送到上房裏。其餘三個婦人圍定，把酒來斟。正吃中間，只見惠蓮笑嘻嘻走到跟前，說道：「娘每（們）試嘗這豬頭，今日小的燒的好不好？」金蓮道：「三娘剛才誇你倒好手段兒！燒的這豬頭倒且是稀爛。」李瓶兒問道：「真個你用一根柴禾兒？」惠蓮道：「不瞞娘每（們）說，還消不得一根柴禾兒哩！若是一根柴禾兒，就燒的脫了骨。」玉樓叫繡春：「你拿個大盞兒，篩一盞兒與你嫂子吃。」李瓶兒連忙叫繡春斟酒，他便取揀碟兒，揀了一碟豬頭肉兒，遞與惠蓮，說道：「你自造的，你試嘗嘗。」惠蓮道：「小的自知娘每（們），吃不的鹹，沒曾好生加醬，胡亂也罷了。下次再燒時，小的知道了。」

把個豬頭燒的皮脫肉化，香噴噴五味俱全。

這裏，描寫洗刷、燒爛整個豬頭的過程是簡單而粗放的，調料是油醬、茴香，佐料是薑蒜一類，都是大路貨。宋惠蓮的本事，就在於用一根柴禾將豬頭燒得「皮脫肉化，香噴噴五味俱全」，如此而已。總之不脫一個「土」字，一種俗氣。

再看《紅樓夢》第四十一回所描寫的茄鯗：

賈母笑道：「你把茄鯗搛些餵他。」鳳姐兒聽說，依言搛些茄鯗送入劉姥姥口中，因笑道：「你們天天吃茄子，也嘗嘗我們的茄子弄的可口不可口？」劉姥姥笑道：「別哄我了，茄子跑出這個味兒來了，我們也不用種糧食，只種茄子了。」眾人笑道：「真是茄子，我們再不哄你。」劉姥姥詫異道：「真是茄子？我白吃了半日。姑奶奶再餵我些，這一口細嚼嚼。」鳳姐兒果又夾了些放入他口內。劉姥姥細嚼了半日，笑道：「雖有一點茄子香，只是還不像是茄子。告訴我是個什麼法子弄的，我也弄著吃去。」鳳姐兒笑道：「這也不難。你把才下來的茄子把皮刨了，只要淨肉，切成碎釘子，用雞油炸了，再用雞脯子肉並香菌、新筍、蘑菇、五香腐干、各色乾果子，俱切成釘子，用雞湯煨乾，將香油一收，外加糟油一拌，盛在瓷罐子裏封嚴，要吃時拿出來，用炒的雞瓜一拌就是。」劉姥姥聽了，搖頭吐舌說道：「我的佛祖！倒得十來隻雞來配他，怪道這個味兒！」

茄子本是最普通的蔬菜，劉姥姥作為一個種田人，應該是再熟悉不過。可是經過賈府的精心加工，早已面目全非。它徹底擺脫了「土」氣，「異化」成一種精緻高雅的貴族化食品，難怪把劉姥姥弄糊塗了。

假如說豬頭肉與茄鯗是特例的話，那我們不妨進一步來看看《金瓶梅》的俗與《紅樓夢》的雅。

從做菜常用的原料看，不說蔡太師的翟管家請客時做過「魚翅燕窩」之類「珍饈美味」，在西門慶家裏也燒過「入口而化」的鰣魚等等，但總體上還是用雞、鴨、魚、肉，還有較多寫到的鵝，大都為百姓家餐桌上的常物；而《紅樓夢》則突出了火腿、鵪鶉、野雞、鹿肉、螃蟹、鴿子蛋等一些高檔的原料。兩相比較，明顯不同。

從飲食場所看，《金瓶梅》雖然也寫到如西門慶在王招宣府林太太的房中飲酒的場面，那裏儘管是「簾幕垂紅，地屏上氈毹匝地，麝蘭香靄，氣暖如春，繡榻則斗帳雲横，錦屏則軒轅月映」，似乎不俗，但當端出來的酒菜是「大盤大碗」的「煎雞魚，烹炮鵝鴨」時，怎麼也不能讓人覺得這是個高雅的處所。《金瓶梅》給人印象深的，就是那些小茶鋪、小酒館、小吃店，加上那些買賣炊餅、棗糕、餶飿、水果、瓜子等的小販一起，充滿著市井味；而《紅樓夢》除了開頭二回寫到賈雨村等在村肆小飲之外，其餘則都在賈府和大觀園裏開宴，給人以一種雅的氛圍。

從飲食的情趣看，《金瓶梅》的飲食多從實用出發，不像《紅樓夢》那樣講究品味，充滿雅趣。比如飲茶，《金瓶梅》中不太講究茶的品牌，不注意茶具的形式，多數飲的是「雜茶」，中間加了蜜餞、水果、瓜仁等等煮飲，這已為當時的士大夫所不取，如同時代的屠隆就說：「凡飲佳茶，去果方覺清絕，雜之則無辯矣。」張竹坡的評點也指出：是市井人吃茶。《紅樓夢》則不同，喝的茶是楓露茶、六安茶、老君茶、普洱茶、女兒茶、龍井茶等名茶，所用的茶具及沖泡的水，都十分講究，有嚴格的規範，像第四十一回寫賈母等在妙玉那裏喝茶，真是令人大開眼界：「只見妙玉親自捧了一個成窯五彩小蓋鐘捧與賈母。賈母道：『我不吃六安茶。』妙玉笑道：『知道。這是老君眉。』賈母接了，又問：『是什麼水？』妙玉道：『是舊年蠲的雨水。』賈母便吃了半盞……」後來，妙玉又給寶釵、黛玉、寶玉拿出了屬於「古玩奇珍」類的茶杯來，其中一隻還刻著「王愷珍玩」四字，另有「宋元豐五年四月眉山蘇軾見於秘府」小字，用的水是五年前收的「梅花上的雪」，還說：「隔年蠲的雨水，那有這樣清淳？如何吃得！」在這樣的環境中細品慢飲這樣的茶，真是充滿著詩情畫意。其他如飲酒開宴，也類如此，像梅花宴、海棠宴、蘆雪庭詩宴等，更是《金瓶梅》中的人物所想像不到的。兩部書中所反映的飲食情趣，雅俗迴異。

本來，小說中寫飲食，不同於編食譜。小說家或許是美食家，但他在小說中寫菜，寫茶，寫酒，無非都是為了寫人，寫出一種意境。《金瓶梅》的作者「寄意於時俗」，於是寫得人俗、事俗、環境俗，努力創造出一種洋溢著市井味的獨特意境。這就是作家的高明之處。我們在這裏只是擷取飲食一例，與《紅樓夢》相比，不是看得格外分明了嗎！

大紅通袖袍與扣身衫子

現代社會，穿衣戴帽，各隨其便，百花齊放。可是在古代，是不能亂來的，歷來官府對服飾的顏色、質料、樣式等等都有嚴格的規定，所謂「非其人不得服其服」（《後漢書》卷二十九）。比如明代，就規定官太太在一般禮儀場合穿「大袖衫，真紅色」，而民間婦人是不能穿紅色的衣裳的，規定她們的禮服只能是「紫，不用金繡；袍衫止紫、綠、桃紅及諸淺淡顏色，不許用大紅、鴉青、黃色；帶用藍絹布」（《明史・輿服志》）。因此，服飾就成為一種身分的標誌，貴賤有別，界線分明。

這樣的服飾分等級，在西門慶家中表現得十分清楚。比如吳月娘，作為「副千戶」（從五品）的正妻，通常穿的都是紅色衣，在禮儀場合，則穿各種花樣的大紅通袖袍。所謂「通袖袍」，就是衣身與衣袖上的花紋一樣，明代的官服一般都如此。只是在為西門慶守喪、自己動了胎氣看病和到碧霞宮還願等特殊情況下才穿了縞素白衣服。這非常清楚地表現了她地位的特殊。

小說第四十回寫到西門慶請裁縫到家裏來為眾妻妾做衣服，其妻妾各等是分得一清二楚的：

先裁月娘的。一件大紅遍地錦五彩妝花通袖襖，獸朝麒麟補子段（緞）袍兒；一件玄色五彩金遍邊葫蘆樣鸞鳳穿花羅袍；一套大紅段（緞）子遍地金通袖麒麟補子襖兒，翠藍寬拖遍地金裙；一套沉香色妝花補子遍地錦羅襖兒，大紅金枝綠葉百花拖泥裙。其餘李嬌兒、孟玉樓、潘金蓮、李瓶兒四個，都裁了一件大紅五彩通袖妝花錦雞段（緞）子袍兒，兩套妝花羅段（緞）衣服。孫雪娥只是兩套，就沒與他袍兒。

吳月娘的衣服，不但做得數量多，而且品位高；其餘四妾，稍次一等；孫雪娥地位最低，衣服也最少，更沒有表示品級的袍兒。至於西門慶家中那些做粗重活的下人，她們衣服的質料與色彩都很樸素，如第七十一回寫來爵妻惠元剛來拜見吳月娘時，穿的「青布披襖，綠布裙子」，不論色還是質，都是低廉的。

上文說，吳月娘的衣服品位高，這主要表現在她的袍子上有「麒麟補子」，而其餘四妾只是「錦雞補子」。據明代洪武二十四年規定，只有官宦中最高的公、侯、駙馬等才有資格穿這「麒麟補子」的衣服，而「錦雞補子」，是文官二品的標記（《明史・輿服志》）。在這裏，又使我們看到了《金瓶梅》所反映的時代，在服飾問題上「僭越」的風氣已經相當嚴

麒麟補子

重。本來，官府對服飾是有嚴格規定的，誰僭用犯規，將受到嚴厲的處罰，如明英宗時代有人發現有僭用的苗頭，主張「敢有仍蹈前非者，工匠處斬，家口發充邊軍；服用之人亦重罪不宥」（《英宗實錄》卷一四九）。直到正德、嘉靖年間，還不時可以看到「禁絕」「僭用公侯服色者」和「不許濫服五彩妝花織造違禁顏色」的禁令，這也從反面說明了社會生活趨於奢靡的風氣正在滋長，所以不得不一再用法令來加以禁止。但事實上是禁而不止，越演越烈，到《金瓶梅》所處的萬曆時代，僭用的現象已經不以為怪了。吳月娘這樣一個從五品的官太太，竟然一直穿的是「麒麟補子」的紅袍。不但如此，清河縣的其他小官們的太太，也大都穿著這種補子，如第四十三回寫喬五太太「戴著疊翠寶珠冠，身穿大紅宮繡袍兒」，第七十二回中的林太太「帶著滿頭珠翠，身穿大紅通袖袍兒」，第七十八回何千戶妻藍氏參加潘金蓮生日宴會時，也頭戴「珠翠堆滿，鳳翅雙插」，身穿「大紅通袖五彩妝花四獸麒麟袍兒」，真是遍地都是麒麟袍，不以僭越為非法了。這種風氣，實際上是從上到下，即使妓女，也不以僭越為非法，她們往往打扮得性感、時髦，且精美，完全打破了明初「不許與民妻同」的嚴格規定（《明史・輿服志》）。如李桂姐一會兒穿著「紫丁香色潞州綢妝花肩子對襟襖兒，白碾光五色線挑的寬欄裙子」（第四十五回），一會兒又穿著「五色線掏羊皮金挑的油鵝黃銀條紗裙子」（第五十三

有補子的袍

回）；鄭愛月在家初見西門慶時，就不但「頭上挽著一窩絲杭州攢，梳的黑光油油的烏雲，露著四鬢，雲髻堆縱，猶若輕煙密霧」，打扮得嫵媚入時，而且「上著白藕絲對衿仙裳，下穿紫綃翠紋裙，腳下露一雙紅鴛鳳嘴，胸前搖璫瑲寶玉玲瓏，正面貼三顆翠面花兒」，襯托著芙蓉粉面，正如仙女下凡了。這種風氣，正是晚明社會的真實寫照。當時的沈德符就在其《萬曆野獲編》中不無感慨地說：「至賤如長班，至穢如教坊，其婦外出，莫不首戴珠箍，身披文繡，一切白澤、麒麟、飛魚、坐蟒，靡不有之。且乘坐肩輿，揭臉露面，與閣部公卿，交錯於康達。前驅既不呵止，大老亦不詰責。真天地間大災孽！」看來，《金瓶梅》中人物的服飾，既是身分的標誌，也是社會的風標。

不但如此，寫服飾同時也是寫性格。且看潘金蓮，她在第一回出場時給人的第一印象，就是善於化妝，衣著性感：「會描眉畫眼，傅粉施朱，梳一個纏髻兒，著一件扣身衫子，做張做勢，喬模喬樣。」所謂「扣身衫子」，就是當時的緊身衣，曲線畢露，媚態十足。平時，又常「酥胸微露」，在第二回中穿的是「毛青布大袖衫兒，褶兒又短」，「抹胸兒重重紐扣」露在外。不少場合就乾脆「赤露玉體，只著紅綃抹胸兒」（第二十九回）。所謂「抹胸」，就

她在第一回出場時給人的第一印象，就是善於化妝，衣著性感。

是遮在胸前尺方大小的一塊布，用線或鈕扣固定，相當於「肚兜」、「胸罩」一類。在上喜露胸，在下又好露腳，慣於「把那一對小金蓮故露出來」，勾引年青人。西門慶就從她的腳上燃起了偷情的欲火：在王婆家「十挨光」時，正巧一雙箸落在她的腳邊。當西門慶去拾箸時，「只見婦人尖尖剛三寸、恰半扠一對小小金蓮，正在箸邊」，於是「西門慶且不拾箸，便去他繡花鞋頭上只一捏」，於是就有了後面的許多故事。在後面的故事中，特別是第二十七、二十八、二十九回中，作者大寫特寫了她的鞋，這大都與她的性放縱、好嫉妒有關聯。整部小說中，作者常常通過寫潘金蓮的化妝、穿衣等來凸顯她的性格。例如，她為了爭寵逞強，當偷聽到西門慶在翡翠軒誇獎李瓶兒身上白淨時，「就暗暗將茉莉花蕊兒攪酥油定粉，把身上都搽遍了，搽的白膩光滑，異香可掬」（第二十九回）；當李瓶兒生了孩子，西門慶常在他房裏宿歇時，就特意在西門慶前廳擺酒前，「巧畫雙蛾，重扶蟬鬢，輕點朱唇，整衣出房」（第三十二回），一心想奪瓶兒的寵，作者把她的嫉妒心刻畫得入了骨。潘金蓮這個人，不但要奪李瓶兒的寵，而且在心裏也不買正妻吳月娘的賬。第十五回寫元宵晚宴時，本來只有吳月娘一人穿了「大紅妝花通袖襖兒」，其餘眾妾都穿了白綾襖兒，套上一件沉香色或綠色的比甲，唯有潘金蓮卻穿了件「大紅遍地金比甲」，這就難怪吳月娘心底裏時時擔心潘金蓮有朝一日要給她眼色看。西門慶臨死前不久，吳月

西門慶且不拾箸，便去他繡花鞋頭上只一捏。

娘曾做過這樣一個夢，就絕不是偶然的：

到半夜，月娘做了一夢，天明告訴西門慶說道：「敢是我日裏看見他王太太穿著大紅絨袍兒，我黑夜就夢見你李大姐箱子內尋出一件大紅絨袍兒，與我穿在身，被潘六姐匹（劈）手奪了去，披在他身上。教我就惱了，說道：『他的皮襖，你要的去穿了罷了，這件袍兒你又來奪。』他使性兒，把袍兒上身扯了一道大口子，吃我大吆喝，和他罵嚷，嚷嚷著就醒了。不想都是南柯一夢。」西門慶道：「你從睡夢中，只顧氣罵不止。不打緊，我到明日替你尋一件穿就是了。自古夢是心頭想。」（第七十九回）

真是「夢是心頭想」。這個奪紅袍的夢，就是潘、吳地位爭奪的象徵，正是月娘心病的反映，也是刻畫潘金蓮的神來之筆。

中國是一個「衣冠古國」，服飾為歷來所重。然而不同時代不同的人所重的角度各不相同。作為文學作品，早在先秦時代就有一些精采的服飾描寫，但在《金瓶梅》之前，像這樣有自覺的態度、豐富的筆墨和深刻的意蘊的，恐怕難以找到。《金瓶梅》開拓了服飾描寫的新天地。有了它，才有後來的《紅樓夢》。

曲為心聲

在中國古代小說中，像《金瓶梅》那樣獨多戲曲描寫的，可以說是絕無僅有。當然，《紅樓夢》也有不少關於戲曲的筆墨，但與《金瓶梅》相比，畢竟是虛多實少。在一部《金瓶梅》中，從元明雜劇、宋元南戲，寫到明代傳奇，乃至各種雜耍和不見經傳的「步戲」之類的戲曲表演，形式多樣，幾乎是應有盡有。傳奇演出，有海鹽腔，也有蘇州子弟演出的昆山腔。我們可以常常看到西門慶遇到婚喪喜事，以及會親、慶壽、生子、加官、宴請賓客、店鋪開業、節日家宴時在廳堂裏演出，或者在女眷的深閨裏小唱。除了繪聲繪色的描寫演唱，不厭其煩地引錄唱詞之外，也寫到了點戲、行當、妝扮等等。據有人統計，全書共引用的劇碼有二十五個、單曲一百四十首、套曲五十套。所以，從保存戲曲史料的角度看，將《金瓶梅》稱之為明代嘉靖至萬曆年間的一部活的戲曲史，是當之無愧的。

不過，假如將它作為一部小說來品味的話，就可以看到這些戲曲描寫除了有調節氣氛、推進情節的作用之外，最主要的還是用來寫心，寫小說中人物的心理狀態和刻畫他們的性格。這裏，不妨先看借曲以直接抒情的一例。這如第三十八回《潘金蓮雪夜弄琵琶》，寫當西門慶與王六兒勾搭成姦後，多日不來潘金蓮房裏來了。金蓮空房寂寞，把角門打開，銀燈高點，等到二三更，只是不見動靜。在床上和衣兒又睡不著，就低低地彈了一曲《二犯江兒水》，唱道：

悶把幃來靠，和衣強睡倒。

猛聽得房簷上鐵馬兒一片聲響，金蓮以為西門慶來到敲得門環兒響，忙使春梅去瞧。春梅回道：「娘錯了，是外邊風起落雪了。」金蓮聽了又彈唱道：

聽風聲嘹亮，雪灑窗寮，任冰花片片飄。

一會兒，燈昏香盡，心裏欲去剔續，因不見西門慶來，又懶得動彈了。就唱道：

懶把寶燈挑，慵將香篆燒。捱過今宵，怕到明朝。細尋思，這煩惱何日是了？想起來，今夜裏心兒內焦，誤了我青春年少。你撇的人，有上梢來沒下梢。

金蓮空房寂寞，在床上和衣兒又睡不著，就低低地彈了一曲《二犯江兒水》。

而西門慶在外面吃酒回來，逕到李瓶兒房中去了，兩個人放著一架小火盆兒喝酒。潘金蓮這邊冷冷清清，燈昏燭暗。待要睡了，又恐西門慶一時來；待要不睡，又是盹睏，又是寒冷。不免除去冠兒，亂挽烏雲，把帳兒放下半邊來，擁衾而坐，又唱道：

懊恨薄情輕棄，離愁閑自惱。

又喚春梅去外邊瞧。春梅出去良久，回來道：「爹來家不耐煩了，在六娘屋裏吃酒的不是？」可憐這金蓮不聽罷了，聽了如同心上戳上幾把刀子一般，罵了幾句負心賊，由不得撲簌簌眼中流下淚來。一徑把琵琶兒放得高高的，口中又唱道：

論殺人好恕，情理難饒，負心的天鑒表！心癢痛難搔，愁懷悶自焦。……

潘金蓮唱的這首《二犯江兒水》屬《仙呂入雙調》，曾被《詞林摘豔》甲集收錄，題為《閨怨》；《雍熙樂府》卷十五也收錄，題為《題情》。這首曲子，被作者移用在這裏，由潘金蓮唱出，抒發了她的孤凄和怨恨之情，曲情與她的心境完全一致，曲辭與小說的情節融為一體，真是妙不可言。

再看第七十三回，通過他人的演唱來描繪眾人不同的心情，刻畫他們不同的性格。這一天是孟玉樓的生日。當眾姊妹安席坐定後，西門慶不覺想起去年玉樓生日時，還有李瓶兒，今日只少了她，不由得心痛落淚。不一時，兩個小優兒來了。月娘不知西門慶的心情，吩咐唱一曲「比翼成連理」。西門慶這時心中只想著去世的瓶兒，哪有心情去聽「比翼成連理」，即吩咐：「你唱一套『憶吹簫』我聽罷。」兩個小優連忙改調唱《集賢賓》這首曲：

憶吹簫玉人何處也，今夜病較添些。……我為他在家中費盡了巧喉舌，他為我褪湘裙杜鵑花上血。

在旁邊的潘金蓮一聽此詞，就知道西門慶念李瓶兒的心思。瓶兒是她的老情敵，不禁勃然而起嫉妒之心，當即在席上故意把手放在臉兒上，這點兒那點兒羞西門慶，說：「一個後婚老婆，又不是女兒，那裏討杜鵑花上血來？好個沒羞的行貨子！」西門慶忙掩飾道：「怪奴才，我自知道，那裏曉得什麼！」於是兩個小優又唱道：

我為他耳輪兒常熱，他為我面皮紅羞把扇兒遮。

……

潘金蓮心裏就是攏不平，她對瓶兒「妒之於生前，更嫉之於死後」，就與西門慶在席上只顧拌起嘴來。這時的月娘還對金蓮有些看不上，便道：「六姐，你也耐煩，兩個只

香港太平書局翻印文學古籍本《詞話》封面

顧且強什麼！」勸她出去伴客人。西門慶也到前面去陪吳大舅、應伯爵、溫秀才等人喝酒，到二更時方散。

金蓮出來看著西門慶走進吳月娘的房間，就悄悄地走到窗下偷聽。當聽到月娘對白天兩個唱曲的水準有所不滿時，就躡足潛蹤地掀開簾兒進去，立在暖炕兒背後，又發作道：「你問他，正景姐姐吩咐的曲兒不叫他唱，平白胡枝扯葉的，教他唱什麼『憶吹簫』、『李吹簫』，支使的小王八子亂騰騰的，不知依那個的是。」這時，潘金蓮巧妙地將吳月娘引在西門慶的對立面，以爭取她的支持。接著又劈頭蓋腦地大批西門慶和李瓶兒道：「哥兒，你膿著些兒罷了。你的小見識兒，只說人不知道。他是甚『相府中懷春女』？他和我都是一般後婚老婆。什麼他為你『褪湘裙杜鵑花上血』，三個官唱兩個喏，誰見來？孫小官兒問朱吉，別的都罷了，這個我不敢許。可是你對人說的，自從他死了，好應心的菜兒也沒一碟子兒。沒了王屠，連毛吃豬。空有這些老婆，睜著你日逐只睞屎哩！現在大姐在上，俺們便不是上數的，可不著你那心的了。一個大姐姐恁當家理紀，也扶持不過你來？可哥兒只是他好來！他死，你怎的不拉掣住他？當初沒他來時，你也過來，如今就是諸般兒稱不上你的心了。題起他來，就疼的你這心裏格地地的，拿別人當他，借汁兒下面，也喜歡的你要不的，只他那屋裏水好吃麼？」

經潘金蓮的一批一挑，吳月娘的心動了，開始倒向了她的一邊。月娘就自我調侃道：「你我本等是瞞貨，應不上他的心，隨他說去罷了。」金蓮道：「不是咱不說他，他說出來的話灰人的心。只說人憤不過他。」那西門慶只是笑，罵道：「怪小淫婦兒，胡說了你，我在那裏說道這個話來？」

金蓮道：「還是請黃內官那日，你沒對著應二和溫鑾子說？從他死了，好菜也拿沒出一碟子來。怪不的你老婆都死絕了，就是當初有他在，也不怎麼的。到明日，再扶一個起來和他做對兒麼？賊沒廉恥少根基的貨！」說的西門慶急了，跳起來，趕著拿靴腳踢他，那婦人奪門一溜煙跑了。

這一段故事，都是由一曲《集賢賓》「憶吹簫」引起的，經過反覆皴染，把西門慶對李瓶兒的眷戀與對潘金蓮的無奈，潘金蓮對李瓶兒的嫉妒與對吳月娘的利用，吳月娘被潘金蓮的打動而對西門慶的不滿，寫得絲絲入扣。與此同時，由這一支曲子「極力將金蓮寫得暢心快意之甚，驕極滿極輕極浮極，下文一激便撒潑，方和身皆出，活跳出來也」（張竹坡批語）。《金瓶梅》借曲以寫心理，寫性格之高明，於此可見一斑。其實，這裏潘金蓮最後的一句話：「到明日，再扶一個起來和他做對兒麼！」更有另一層奧妙：推進情節的展開。因為這句話已是直指如意兒了。如意兒將是金蓮以後爭寵道路上的又一個障礙。張竹坡在《讀第一才子書金瓶梅法》中說：「惠蓮才死，金蓮可一快；然而官哥生，瓶兒寵矣。及官哥死、瓶兒死，金蓮又一大快。然而如意口脂，又從靈座生香，丟掉一個又來一個。」小說的故事也就這樣一環一環地推進。

西門慶這時心中只想著去世的瓶兒，即吩咐：「你唱一套『憶吹簫』我聽罷。」

相面竟成全書大關鍵

《金瓶梅》一書寫到民間的迷信活動有算命、打卦、起課、魘勝、回背、灼龜、相面、跳神、圓夢、擇風水、看水碗、演禽星等等，其花樣之繁多，描寫之細膩，恐為中國古代文學作品之最。它不僅為我們保存了真實而豐富的有關史料，而且對小說創作的成功也起了不可小覷的作用。這裏，不妨從第二十九回「吳神仙貴賤相人」談起。

這一回，寫了吳神仙為西門慶、吳月娘等眾妻妾及西門大姐和春梅共九人一一相面的全過程。其描寫的一個顯著特點，即是言多有據，也就是說，吳神仙給眾人所下的斷語，一般都有出處，與當時社會上流行的諸如《神異賦》、《麻衣相法十三部位總要圖》、《人相篇》、《女人凶相歌》、《純陽相法入門》等本本上的語言相同或基本相同。下面，我們就抄一段吳神仙相西門慶的描寫，另用括弧摘錄有關相書的語言，以作對照：

西門慶聽了，滿心歡喜，便道：「先生，你相我面何如？」神仙道：「請尊容轉正，貧道觀之。」西門慶把坐兒掇了一掇。神仙相道：「夫相者，有心無相，相逐心生；有相無心，相隨心滅。（《人相篇》卷三《相心》：「麻衣先生曰：有心無相，相逐心生。有相無心，相隨心

滅。」）吾觀官人，頭圓項短，必為享福之人；體健筋強，決是英豪之輩；天庭高聳，一生衣祿無虧；地閣方圓，晚歲榮華定取。（《神異賦》：「天庭高聳，少年富貴可期；地閣方圓，晚歲榮華定取。」）此幾樁兒好處。還有幾樁不足之處，貧道不敢說。」西門慶道：「仙長但說無妨。」神仙道：「請官人走兩步看。」西門慶真個走了幾步。神仙道：「你行如擺柳，必主傷妻；魚尾多紋，終須勞碌。眼不哭而淚汪汪，心無慮而眉縮縮，若無刑克，必損其身。（《神異

請尊容轉正，貧道觀之。

賦》：「眼不哭而淚汪汪，不憂慮而眉縮縮，早無刑克，老見孤單。）妻宮克過方可。」西門慶道：「已刑過了。」神仙道：「請出手來看一看。」西門慶舒手來與神仙看。神仙道：「智慧生於皮毛，苦樂觀於手足。細軟豐潤，必享福祿之人也；兩目雌雄，必主富而多詐；眉抽二尾，一生常自足歡娛；根有三紋，中歲必然多耗散；奸門紅紫，一生廣得妻財；黃氣發於高廣，旬日內必定加官；紅色起於三陽，今歲間必生貴子。又有一件不敢說：淚堂豐厚，亦主貪花；谷道亂毛，號為淫抄。且喜得鼻乃財星，驗中年之造化；承漿地閣，管末世之榮枯。」（《神異賦》：「智慧生於皮毛，苦樂觀於手足」；「兩目雌雄，必主富而多詐」；「眉抽二尾，一生常自足歡娛；根有三紋，中主必然多耗散」；「奸門青紫，必主妻災」；「黃氣發從高曠，旬日內必定

轉官」；「三陽火旺，必主誕男」；「眼堂豐厚，亦主貪淫」；「谷道亂毛，號作淫秒」，「頦為地閣，見晚歲之規模；鼻乃財星，管中年之造化。」）

兩相對照，不難看出吳神仙之相語多有根據，而且還可以看到《金瓶梅詞話》有時抄相書時抄錯了。例如「淫抄」一詞，頗為費解。而在《神異賦》中原來是作「淫秒」，秒者，穀物殼上的芒，這就容易理解了，且下還有小注曰：「糞門亂毛，由膀胱氣盛而生，此人必多淫。」不過，這樣引用相術語言到小說中來，並不是《金瓶梅》首創，像《三國》、《水滸》中的肖像描寫也常與相書中的語言雷同，如寫劉備「生得身長七尺五寸，兩耳垂肩，雙手過膝，面如冠玉，唇若塗脂」等等，也可以在《人相篇》卷二《相耳》中找到：「兩耳垂肩，貴不可言。」在《相法大全》卷三中說：「手過垂膝者，間世英賢；手不過膝者，一生貧賤。」《人相篇》卷七《人倫大統賦》又說：「冠玉者，美玉也。人顏色不以青黑為賤，不以紅白為貴。須要以美玉之溫潤，面部瑩然。溫潤若美玉無瑕，乃貴。」其他如寫張飛「豹頭環眼，燕頷虎鬚」，寫關羽「面如重棗，唇若塗脂，丹鳳眼，臥蠶眉」等等，都可以在相書中找到相同或相近的語詞。究竟是小說抄了相書？還是相書受了小說的影響？還是相互影響？情況比較複雜。但就《金瓶梅》而言，則肯定是小說抄了相書。

但是，《金瓶梅》在抄相書時有了創造性的發展。它不再孤立地用相書中的語詞來描繪、形容人物的外貌，而是運用這些相術語言，巧妙地刻劃一些主要人物的性格，並且預示了他們的命運，規劃了情節的展開。請看吳神仙是怎樣為李瓶兒相面的：

相畢金蓮，西門慶又叫李瓶兒上來，教神仙相一相。神仙觀看這個女人：「皮膚香細，乃富室之女娘；容貌端莊，乃素門之德婦。只是多了眼光如醉，主桑中之約無窮；眉靨漸生，月下之期難定。觀臥蠶明潤而紫色，必產貴兒；體白肩圓，必受夫之寵愛。常遭疾厄，只因根上昏沉；頻遇喜祥，蓋謂福堂明潤。此幾樁好處。還有幾樁不足之處，娘子可當戒之：山根青黑，三九前後定見哭聲；法令細纏，雞犬之年焉可過？慎之，慎之！」

特別是相春梅，說她「……」，一時令衆人大惑不解。

這裏，前面說她是「富室之女娘」及「桑中之約無窮」，都是李瓶兒的基本特點；後面則預測她「必產貴兒」，「受夫之寵愛」，確是如此；最後則點明她「三九前後定見哭聲」，「雞犬之年焉可過」，即二十七歲就夭折。其他如說孫雪娥「必主凶亡」、西門大姐「不過三九，當受折磨」等等，無不沿著吳神仙預測的軌跡生活著，特別是相春梅，說她「山根不斷，必得貴夫而生子；兩額朝拱，主早年必戴珠冠。行步若飛仙，聲響神清，必益夫而得祿，三九定然封贈」，一時令眾人大惑不解，吳月娘說：「我只不信說他春梅後來戴珠冠，有夫人之分。端的咱家又沒官，那討珠冠來？就有珠冠，也輪不到他頭上。」但後來春梅恰恰被月娘趕出家門，嫁給周守備，生兒子，做夫人，戴珠冠，小說的情節、人物的命運，就是根據吳神仙的預測展開，絲毫不爽。

對於第二十九回吳神仙相面的妙處，張竹坡早就看出，他批道：

此回乃一部大關鍵也。上文二十八回一一寫出來之人，至此回方一一為之遙斷結果，蓋作者恐後文順手寫去，或致錯亂，故一一定其規模，下文皆照此結果此數人也。此數人之結果完而書亦完矣，直謂此書至此結亦可。

凡小說必用畫像，如此回凡《金瓶》內有名人物，皆已為之描神追影，讀之固不必再畫，而善畫者亦可即此而想其人，庶可肖形，以應其言語動作之態度也。

《金瓶梅》通過相面來預示人物的命運和情節的展開，還可見於第九十六回葉頭陀為陳經濟相面，其手法大致相同。與此手法大致相同的還可見於酒令的描寫。

本來，《金瓶梅》中寫到的遊藝也是名目繁多，有圍棋、象棋、雙陸、骨牌、紙牌、擲骰、猜謎、傳花擊鼓、猜拳、投壺、打毬、秋千等等。這些描寫既反映了當時的習俗，又多與刻畫人物及拓展情節有關。其中寫酒令，正與相面有異曲同工之妙。請看第二十一回寫玉樓生日，妻妾酒宴時所行的酒令：

……止是吳月娘同眾姊妹陪西門慶，擲骰猜枚行令。輪到月娘跟前，月娘道：「既要我行令，照依牌譜上飲酒。一個牌兒名，兩個骨牌名，合《西廂》一句。」月娘先說個：「擲個六娘子，醉楊妃，落了八珠環，遊絲兒抓住茶蘼架。」不犯。該西門慶擲，說：「虞美人，見楚漢爭鋒，傷了正馬軍。只聽『耳邊金鼓連天震』。」果然是個正馬軍，吃了一杯。該李嬌兒，說：「水仙子，因二士入桃源，驚散了花開蝶滿枝。只做了落紅滿地胭脂冷。」不遇。次該金蓮擲，說道：「鮑老兒，臨老入花叢，壞了三綱五常。問他個非奸做賊拿。」果然是三綱五常，吃了一杯酒。輪該李瓶兒擲，說：「端正好，搭梯望月，等到春分晝夜停。那時節，隔牆兒險化做望夫山。」不遇。該孫雪娥，說：「麻郎兒，見群鴉打鳳，絆住了折腳雁。好教我兩下裏做人難。」不遇。落後該玉樓完令，說：「念奴嬌，醉扶定四紅沉，拖著錦裙襴。得多少春風夜月銷金帳。」正擲了四紅沉。月娘滿令，叫小玉：「斟滿與你三娘吃。」說道：「你吃三大杯才好。今晚你該伴新郎宿歇。」因對李嬌兒、金蓮眾人說：「吃畢酒，咱送他兩個歸房去。」金蓮道：「姐姐嚴令，豈敢不依。」把玉樓羞的要不的。

這段文字的妙處，正如張竹坡在本回回評中說的：「後接寫玉樓一壽，又將諸人後文，俱用行令時自己說出，如金蓮之偷經濟，瓶兒之死孽，玉樓之歸李衙內，月娘之於後文吳典恩，西門之於一部《金瓶》一百回內，以月娘避亂，孝哥幻化，與春梅嫁去，守備陣亡作照，雪娥之於來旺，以及受辱為娼，皆一一照出，或隱或現，而昧昧者乃以為六人行酒令。夫作者吃飯無事，何不可消閒，而乃為人記酒令哉！是故《金瓶》一書，不可輕與人讀。」

《金瓶梅》的這種藝術創造，真是匠心獨具，別出心裁，後來的《紅樓夢》第五回寫到太虛幻境中的《金陵十二釵正冊》、《金陵十二釵副冊》、《金陵十二釵又副冊》的判詞以及《紅樓夢十二支曲》，第二十二回又寫各人所制的燈謎都成「讖語」等等，其表現手法與《金瓶梅》中的寫相面、寫酒令，真是何其相似乃爾！這就無怪乎脂硯齋說《紅樓夢》「深得《金瓶》壼奥」了！

半敬半嘲道與佛

在《金瓶梅》的世界中活動的，不乏道士、和尚、尼姑之類，單從回目來看，有關道、佛內容的就佔了約五分之一，不可謂不多。但這裏的宗教，完全是被世俗化、實用化了的。小說通過對宗教的半信半疑與半敬半嘲，生動地刻畫了人物的心理活動，揭示了人與人之間的關係，也無情地暴露了晚明宗教界的腐敗現象。

我們有時看到，西門慶也尊道崇佛，儘管這純粹是從他的現實私利出發的。第三十九回寫他為兒子官哥在玉皇廟「寄名」吳應元而打醮，是那麼的虔誠。先一日，就差玳兒送去了許多「寄名之禮」，併發帖請吳大舅等四位陪著陳經濟一起先到廟中瞻拜。當日，他沒去衙門，一早冠帶整齊，騎著大白馬，逕往玉皇廟。進入壇中香案前，就洗手，跪請上香。打動法鼓後，又重新換了大紅五彩獅補吉服，腰繫蒙金犀角帶。到壇前宣念齋意，希望能保佑他闔家安吉，又能升官發財。整個過程充滿著敬意。第五十七回寫西門慶對佛門同樣十分尊重。當東平府永福寺長老來募緣時，一席話就把西門慶的心兒打動了，他不覺歡天喜地地又恭恭敬敬捐上了五百兩銀子，並說要「有意做些善果」。整部小說中，也寫了一些頗為正派的道士與和尚。如五嶽觀道士潘法官，「威儀凜凜，相貌堂堂，若非霞外雲遊客，定是蓬萊玉府人」，「常在壇前護法，每來世上降魔」。當李瓶兒病重，請他

來施法後，西門慶即送他一匹布、白金三兩，作經襯錢。他卻說：「貧道奉行皇天至道，對天盟誓，不敢貪受世財，取罪不便。」推讓再四，只令小童收了布匹，作道袍穿。其他如東京太乙宮提點黃真人和泰山雪澗洞普靜禪師，都是得道高人，小說對他們充滿著崇敬。

然而，宗教與人的私欲在本質上是相矛盾的。當西門慶的私欲膨脹時，就把對宗教的虔誠全部拋到了汪洋大海中，他又變得那麼的不信神，不敬神，一切劣根性都暴露無遺。就在第五十七回他捐銀五百兩給永福寺長老後，月娘趁機勸他說：

哥，你天大的造化！生下孩兒，你又發起善念，廣結良緣，豈不是俺一家兒的福分？只是那善念頭怕他不多，那惡念頭怕他不盡。哥，你日後那沒來由沒正經、養婆兒沒搭煞、貪財好色的事體，少幹幾樁兒也好。攢下些陰功，與那小的子也好。

想不到西門慶卻笑著回答道：

你的醋話兒又來了。卻不道天地尚有陰陽，男女自然配合。今生偷情的，苟合的，都是前生分定，姻緣簿上注名，今生了還。難道是生剌剌搊搊胡扯、歪廝纏做的？咱聞那佛祖西天，也止不過要黃金鋪地；陰司十殿，也要些楮鏹營求。咱只消盡這家私廣為善事，就使強姦了嫦娥，和姦了織女，拐了許飛瓊，盜了西王母的女兒，也不減我潑天富貴。

這就把「佛祖西天」和「陰司十殿」來個大不敬，更不要說那些所謂「仙女」們了。在他眼裏，神仙與「貪財好色」的他統統是一路貨；這當然是為他的「沒正經」辯護。怪不得吳月娘說他是本性難移，「怎生改得」？

假如說西門慶上面一段話只是對虛幻中的神仙半嘲半戲的話，那麼在小說中更多的則是對現實中的道士、和尚、尼姑的無情鞭撻。除了極少數如潘道士、黃真人與普靜禪師這「兩個真人，一個活佛」外，其餘幾乎都是貪財好淫的反面人物。

小說第二十回，作者用「看官聽說」直接插入了他的議論：

> 原來世上，惟有和尚、道士並唱的人家，這三行人，不見錢眼不開；嫌貧取富，不說謊調詖也不成的。

就將和尚、道士與妓女等而同之，看成是世上最貪財的一夥。這裏不妨以第六十八回寫薛、王兩個尼姑印經、念經事，看看她們欺心貪財、爾虞我詐的醜惡嘴臉。

早在李瓶兒生前，王姑子背著薛姑子受了五兩銀子、一匹綢子，答應在李死後為她誦經。但到瓶兒真的死後，王姑子卻壓根兒沒有什麼念經的動靜。而薛姑子聽說月娘許下初五日瓶兒斷七時，將請眾尼僧來念經，拜血盆懺。於是瞞著王姑子，買了兩盒禮物悄悄去見吳月娘，攬去了李瓶兒斷

五嶽觀道士潘法官，威儀凜凜，相貌堂堂。

七經懺的生意。後來，王姑子打聽得知，慌忙大清早晨走來西門慶家，說薛姑子攬了經去，要經錢。月娘怪他：「你怎的昨日不來？他說你往王皇親家做生日去了。」王姑子一聽知道是薛姑子瞞了她，就說：「這個就是薛家老淫婦的鬼。他對著我說，咱家挪了日子，到初六念經。」接著就忙問：「經錢他都拿的去了，一些兒不留下？」月娘回答她說：「這咱哩！未曾念經，經錢寫法都找完了與他了。早是我還與你留下一匹襯錢布在此。」教小玉連忙擺了些昨日剩下的齋食與他吃，把與他一匹藍布。這王姑子心裏忿忿不平，口裏喃喃吶吶罵道：「我教這老淫婦獨吃！他印造經，賺了六娘許多銀子（按：這是指第五十八回寫到李瓶兒曾給薛姑子一隻銀獅子印經）。原說這個經兒咱兩個使，你又獨自掉攬的去了。」月娘也戮穿她說：「老薛說你接了六娘血盆經五兩銀子，你怎的不替他念？」王姑子道：「他老人家五七時，我在家請了四位師父，念了半個月哩。」月娘道：「你念了，怎的掛口兒不對我題？你就對我說，我還送些襯施兒與你。」那王姑子便一聲兒不言語，訕訕地坐了一回，往薛姑子家嚷去了。

這段筆墨，把兩個利欲薰心又相互欺詐的尼姑的醜惡面目暴露無已。小說作者行文至此，禁不住感慨道：「似這樣緇流之輩，最不該招惹他。臉雖是尼姑臉，心同淫婦心。只是他六根未淨，本性欠明；戒行全無，廉恥已喪；假以慈悲為主，一味利欲是貪。」從中可見，作者對這類「緇流之輩」的厭惡和痛恨。

作者厭惡與痛恨這類「緇流之輩」，還著力描寫了他們的「好淫」。像那個王姑子，就公然給西門慶家中的妻妾們講「葷笑話兒」，在第二十一回中，寫她講了個「公公相個外郎」，到「六房裏都串到」的笑話。外郎，衙門裏的史曹。六房，衙門中的辦事房，有刑、吏、禮、兵、戶、孔目六處。這個笑話隱指「扒灰」，公公到媳婦房裏到處竄，而又與西門家六房相合，逗得眾人都笑了。第五十七回，作者又揭了薛姑子的老底：原來這薛姑子不是從幼出家，少年間曾嫁丈夫，在廣成寺前居住，賣蒸餅兒生意。不料生意淺薄，那薛姑子就有些不尷不尬，專一與那些寺裏的和尚行童調嘴弄舌，眉來眼去，說長道短。乘那丈夫出去了，茶前酒後，早與那和尚們刮上了四五六個。以後丈夫得病死了，他因佛門情熱，就做了個姑子。做了尼姑後，又專門給那些要偷漢子的婦人與和尚們牽線搭橋，做「馬八六兒」，多得錢鈔。所以，連西門慶這樣的人見了她也討厭，一開始就因為她窩藏阮三與陳小姐在方丈內歡愛而被西門慶打了二十大板。尼姑如此，和尚也不堪。第八回寫那些和尚們見了潘金蓮，「一個個都昏迷了佛性禪心，一個個

似這樣緇流之輩，最不該招惹他。
臉雖是尼姑臉，心同淫婦心。

都關不住心猿意馬，都七顛八倒，酥成一塊」。清河縣永福寺的道堅長老，也是專門睃趁施主嬌娘，引誘良家少婦，「淫情動處，草庵中去覓尼姑；色膽發時，方丈內來尋行者」，「仰觀神女思同寢，每思嫦娥要講歡」，是個正宗的老色鬼。佛門如此，道觀也相同。晏公廟中的道士金宗明，就常在酒店包佔樂婦，在廟內雞姦徒弟，陳經濟就是他勾搭的對象。泰山碧霞宮的住持石伯才，也把兩個十六歲的徒弟背地裏當作老婆，一片烏煙瘴氣。

《金瓶梅》中的宗教天地，也是一個世俗的世界。作者是用一種世俗的眼光來看這些俗世中的僧尼道長。明代社會，嘉靖崇道，萬曆好佛，芸芸眾生，趨之若鶩，但多為凡夫俗子，難能成得道高明之士；寺廟普建，卻廣為藏污納垢之所。有湛然圓澄者著《慨古錄》不無感慨地說：當時的僧界「或為打劫事露而為僧者，或為牢獄逃脫而為僧者，或為妻子鬥氣而為僧者，或為負債無還而為僧者。或夫為僧而妻戴髮者，謂之雙修；或夫妻皆削髮而共住庵廟，稱為住持者；或男女路遇而同住者；以至奸盜詐偽，技藝百工，皆有僧在焉！如此之輩，既不經於學問，則禮義廉恥皆不之顧，唯於人前假裝善知識，說大妄語……哄誘男女，致生他事！」難怪當時有人著小說名曰：「僧尼孽海」。僧尼本求淨界，而今卻成孽海，這正是晚明佛門道觀的寫照，也是《金瓶梅》作者眼中的「淨界」。至於真正能除魔伏怪、普渡眾生的「真人」、「活佛」，或許在世上也有一二，或許只是作者理想中的存在吧？

匠心獨運

黃　霖　說　金　瓶　梅

寄意時俗

《金瓶梅》基本的藝術風貌是什麼？欣欣子序開頭就指出：「寄意於時俗」。這就是說，《金瓶梅》是一部通過描寫「時俗」來寄託作者思想感情的書。它不同於《三國》描寫古代的帝王將相、興廢爭戰，也有別於《水滸》刻畫超人的英雄豪傑、刀光劍影，更大異於《西遊》虛設奇幻的牛鬼蛇神、上天入地，而是用細緻的筆觸，描繪了生活中誰都能遇到的平平常常的人、普普通通的境、瑣瑣屑屑的事。它顯得俗：人俗、境俗、事俗、語也俗。

然而，正是這種俗能給人以一種身臨其境、親睹親聞之感，使中國的小說藝術更面向現實，面向人生，從而進入了一個新的階段。

寫俗人，乃是寫世情的中心。因為世俗社會中活動的中心就是這些俗人。《金瓶梅》描摹的主角，是一個「市井暴發戶」。圍繞著他周圍的一妻五妾，乃至一大批幫閒篾片、娼妓優伶、家僮婢女、僧道尼番、醫巫星卜、三姑六婆，都是市井之俗人、小人。小說將這些「下等社會」的人物予以集中描寫並使之成為主要角色，反映了作者對於人的認識有所提高。然而，僅寫俗人還不足以充分地寫世情，關鍵還要同時敘俗事，畫俗境。《水滸》中的英雄不是大多也是俗人嗎？然而他們演的常常是殺人越貨、攻城奪地等非同凡俗的活劇，因而不能不使人感到與一般的人生還有一段距離。《金瓶梅》發展了《水滸》中寫家庭瑣事、日用起居的一面，使人物的主要活動就在家庭之中、市井之間，著重描寫一些「家常日用，應酬世務」，寫瑣瑣屑屑的柴米油鹽之事（劉廷璣《在園雜誌》），好像作者「采摭日逐行事，匯以成編」（謝肇淛《金瓶梅跋》）似的，使整部小說浸透著「俗」的色彩，具有一種強烈的現實感。

然而，寫《金瓶梅》時俗並不是僅寫一家之俗，還要「寄意」，要暴露社會的黑暗，譴責人性的醜惡，特別是要把矛頭指向最高統治集團，這就使得作者並不把眼睛死盯在一處，而是注意左顧右盼，由小及大，在廣泛聯繫中來寫俗。對此，張竹坡已經看出。他在《第一奇書金瓶梅讀法》中指出：

> 《金瓶梅》因西門慶一份人家，寫好幾份人家，如武大一家，花子虛一家，喬大戶一家，陳洪一家，吳大舅一家，張大戶一家，王招宣一家，應伯爵一家，周守備一家，何千戶一家，夏提刑一家。……凡這幾家，大約清河縣官員大戶屈指已遍，而因一人寫及全縣。

不僅如此，他還認為《金瓶梅》實際上由「一家」而寫及了「天下國家」。其七十回總評曰：

> 夫作書者必大不得於時勢，方作寓言以垂世。今止言一家，不及天下國家，何以見怨之深而不能忘哉？故此回歷敘運艮峰之賞無謂，諸奸臣之貪位慕祿，以一發胸中之恨也。

這是從聯繫之普遍的角度上來指出作者「見怨之深」。與此相補充的是，張竹坡還有個「加一倍寫法」的理論：

> 文章有加一倍寫法。此書則善於加倍寫也。如寫西門之熱，更寫蔡、宋二御史，更寫六黃太尉，更寫蔡太師，更寫朝房，此加一倍熱也。如寫西門之冷，則更寫陳敬濟在冷鋪中，更寫蔡太師充軍，更寫徽、欽北狩，真如加一倍冷。

這實際上也指出了《金瓶梅》由小及大，直指朝廷的暴露特點。

在《金瓶梅》中，由小及大、上下聯繫起來描寫的事例很多，最令人難忘的是苗青一案。謀財害命的苗青闖入西門慶的圈子裏來，是走了姘婦王六兒的門路，而王六兒處又經鄰居樂三嫂的通融，她們都是市井間最普通的小人物。西門慶得了銀子，買通同僚夏提刑，放苗青回揚州。至此，事情似可中止，但作者不甘甘休，使之逐步升級，從山東按察院，一直到蔡太師，再經萬歲爺，致使罪犯終於

苗青謀財害命

逍遙法外，贓官受升遷，清官被貶謫，其朝廷之黑暗，皇上之昏庸，暴露無遺。張竹坡曾由此而發感慨說：「見西門慶之惡，純是太師之惡也。夫太師之下，何止千萬西門，而一西門之惡已如此，其一太師之惡為何如也！」（第四十八回批語）其實，西門之惡，豈止太師之惡，實是皇帝之惡也。《金瓶梅》的暴露就是能這樣小中見大，大小結合，增強了暴露的廣度和深度。

這種結合不是生硬湊合，而是不露痕跡。《金瓶梅》在這方面是頗見功力的，這裏且舉兩個細小的例子來說明問題。一是第二回，寫縣官派武松送金銀到東京去，原天都外臣序本《水滸傳》只是這樣寫：「卻說本縣知縣自到任以來，卻得二年半多了。撰得好些金銀，欲待要使人送上東京去，與親戚處收貯，恐到京師轉除他處時要使用，卻怕路上被人劫了去……」這裏至多揭露了這個縣尊於「二年半」時間已「撰得好些金銀」而已。而《金瓶梅》於此略加點綴，就將「恐到京師」句改成「三年任滿朝覲，打點上司」，後又對武松說：「我有個親戚，在東京城內做官，姓朱名勔，見做殿前太尉之職，要送一擔禮物捎封書去問好……」原來如此！他要巴結的乃是殿前太尉朱勔！做官就要在朝廷裏有靠山，要時時不忘孝敬上司！顯然，它比《水滸》的暴露更深了一層，而這個改動又是那麼自然，無跡可求。其二，如第六十七回寫蔡京的管家翟爹派來的人向西門慶討回書時，順便加了一段對話：「（西門慶）因問那人：『你怎的昨日不來取？』那人說：『小的又往巡撫侯爺那裏下書，擔閣了兩日。』說畢，領書出門。」若去掉這段對話也完全可以，但加上去卻合情合理，且正暴露了「私門之廣，不獨一提刑也」（崇禎本評語）。這兩例都是順手拈來，毫不費力，但卻自然、巧妙地暴露了從下至上（前例）與從上至下（後例）的相互勾結，充分顯示了作者的藝術才能。

總之，《金瓶梅》是一部俗書。在中國古典小說中它最俗，寫的人物最平凡，寫的家庭最普通，寫的事物最瑣屑，然而它意在暴露，指斥時事，敢於寫曹雪芹所不敢寫的「訕謗君相」、「傷時罵世」，比起《紅樓夢》、《儒林外史》這類也寫世俗的小說來，它更注意寫國家朝政，興廢爭戰。它立足於「俗」，心中有「時」，故能從「俗」字出發，由此及彼，由小到大，縱橫交錯，上下相聯，成為一部名副其實的寫「時俗」的小說，使真實性與暴露性同臻妙境。

寫醜見美

在中國小說發展史上，《金瓶梅》以另一種新的姿態引人注目：它不致力於歌頌真、善、美，不去刻畫帝王將相、神佛仙道等「高大形象」或正人君子，而是著重描寫社會的假、惡、醜，網羅了形形色色的人間惡棍與男女小丑；整個世界充滿著淫邪奸亂，色彩是昏暗的，氣氛是令人窒息的。在這裏，幾乎沒有光明，沒有正義。這種一反常態的藝術嘗試，不能不使有的人擔心：這是不是「以醜為美」，會「壞人心術」？

其實，藝術描寫的對象本沒有美和醜的界限。美和醜本來就是一對孿生兄弟。作家有興趣歌頌美，也有權利描繪醜，而笑笑生活動的時代本來就是一個昏天黑地的時代。西門慶、應伯爵之流活躍於市井，蔡太師、宋徽宗之輩充斥於朝廷。「文學所以叫藝術，就是因為它按生活的本來面目描寫生活。它的任務是無條件的，直率的真實。」（契訶夫《寫給瑪·符·基塞列娃》）真實地把當時社會中種種醜類集中起來，加以典型化，正是一個有良心的作家的神聖職責。果戈理說得好：「如果你表現不出一代人的所有卑鄙齷齪的全部深度，那時你就不能把社會以及整個一代人引向美。」《金瓶梅》正是一部力圖暴露那個卑鄙齷齪的時

代的書。它描寫醜，否定醜，正是創造美，把一代人引向美。

那麼，寫醜，怎麼見美呢？「以醜為美」與「寫醜見美」的區別何在呢？這關鍵是在作家的態度。作家描繪醜時，是為醜而醜，以醜寫醜呢？還是用一支真善美的筆去暴露醜、鞭撻醜、否定醜？顯然，《金瓶梅》屬於後者。它所描寫的醜是一種被否定的醜，在否定中給人以愉悅和痛快，得到一種美的享受，從而激發並引導人對於美的追求。這種否定一般可分成兩類，一類是用明確的語言對壞人壞事、醜言醜行加以詛咒，甚至作者通過介入文字直接發表議論。這種手法受說唱藝術的影響，其優點是比較明朗、強烈，但往往游離了作品的客觀描寫，有節外生枝、強加於人之嫌。另一類則比較深沉。作者只作冷靜的、客觀的描寫，把褒貶愛憎深藏在人物性格的自身發展之中，潛移默化地起著作用。在《金瓶梅》中這兩類手法都用，而於後者更顯功力。第一類，如在作品中經常可以見到罵西門慶「浪蕩貪淫」，「富而多詐奸邪輩，欺壓善良酒色徒」，「有錢便是主顧，那計綱常禮教」，罵潘金蓮為「潑賤」、「淫婦」、「九條尾狐狸精」等等，其憎惡之情溢於言表。特別是在西門慶和潘金蓮這一對狗男女喪命時，作者所引的詩論都是很有針對性的，即都強調「善」來批判這兩個「惡」的典型。第七十九回西門慶嗚呼哀哉時，就引了「為人多積善，不可多積財；積善成好人，積財惹禍胎」的古人格言。第八十七回武松將殺潘金蓮時，作者又引詩曰：「善惡到頭終有報，只爭來早與來遲。」到全書結束時，作者又再一次強調「西門慶造惡非善」，並有詩為證云：

閑閱遺書思惘然，誰知天道有循環。
西門豪橫難存嗣，經濟顛狂定被殲。
樓月善良終有壽，瓶梅淫佚早歸泉。
可怪金蓮遭惡報，遺臭萬年作話傳。

這裏除了宣揚天道循環、因果報應外，主要就是強調了善惡的對立，清楚地表明作者的整個藝術構思就是用「善」來否定「惡」。他把豪橫的西門慶，顛狂的經濟，淫佚的瓶梅，都當作醜惡的典型，否定的對象。此外如對幫閒、尼姑、娼妓、媒婆一類，他幾乎都加旁白予以嚴厲地譴責。於此可見他是有自己的道德觀念和美學理想的，假、惡、醜在《金瓶梅》裏顯然是處於被批判和否定的位置的。

第二類是《金瓶梅》所用的基本手法。它在更多的地方是不加任何主觀色彩，「純然以不動感情的客觀描寫」（鄭振鐸語），所謂「筆蓄鋒芒而不露」（張竹坡語），只是通過藝術形象本身來給人以啟迪和教育。後來深受《金瓶梅》影響的《儒林外史》臥本回評者就稱讚這種藝術手法為：「直書其事，不加斷語，其是非自見也。」近代的儼綺詞人在《檮杌萃編序》中對塑造反面人物有更深一層的認識。他認為寫丑角惡棍不能僅僅停留在「具鬼之形狀，居鬼之名稱」，而要「能寫貌為人而心為鬼，名為人而實為鬼」，表面上看來「明明一完好之人也，而有識者一見而知其為鬼」：

作者未嘗著一貶詞，而紙上之聲音笑貌，如揭其肺肝，如窺其秘奥，畫皮畫骨，繪影繪聲，神乎技矣。

《金瓶梅》是否臻於這種入神的藝術境地尚可討論，但無疑是作了可貴的嘗試。可惜的是，我們有些批評家習慣於公開說教，面命耳提，誤以為《金瓶梅》的作者是以冷漠的態度、厭世的哲學來對待人生，指責他態度曖昧，愛憎不明，以致美醜不分，以醜為美。這實在令人啼笑皆非。事實上，作者冷酷地安排他筆下的幾個主要人物一個接一個地、不可抗拒地落得悲慘的下場，就已鮮明地透露了他的審美傾向。至於在具體描寫中，我們同樣可以感受到隱藏在畫面背後的作者的感情脈搏。且看第五十五回蔡京宴請西門慶的一幅場景：

（蔡京）見說請到了新乾子西門慶，忙走出軒下相迎。西門慶再四謙讓：「爺爺先行。」自家屈著背，輕輕跨入檻內。蔡太師道：「遠勞駕從，又損隆儀，今日略坐，少表微忱。」西門慶道：「孩兒戴天履地，全賴爺爺洪福，些小敬意，何足掛懷。」兩個喁喁笑語，真似父子一般。二十個美女一齊奏樂，府幹當直的斟上酒來。蔡太師要與西門慶把盞，西門慶力辭不敢，只領的一盞，立飲而盡，隨即坐了筵席。西門教書童，取過一隻黃金桃杯斟上滿滿一杯，走到蔡太師席前，雙膝跪下道：「願爺爺千歲！」蔡太師滿面歡喜道：「孩兒起來。」接過便飲個完。

作者在這裏描繪的是「一種親愛情景」（崇禎本眉批），一無論斷。正直善良的讀者讀至此，難道會誤解成作者在歌頌蔡京的禮賢下士，或者西門慶的尊重長者嗎？不，只能感受到這兩個醜類一貪財，一附勢，相互勾結，狼狽為奸，猶如自己把他們痛罵了一頓似地從心裏覺得無比痛快。這是因為讀者能通過自己的審美活動，對客觀的形象加入主觀成分，辨得清美和醜，產生了愛和憎，在感情上與作者產生了交流，引起了共鳴。這就是純以寫醜而能見美的奧秘所在。因而，越是把假惡醜暴露得淋漓盡致，就越是令人嚮往真善美。這正如評崇禎本批點者指出的：《金瓶梅》一書，「凡西門慶壞事必盛為播揚者，以其作書懲創之大意矣。」它播揚其醜，並不是宣揚其醜，恰恰相反，正是為了懲創其醜。在這懲創否定之中，讀者當然會油然而起嚮往它的反面：真善美。

當然，《金瓶梅》所寫之醜並非都能見美。這是由於作者的道德觀念、美學理想本身存在著缺陷，或者在暴露醜惡時失卻控制，缺乏分寸，於是對那些醜言穢行有時不但不加譴責反而津津樂道起來，使整部小說難免攙入了一些「以醜寫醜」的雜質。但總體說來，這畢竟是一些雜質而已，並不能掩蓋它寫醜見美的整體光輝。不過，它可以告誡後來的作家：創造藝術的醜，必須自己先淨化一顆美的心。

孩兒戴天履地，全賴爺爺洪福。

惡不全惡

對於《金瓶梅》中人物性格的刻畫，曾經有過這樣一些疑問和責難：西門慶這個專門陷害別人的慳吝狠毒的傢伙，後來怎麼會對李瓶兒情意綿綿，作者甚至「讚歎」起他的「仗義疏財，救人貧困」來？李瓶兒對花子虛和蔣竹山是那麼兇悍狠毒，而做了西門慶的第六妾後卻怎的變得如此善良懦弱？此外，如對龐春梅、宋惠蓮等，都有諸如此類的議論，似乎這些人物性格的發展都有些無跡可尋，前後矛盾，因而這些人物是不典型、不真實的。

這種看法的產生是完全可以理解的，因為在《金瓶梅》前後的一些古典小說中，人物形象的性格往往是單一色、類型化的，好人就好到底，壞人就壞到底，而不注意挖掘符合人物心理和性格邏輯發展的複雜性；我們的批評家又習慣於將人物的階級性、社會性簡單化、絕對化，於是就容易欣賞那些黑白分明的「正面」或「反面」人物，不容易理解那些性格複雜、色彩紛呈的形象。但事實上，真正的人是十分複雜的，誠如高爾基所說，「人是雜色的，沒有純粹黑色的，也沒有純粹白色的。在人的身上攙合著好的和壞的東西——這一點應該認識和懂得」。作家要把人寫活，就必須把人放

逼得她上吊自盡

在具體的時代和社會中，按其性格邏輯寫出他的性格的「雜色」來。這一點，熟悉「《金瓶梅》壼奧」的脂硯齋也早就指出，他說：「最恨近之野史中，惡則無往不惡，美則無一不美，何不近情理之如是耶！」的確，假如寫反面人物「無往而不惡」，全用「鼠耳鷹腮等語」，畫外表而皆如鬼臉，表內心則全是獸性，其結果就必然是「不近情理」，不符合生活邏輯，公式化、概念化。《金瓶梅》遠在《紅樓夢》之前，開始注意真正去寫人，從而突破了那種「惡則無往不惡」的淺薄框框，努力揭示深藏在反面人物本質特徵裏的相互矛盾的性和情。應該說，這是我國小說發展史上的新突破、新貢獻。在這裏，西門慶之類的惡的典型往往並不全惡。他們性格是複雜的，而這種複雜又不是人性和獸性的簡單相加，也不是某些相反因素的偶然拼湊，而是其性格發展的必然結果，完全在人情物理之中，因而又是統一的、活生生的、令人信服的。

我們就以本書中惡的象徵西門慶與主要「淫婦」之一李瓶兒的關係來看吧。西門慶開始姦騙李瓶兒，完全是出於好色和貪財，因此並不把她真正放在心上，連約定行禮的日子也一會兒就忘得一乾二淨。後來把李瓶兒娶來後，又怪她招贅蔣竹山，就故意在精神上加以折磨，逼得她上吊自盡。救活後，又毒罵了一頓，再用鞭子抽打，根本沒有什麼情義可言。但另一方「淫婦」李瓶兒卻把他當作「醫奴的藥」，口口聲聲說「沒日沒夜只是想你」，不能不使西門慶在感情上有所觸動。再加上李瓶兒的巨額財富、溫良性情，以及生了個兒子，終於博得了西門慶的寵愛。西門慶最後愛李瓶兒，固然沒有擺脫其獸性，但無論如何也包含著一點人性。他們兩人之間最後確實是有一點真誠的愛情的。瓶兒病重臨終前與西門慶兩人的許多對答和行為都表現了出自肺腑的依戀哀傷之情。比如，瓶兒將死前，潘道士特地關照西門慶：「今晚官人，切忌不可往病人房裏去，恐禍及汝身。慎之慎之！」但西門慶出於真情而不顧，尋思道：「法官戒我休往房裏去，我怎生忍得？寧可我死了也罷，須得厮守著，和他說句話兒。」還是進了房中。再看他們的最後一席對話：

西門慶聽了兩淚交流，放聲大哭道：「我的姐姐……我實指望和你相伴幾日，誰知你又拋閃了我去了。寧教我西門慶口眼閉了，倒也沒這等割肚牽腸。」那李瓶兒雙手摟抱著西門慶脖子，嗚嗚咽咽，悲哭半日，哭不出聲，說道：「我的哥哥，奴承望和你並頭相守，誰知奴家今日死去也。趁奴不閉眼，我和你說幾句話兒。你家事大，孤身無靠，又沒幫手，凡事斟酌，休要那一沖性兒。大娘等，你也少要虧了他的。他身上不方便，早晚替你生下個根絆兒，庶不散了你家事。你又居著個官，今後也少要往那裏去吃酒，早些兒來家。你家事要緊，比不的有奴在，還早晚勸你，奴若死了，誰肯只顧的苦口說你？」西門慶聽了，如刀剜心肝相似，哭道：「我的姐姐，你所言我知道。你休掛慮我了。我西門慶那世裏絕緣短幸，今世裏與你夫妻不到頭！疼殺我也，天殺我也！」（第六十二回）

及至李瓶兒一死，小說又寫道：

西門慶聽見李瓶兒死了，和吳月娘兩步做一步奔到前邊，揭起被……也不顧的甚麼身底下血漬，兩隻手抱著他香腮親著，口口聲聲只叫：「我的沒救的姐姐，有仁義好性兒的姐姐，你怎的閃了我去了，寧可教我西門慶死了罷，我也不久活於世了，平白活著做甚麼！」在房裏離地跳的有三尺高，大放聲號哭。（同上）

這一天，西門慶「哭了又哭，把聲都呼啞了，口口聲聲叫『我的好性兒、有仁義的姐姐。』」看來，「好性兒」（作者筆下這個被批判的「淫婦」的確有「好性兒」的一面）、「有仁義」（當然主要是指無保留地提供了大量的給西門慶用以升官發財的金錢），確實打動了西門慶那顆殘忍、狠毒而又貪財、好色的心。這就是西門慶之所以愛瓶兒的基礎。顯然這個基礎並不是純正的。這也就難怪西門慶的心腹說：「為甚麼俺爹心裏疼（瓶兒）？不是疼人，是疼錢！」也不難理解西門慶伴靈還不到「三夜兩夜」，

也不顧的甚麼身底下血漬，兩隻手抱著他香腮親著，口口聲聲只叫。

就在瓶兒靈床邊姦污了如意兒。但是這不能完全否定西門慶與李瓶兒之間曾經存在過一種不乏真誠的愛情，至少，那不全是虛假矯飾之情。總之，西門慶是個惡人，並不是惡魔；他是惡的代表，但他還是個活生生的人。作為一個人，他必然合乎邏輯地產生他應當產生的感情。這正像他為了培植自己的勢力而「仗義疏財」等一樣，儘管在根本上是從屬於其惡，服務於其惡，但畢竟還閃爍著一點善的折光。這不是流露了作者對骯髒人物的欣賞，也不是作者筆下人物性格的矛盾，而恰恰是《金瓶梅》暴露藝術的精湛之處。它使人們相信：這些醜惡的人物是真實的，這個腐朽的社會也是真實的。

長於諷刺

諷刺藝術在中國文學史上有著悠久的傳統。二千多年前的《詩經》就曾把諷刺作為一種重要的表現手法，而產生了《碩鼠》等諷刺名篇。從小說創作來看，在先秦寓言和晉唐短篇中都可找到諷刺的成分。到了明代，隨著笑話諺語的發展，諷刺手法得到了較為廣泛地運用，連《西遊記》等神話小說也有不少成功的諷刺篇章。《金瓶梅》作為一部暴露小說，諷刺的手法自然運用得更為普遍，也顯得更加成熟。它代表了明代諷刺藝術的水準。

諷刺，是否定生活中某些不合理現象的一種文學手段。它主要有別於直接的謾罵和尖銳的抨擊，而是「主文而譎諫」（《詩大序》），用一種比較含蓄、形象的筆法來加以嘲諷和譏刺，「若針之通結」（《文心雕龍．書記》），頓使人感到可笑、可鄙，甚而至於可惡。為了加強其藝術效果，作家又常常把否定的醜惡現象加以集中或誇張，使人一目了然，倍增憎惡之情。《金瓶梅》世界裏的人物多為魑魅魍魎，作者在行文時處處暗伏譏刺，特別是對於那些幫閒篾片、三姑六婆之流，諷刺幾乎與其人物的活動相始終。我們常常看到作者用一些誇張的、甚至是漫畫的手法，對他們予以辛辣的嘲笑。例如作者寫應伯爵之流在李桂姐家裏「猶如蝗蝻一齊來」的一頓大嚼，就是用這種手法把他們的醜惡面貌暴露無遺，使人感到這批幫閒實在可笑和卑劣。再如西門慶死後，應伯爵約「兄弟」們商量如何祭奠時說：

「大官人沒了，今二七光景。你我相交一場，當時也曾吃過他的，也曾用過他的，也曾使過他的，也曾借過他的，也曾嚼過他的。今日他沒了，莫非推不知道？灑土也瞇了後人眼睛兒也！他就到五閻王跟前，也不饒你我了。你我如今這等計較：每人各出一錢銀子，七人共湊上七錢。使一錢六分，連花兒買上一張桌面，五碗湯飯，五碟果子；使了一錢，一付三牲；使了一錢五分，一瓶酒；使了五分，一盤冥紙香燭；使了二錢，買一錢軸子，再求水先生作一篇祭文使一錢；二分銀子雇人抬了去。大官人靈前，眾人祭奠了，咱還便益：又討了他值七分銀一條孝絹，拿到家做裙腰子；他莫不白放咱每出來，咱還吃他一陣；到明日，出殯山頭，饒飽餐一頓，每人還得他半張靠山桌面，來家與老婆孩子吃著，兩三日省了買燒餅錢。這個好不好？」眾人都道：「哥說的是。」（第八十回）

作者在寫這段話時，筆端充滿著譏誚。這批幫閒，原來也與西門慶「相交一場」，吃他用他，沾盡了光。如今人死二七，卻遲遲不去祭奠，想推推不了，想賴賴不掉，無奈，每人可憐巴巴地各拿出一錢銀子，精打細算地作了安排，又精打細算如何佔便宜，真是刺透了這批慣吃白食的無賴們的心。此外，如第三十回寫「不管臍帶包衣，著忙用手撕壞。活時來洗三朝，死了走的偏快」的蔡老娘，

第六十一回寫「只會賣杖搖鈴，那有真材實料。行醫不按良方，看脈全憑嘴調」的趙太醫，都是吸取了民間俳諧戲謔文字的養料，對那些庸醫、接生婆等進行了十分尖刻而又令人發笑的嘲諷，使人久久不能忘懷。

這類諷刺直接、誇張，具有喜劇性，容易達到醜化的效果，但往往削弱了真實感。《金瓶梅》在進行諷刺時，不僅僅使用這種相對比較低級的手法，還常常較為熟練地採用相對比較高級的對照映襯法。這種手法，就是將諷刺的對象作客觀、冷靜的描寫，不加直接的貶語，也無誇張的色彩，首先給人以一種真實感，但同時「一時並寫兩面，使之相形」（魯迅語），致使矛盾的兩面黑白分明，是非立見，達到諷刺的效果。這種相形，又不是千篇一律，有一公式可循，而是隨物賦形，變化多端。這裏有的是言行不一，口是心非，有的是人與人之間的對比，也有的是人與景之間的映襯，乃至有事與事之間的對照。下面就略舉數例，以見一斑。

《金瓶梅》第四十九回寫蔡御史在西門慶家酒醉飯飽之後，到掌燈時分，走進留宿的翡翠軒時，只見「兩個唱的，盛妝打扮」，等待著他。這時，他一邊嘴裏說著「恐使不得」，裝得很正經，一邊卻攙著這兩個妓女的手，「不啻恍若劉阮之入天臺」。這段描寫為魯迅所欣賞，曾一再予以指出。在這裏確實是「無一貶詞，而情偽畢露」，在風雅的言辭掩飾下面，把一個口是心非的贓官和一個工於心計的惡霸的醜惡嘴臉暴露無遺。再如第三十三回韓道國出場後不久，有一番表演也十分精采：

那韓道國坐在凳上，把臉兒揚著，手中搖著扇兒，說道：「學生不才，仗賴列位餘光，在我恩主西門大官人做夥計，三七分錢，掌巨萬之財，督數處之鋪，甚蒙敬重，比他人不同。」看著他這種小人得志、趾高氣揚的樣子，有個名為謝（揭）汝謊者，當場就刺了他一下子：「聞老兄在他門下做，只做線鋪生意。」假如這個韓道國稍知廉恥的話，就該收場了，可是他竟牛皮越吹越大：

「二兒不知，線鋪生意只是名目而已，今他府上大小買賣，出入資本，那些兒不是學生算賬！言聽計從，禍福共知。……彼此通家，再無忌憚。不可對兄說，就是背地他房中話兒，也常和學生計較。學生先一個行止端莊，立心不苟，與財主興利除害，拯溺救焚……大官人正喜我這一件兒。」

這裏所言，沒有一點與前後事實相符。而最妙的是，小說接著寫他的老婆與弟弟通姦，被人當場抓住，拴到鋪裏要解官了。這個自吹「行止端莊，立心不苟」的傢伙，老婆原來竟是這路貨色！

這個自吹「行止端莊，立心不苟」的傢伙，老婆原來竟是這路貨色！

不但如此，後來他還公開把老婆讓給西門慶，自己搬到鋪子裏去睡，並關照老婆「休要怠慢了他，凡事奉他些兒」（第三十八回），真是到了「彼此通家，再無忌憚」的地步。這種手法，正像後來《儒林外史》中描寫嚴貢生一樣，「才說不佔人寸絲半粟便宜」，一個蓬頭赤足的小廝就進來對他說早上關了人家的一口豬，那人來討了！讓事實將他們的謊言當場戳穿，並將其骯髒的靈魂兜了出來。

再看景與人相形。第六十九回寫那個潘金蓮出身之地王招宣府及其淫蕩的女主人林太太就是一個極好的例子。西門慶在文嫂的帶領下，由後門而入，穿過夾道，轉過群房，曲曲折折地到了林太太住的五間正房，再通過一道便門，才進了後堂。這時：

> 文嫂導引西門慶到後堂，掀開簾櫳而入，只見裏面燈燭熒煌，正面供養著他祖爺太原節度、邠陽郡王王景崇的影身圖，穿著大紅團就（袖）蟒衣玉帶，虎皮校椅，坐著觀看兵書，有若關王之像，只是髯鬚短些，旁邊列著槍刀弓矢，迎門朱紅匾上（書）「節義堂」三字，兩壁書畫丹青，琴書瀟灑，左右泥金隸書一聯：「傳家節操同松竹，報國勳功並斗山。」

這是多麼幽深、堂皇、正氣的人家啊！「節操」兩個字在這裏又是那樣地顯眼。然而，在這環境中生活的主人如何呢？具有諷刺意味的是：「不想林氏悄悄從房門簾裏望外觀看西門慶：身材凜凜，語話非俗，一表人物，軒昂出眾」，就「滿心歡喜」；特別是聽到文嫂介紹西門慶是「出籠兒的鵪鶉，也是個快鬥的」時，「越發滿心歡喜」，裝著羞羞答答地說：「請他進來吧！」不一會，她就與西門慶在這「節義堂」後演出了比妓女還不如的醜劇。如此環境，如此人物，一經對照，正加倍地諷刺了這個「綺閣中好色的嬌娘」一無節義廉恥的真面目，令人不能不嗤之以鼻！

這種「相形」的手法，還可見之於人與人之間的相互撞擊，讓他們在狗咬狗中，把假面具撕下來。王姑子與薛姑子這類佛門尼姑，表面上讀經說典，勸人為善，而實際上是戒行全無，廉恥喪盡。印經，是多麼崇高的事業！她們口口聲聲宣稱「持頌此經，將此經印刷抄寫」，為了「萬人持誦，獲福無量」！可是事實怎樣呢？由於王姑子與薛姑子分贓不均，王姑子就在李瓶兒面前說薛「背地裏和印經家打了一兩銀子夾賬」，後來因念經事再次發生矛盾，她又向吳月娘揭發：

> 這王姑子口裏喃喃吶吶罵道：「我教這老淫婦獨吃！他印造經，轉了六娘許多銀子。原說這個經兒咱兩個使，你又獨自掉攬的去了！」月娘道：「老薛說你接了六娘血盆經五兩銀子，你怎的不替他念？」王姑子道：「他老人家五七時，我在家請了四位師父，念了半個月哩。」月娘道：「你念了，怎的掛口兒不對我題？你就對我說，我還送些襯施兒與你。」那王姑子便一聲兒不言語，訕訕的坐了一回，往薛姑子家嚷去了。（第六十八回）

不言而喻，王姑子也不是好貨，所謂「念了半個月」的血盆經全是謊話。她揭發的薛姑子的醜惡嘴臉也正是她自己的面孔。作者不露聲色，通過她們自己的「合氣」（鬥氣），將這種「雖是尼姑臉，心同淫婦心」的「緇流之輩」作了入骨的諷刺。

《金瓶梅》作為一部描寫世情、重在暴露的小說，諷刺的手法幾乎貫串全書。在這個意義上說，它也可以稱得上是一部諷刺小說。清代的《儒林外史》明顯地接受了它的影響，去淺露而重婉曲，變諧俗而尚文雅，使中國的諷刺藝術又達到了新的水準。

悲喜交集

清初的張潮在《幽夢影》中曾說：「《金瓶梅》則是一部哀書。」的確，從整體來說，《金瓶梅》是一部暴露性的社會悲劇。作者「悲憤嗚咽，而作穢言以洩其憤也」（《竹坡閒話》）。然而，這部悲劇既使人感到壓抑和沉重，又能時時讓人透出氣來，笑出聲來。而當笑過之後，得到的回味仍然是人生的悲和憤。它妙就妙在哀而能笑，笑而愈哀，是一部帶著笑聲來暴露的悲劇。

《金瓶梅》之所以能逗人發笑，主要是安排了一些喜劇性的人物、情節，乃至片言隻語，所謂「專在插科打諢處討趣」（崇禎本批語）。幫閒應伯爵，可以說是一個插科打諢的專家，他那張伶俐油滑的嘴，常常會吐出不少笑料；而他在小說中，從第十回（崇禎本為第一回）到第九十七回，幾乎貫串始終，這就使整部小說都沾上了一點喜劇色彩。這裏且以西門慶與李桂姐的兩次僵局來看看他的表演。第一次，於西門慶梳櫳李桂姐後不久，兩人正打得火熱時，潘金蓮送來了一首「黃昏想，白日思」的詞。李桂姐一見不免吃醋，一頭倒在床上朝裏邊睡了，慌得西門慶不知怎麼才好。此時，全靠應伯爵、祝日念一幫閒客，「說的說，笑的笑，在席上猜枚行令，頑耍飲酒，把桂姐窩盤住了」。這位應伯爵就說：「大官人你依我，你也不消家去，桂姐也不必惱，今日說過，那個再恁惱

了，每人罰二兩銀子，買酒肉大家吃。」他於是帶頭說了一通《朝天子》，大家嘻嘻哈哈地說了幾個笑話了事了。後來，西門慶發現李桂姐接了杭州販綢絹的丁二官，大吃其醋，一怒之下把李家的門窗戶壁床帳都打碎了，並發誓再也不去了。此時，也是這個應伯爵死皮乞臉地把他拖了去，到了李桂姐家，他在旁打諢耍笑，向桂姐說：「還虧我把嘴頭上皮也磨破了半邊，請了你家漢子來，就不用著人兒，連酒兒也不替我遞一杯兒？」於是一個「怪應花子」，一個「賊小淫婦兒」地調笑起來，再加上一個「螃蟹與田雞」的「笑話兒」，逗得「兩個一齊趕著打，把西門慶笑的要不的」，一腔怒氣全沖到了九霄雲外。應伯爵就是這樣一個引人發笑的丑角。然而，在這位丑角的出色表演中，不能不使人感到可憐、可悲和可恨。這個小人物，是當時腐爛社會的畸形兒。

黃昏想，白日思

《金瓶梅》在安排插科打諢或戲謔文字時，往往注意調節嚴肅緊張的氣氛。比如，第二十回西門慶在大打出手時寫虔婆的《滿庭芳》，第三十回瓶兒臨產前嘲謔蔡老娘，第四十二回祝日念改的借契，第六十一回瓶兒病重時的趙太醫，第八十回弔西門慶的一篇祭文等等，都有如此效果，這裏且以第五十三回為例。當時官哥發病，「兩隻眼不住反看起來，口裏捲些白沫出來」，慌得一家團團轉，灼龜、獻城隍、謝土地，什麼迷信活動都搞上了。可是，就在這緊張的活動中，卻插入錢痰火燒紙和西門慶拜佛的一段煞是可笑的描寫：「看他口邊涎唾捲進捲出，一個頭得上得下，好似磕頭蟲一般，笑得那些婦人做了一堆。西門慶那裏趕得他拜來：那錢痰火拜一拜，是一個神君；西門慶拜一拜，他又拜過幾個神君了。於是也顧不得他，只管亂拜。那些婦人笑得了不的。」就是裝得一本正經的西門慶也說，「引的我幾次忍不住了」。這，不是對這類活動的有力嘲笑嗎？有時候，氣氛相當沉悶、緊張，作者無法編入大段文字，也要巧妙地插上三言兩語，既逗人發笑，又令人深思。例如第二十六回，西門慶改變主意不派來旺去東京，來旺因而大怒，「口中胡說，怒起宋惠蓮來，要殺西門慶」。這是一個山雨欲來風滿樓的嚴重時刻，可是宋惠蓮在埋怨西門慶時還這樣說：「……你乾淨是個毬子心腸，滾下滾上；燈草拐棒兒，原柱不定。把你到明日蓋個廟兒，立起個旗杆來，就是個謊神爺」云云。這正如崇禎本批曰：「埋怨中帶戲謔，妙甚。」諸如此類的例子很多，足見作者的藝術匠心。

中國古代小說是非常重視喜劇性、娛樂性的。晚明葉晝在評《水滸傳》第五十三回時曾認為：「天下文章當以趣為第一。」當時小說戲曲界如湯顯祖、馮夢龍等都非常強調趣味。這種文學思想，對這部悲劇的創作是有影響的。屠隆在《唐詩品匯選釋斷序》中說：「然人不獨好和聲，亦好哀聲；哀聲至今不廢也。其所不廢者，可喜也。」這裏雖然論的是詩，但其精神與小說創作

再加上一個「螃蟹與田雞」的「笑話兒」，逗得「兩個一齊趕著打」。

是相通的。從中可見，屠隆對於「哀聲」的高度重視並具有獨到的見解。這裏的「可喜」，雖然不僅限於「使人發笑」，還可能主要指有藝術的感染力；但從小說創作來看，其「可喜」的藝術感染力不能不包含著由戲謔文字而引發的「趣味」。作者顯然是努力追求這種趣味的。小說因而有時顯得庸俗低下，有時聯繫不夠緊密，但總體來說，《金瓶梅》是中國古代第一部有「趣」可「喜」的長篇暴露小說。以後的《紅樓夢》設計了薛蟠、劉姥姥一流人物，《儒林外史》中更有許多令人發噱的人和事，及至到晚清的李伯元、吳趼人等強調要「嬉笑怒罵」，皆成文章，應該說都與這種哀中有喜、悲喜交集的創作手法有聯繫。看來，在暴露性的悲劇作品中，巧妙地編入一些戲謔文字，能活躍氣氛，調節情緒，是增強娛樂性、趣味性的有效手法。

白描傳神

白描，本是國畫的一種基本技法，指的是不著顏色，純用墨線勾描物像。中國素有「白描打底」的傳統，無論是畫人物肖像，還是花鳥山水，是工筆畫，還是水墨淡彩畫，都把白描勾勒當作繪畫之本。清人松年在《頤園論畫》中比較中西畫時就著重指出了國畫白描傳神的特點：「西洋畫工細求酷肖……但能明乎陰陽起伏，則洋畫無餘蘊矣。中國作畫，專講筆墨勾勒，全體以氣運成，形態既肖，神自滿足。」畫理與文理相通。白描同樣是中國小說創作的一種基本技法。它在小說創作中主要表現為：不作靜止的、繁重的描摹，而是用最簡練的筆觸，勾畫一些富有特徵性的外部現象，使讀者通過自己的聯想，感受到描寫對象的整體品貌、內在生命和全部關係，得到美的享受。

《金瓶梅》的白描藝術是非常出色的。它一開始就得到人們的讚歎，明末崇禎本的批語曾多次指明其「純用白描」的特點，後世的批評家也屢屢提及，特別是張竹坡，在《批評第一奇書金瓶梅讀法》中說：

> 讀《金瓶》，當看其白描處。子弟能看其白描處，必能自做出異樣省力巧妙文字來也。

張竹坡欣賞《金瓶梅》的白描手法，在第一回的總評中就加以強調，並作了具體分析。張評本《金瓶梅》的這一回寫幫閒應伯爵和謝希大來看西門慶時道：

只見應伯爵頭上戴一頂新盔的玄羅帽兒，身上穿一件半新不舊的天青夾縐紗褶子，腳下絲鞋淨襪，坐在上首；下首坐的，便是姓謝的謝希大。見西門慶出來，一齊立起身來，連忙作揖道：「哥在家，連日少看！」西門慶讓他坐下，一面喚茶來吃，說道：「你們好人兒！這幾日我心裏不耐煩，不出來走跳，你們通不來傍個影兒！」伯爵向希大道：「何如？我說哥要說哩！」因對西門慶道：「哥！你怪的是，連咱自也不知道成日忙些甚麼？自咱們這兩隻腳，還趕不上一張嘴哩！」

不久，十兄弟一起到玉皇廟結拜，當吳道官要他們排列次序時：

眾人一齊道：「這自然是西門大官人居長。」西門慶道：「這還是敘齒，應二哥大如我，是應二哥居長。」伯爵伸著舌頭道：「爺可不折殺小人罷了，如今年時，只好敘個財勢，那裏好敘齒，若敘齒，還有大如我的哩！且是我做大哥，有兩件不妥：第一不如大官人有威有德，眾兄弟都服你；第二我原叫應二哥，如今居長，卻又要叫應大哥了。倘或有兩個人來，一個叫應二哥，一個叫應大哥，我還是應應二哥，應應大哥呢？」西門慶笑道：「你這掐斷腸子的，單有這些閑說的！」

這裏，誠如張竹坡指出的：「描寫伯爵處，純是白描追魂攝影之筆。」這個幫閒「半新不舊」的打扮，宛如一個綢緞鋪「跌落下來」的幫嫖專家。一番巧言胡謅，油嘴滑舌，確使一個幫閒附勢的無恥小人「儼然紙上活跳出來」，「如聞其聲，如見其形」。作者在此寫應伯爵的衣著、行動、言語時都非常簡練，三言兩筆，卻寫得有聲有色，直露他的靈魂。這種樸實的白描勾挑，具有高度的藝術表現力。它不但能繪形，而且能傳神，達到了「形態既肖，神自滿足」的境界。

那麼，白描何以能傳神呢？關鍵是作家在描寫時並不停留在故事的生動和外形的畢肖上，而是著眼在寫心：「不惟能畫眼前，且畫心上。」所謂「寫心」，實際包含著兩方面，一是寫相對穩定的性格特點；一是寫此時此際的「各人心事」。《金瓶梅》的作者能「曲盡人情」，討出每個人物形象「心中的情理」，因而筆之所至，往往能抓住要害，恰到好處，正確、生動地凸現出人物的性和情。例如第五十一回吳月娘等娘兒們聽薛姑子、王姑子說佛法，接著又聽唱佛曲，宣念偈子。這時，潘金蓮不耐煩了，作者寫道：

那潘金蓮不住在旁先拉玉樓不動，又扯李瓶兒，又怕月娘說。月娘便道：「李大姐，他叫你，你和他去不是，省的急的他在這裏恁有刓劃沒是處的。」那李瓶兒方才同他出來。被月娘瞅了一眼，說道：「拔了蘿蔔地皮寬。交他去了，省的他在這裏跑兔子一般。原不是那聽佛法的人！」

這段描寫扣緊了四個人的性格。潘金蓮好動，原不是聽佛法的人，當然坐不住。月娘信佛，看不慣金蓮的騷動，但她心地寬厚善良，還是放她們走了。孟玉樓是乖人，在大婦月娘面前，在眾人廣坐之中，是不會稍有越規之舉的，自然拉她「不動」。李瓶兒一般不大有主見，比較隨便，就跟著金蓮走了。短短一段，真是將「人各一心，心各一口，各說各是，都為寫出」。這裏的關鍵是，作家對於「人各一心」，了然於胸中，因而他使筆下人物的一言一行都不離其個性，寫出來才神情畢肖。

《金瓶梅》的白描之所以能傳神，不但由於作者緊扣住了人物的性，而且也把握住人物的情，熟透了此時此際人物形象的心理活動和感情狀態，「字字俱從人情做細，幽冷處逗出，故活潑如生」（崇禎本批語）。如第十二回寫西門慶發現琴童與潘金蓮私通，當場查到琴童「兒帶上露出錦香囊葫蘆兒」，認得是潘金蓮裙邊帶的物件，「不覺心中大怒」，但他不作進一步審問，就喝令：「與我捆起，著實打！」按照西門慶的狠毒性格，將這小廝結果性命，或送官置死也完全可能，但此時卻打了三十大棍，只命家人「把奴才兩個鬢與我撏了，趕將出去，再不許進門」就了事，這難道違背西門慶的性格嗎？不。崇禎本批得好：「不待審問的確，竟自打逐，似暴躁，又似隱忍，妙得其情。」的確比較恰當地表現了這個自知做了王八的劊子手不想把醜事張揚出去的複雜的感情。再如第五十九回寫西門慶見潘金蓮養的貓嚇壞了官哥，一怒之下衝到金蓮房中將貓摔死。此時平素兇悍潑辣的金蓮竟「坐在炕上風紋也不動」，待西門慶出了門，才「口裏喃喃吶吶」地罵了一陣子。此處，崇禎本又批作者寫金蓮之情曰：「西門慶正在氣頭上，又不敢明嚷，又不能暗忍。明嚷恐討沒趣，暗忍又恐人笑，等其去後，卻啐啐刀刀作絮語，妙得其情。」這兩處「妙得其情」，純用白描，卻生動、準確地描繪了當時西門慶、潘金蓮的心境，因此不能不使人感到神情活現，如見其人。

《金瓶梅》作者用的是白描，重的是寫心。果戈理曾說：「外形是理解人物內心的鑰匙。」從讀者觀賞的角度來看，確是如此。反之，從作者創作的角度來看，則理解人物的內心才是把握外形的鑰匙。正因為《金瓶梅》的作者注意準確地把握住筆下形象的獨特個性和此時的心情去簡筆勾挑，遂能捕捉住最能顯現人物精神生命的外部特徵，達到傳神的藝術境界。其白描之處，往往即傳神之筆。形神畢肖就是其白描藝術成熟的標誌。

閒筆不閒

所謂閒筆，就是指在故事演進中突然插入一些看起來不甚相干或無關緊要的筆墨。這種筆法，在那些著重寫事傳奇的小說中是不常見的。《金瓶梅》重在寫人寫實，於是很自然地較多使用「閒筆」。對此，明末崇禎本的批評就非常注意，欣賞它「打閑處入情」，「在沒要緊處畫出」，「問答似閑，然情理鑿鑿，非俗筆可辦」。後來，張竹坡又借鑒金聖歎批《水滸傳》，毛綸、毛宗崗評《三國》的做法，以更醒目的語言來總結《金瓶梅》的閒筆，其《批評第一奇書金瓶梅讀法》云：

《金瓶》每於極忙時，偏夾敘他事入內。如：正未娶金蓮，先插娶玉樓；娶玉樓時，即夾敘大姐；生子時，即夾敘吳典恩借債；官哥臨危時，乃有謝希大借銀；瓶兒死時，乃入玉簫受約；擇日出殯，乃有請六黃大尉等事。皆於百忙中故作消閒之筆。非才富一石者，何以能之？

《金瓶梅》中的小小閒筆，何以受到批評家們的高度重視？這是因為閒筆不閒，它具有多方面的藝術功能。

孟玉樓後來居上，順順當當、正正派派地嫁了過去。

其一，調節氣氛、節奏。就以「正未娶金蓮，先插娶玉樓」來看吧。從第一回至第六回，西門慶費盡心機，刮刺了潘金蓮，毒死了武大郎，充滿著姦淫險惡的氣息，一對狗男女「似水如魚」了幾個月，卻就是結不成正當的夫婦。而間插一回「薛嫂兒說娶孟玉樓」，一拍即合，孟玉樓後來居上，順順當當、正正派派地嫁了過去。此時，潘金蓮尚「每日門兒倚遍，眼兒望穿」，盼著「不得閒」的大官人。一邪一正，一慢一快，兩種氣氛，兩種節奏，互相交織，互相映襯，增強了對比色彩，調節了讀者的情緒，無疑產生了更強的美學效果。

其二，加強真實感。生活本來就是搖曳多姿的，並不循著單一的線條發展。小說故事的推進假如過分純化單線條地發展，往往予人失真之感。閒筆的穿插，遂使故事在演進時添進了其他色素，更為逼真生活。如第六十七回開頭，寫西門慶為李瓶兒辦喪事、念經，一直忙到二更時分，第二天他還要應付翟親家人來討回書，接著又要打發韓道國去松江販布，到士夫官員家謝禮，加上身體又常時發起酸來，腰背疼痛，正有點心煩意亂。這時，卻插進以下一段閒筆：

話說西門慶歸後邊，辛苦的人，直睡至次日日色高還未起來，有來興兒進來說：「搭彩匠外邊伺候，請問拆棚。」西門慶罵了來興兒幾句，說：「拆棚教他拆就是了，只顧問怎的！」搭彩匠一面外邊七手八腳卸下席繩松條，拆了送到對門房子裏堆放不提。

這段筆墨似乎多餘，不寫它完全不影響情節的開展，但加了這段話卻增加了濃重的生活氣息，把昨日一天的辛苦，當時主人的煩躁，都點綴了出來，真是看來「無一毫要緊，卻妙」（崇禎本批語）。再如第三十二回寫李桂姐、鄭愛香、吳銀兒等妓女在吳月娘房中閒扯，全用院中的行話談些嫖客們的往還。月娘坐在炕上聽著，說：「你每說了這一日，我不懂，不知說的是那家話？」這些人們聽不懂的閒言閒語，簡直令人感到囉嗦，但卻真實地反映了當時社會的風貌，娼妓們的生活情趣，給人以身臨其境之感。

其三，豐富人物性格。《金瓶梅》比以前的長篇小說更注意著眼於人物的刻畫，有些脫離情節發展的閒筆顯然與豐富、深化人物的性格有關。例如，第八回寫潘金蓮等了西門慶一個月多還不來，盼得急了，經常拿迎兒出氣：

……於是不由分說，把這小妮子跣剝去了身上衣服，拿馬鞭子下手打了二三十下。打的妮子殺豬也似叫。……打了

潘金蓮尚「每日門兒倚遍，眼兒望穿」。

一回，穿上小衣，放起他來，分付在旁打扇。打了一回扇，口中說道：「賊淫婦，你舒過臉來，等我掐你這皮臉兩下子。」那迎兒真個舒著臉，被婦人尖指甲掐了兩道血口子，才饒了他。

這段情節在《水滸》中是沒有的，迎兒這個人物也是添加進來的；迎兒的主要表演也就在這裏。這齣戲，對以後西門慶奸娶潘金蓮的情節可以說毫無影響，但卻生動有力地展現了潘金蓮當時急切、煩惱的心情和狠毒、暴戾的性格，給讀者留下了深刻的印象。此外，如第五十四回寫應伯爵邀西門慶等諸友與娼妓們遊郊園，第五十七回寫道長老募修永福寺，西門慶施銀五百兩等，都是與情節發展不甚相干的閒筆，但對豐富人物性格都起了應有的作用。

其四，巧補人物、事件。閒筆還可以巧妙地添補一些在正筆描繪中難以安插的人物、事件，這特別表現在一些家常閒話中。例如張二官這個西門慶第二，就是在一些小妓女們的隨便閒談中冒出來的：

鄭愛香道：「常和應二走的那祝麻子，他前日和張小官

打的妮子殺豬也似叫

兒，到俺那裏。拿著十兩銀子，要請俺家妹子愛月兒。……那張小官兒好不有錢，騎著大白馬，四五個小廝跟隨，坐在俺們堂屋裏只顧不去。……」吳銀兒道：「張小二官兒，先包著董貓兒來。」鄭愛香道：「因把貓兒的虎口內火燒了兩醮，和他丁八著好一向了，這日只散走哩。」

可見，張二官有財、貪淫，應伯爵、祝麻子一批幫閒早也跟在他屁股後面轉，後來一旦西門慶完蛋，他就取而代之。而這個人物的所作所為，多數是在閒筆中交代的。此外，如第二十回寫小玉、玉簫用一連串隱語來戲弄李瓶兒，羞得李瓶兒臉上一塊紅一塊白，站又站不得，坐又坐不住，半日回房去了。這段描寫也似多餘，但卻進一步點出李瓶兒與花太監之間的曖昧關係，連西門慶家的丫頭們都熟知了，而這層關係在《金瓶梅》中從未正面描繪過。閒筆就是能旁敲側擊，在無形中添出新的波瀾。

其五，直接表達作者意向。這類閒筆隨手拈來，似有游離整體之嫌，但涉筆成趣，讀來輕鬆，清楚地表明作者的某種觀點，有時還與上下情節的展開在意念上緊相聯繫。例如第三十三回寫眾人捉姦，把王六兒與韓二用一條繩子拴出來，圍了一門口人，轟動了一條街巷。這一個來問，那一個來瞧。這時：

內中一老者見男婦二人拴做一處，便問左右站的人：「此是為什麼事的？」旁邊有多口的

> 道：「你老人家不知，此是小叔姦嫂子的。」那老者點了點頭兒，說道：「可傷！原來小叔兒要嫂子的，到官，叔嫂通姦，兩個都是絞罪。」那旁多口的，認的他有名叫作陶扒灰，一連娶三個媳婦，都吃他扒了，因此插口說道：「你老人家深通條律，相這小叔養嫂子的便是絞罪，若是公公養媳婦的，卻論什麼罪？」那老者見不是話，低著頭，一聲兒不言語走了。

這段陶扒灰的插話未免令人感到多餘，甚至覺得可笑得不真實。然而，作者在這段閒筆下加了句評語：「正是：各人自掃門前雪，莫管他家瓦上霜。」點明作者寫這段閒筆的意圖：勸君莫管閒事。後來，那批捉姦者反而吃了官司，挨了板子，還連累父母受氣破財，不也是多管閒事的結果嗎？不也和陶扒灰插嘴性質相通嗎？因此，此段閒筆不閒也。

《金瓶梅》的閒筆不閒。它是作品反映現實、寫人敘事、穿插布局的重要手段，是藝術表現趨於成熟的重要標誌之一，絕不可等閒視之。正是在這個意義上，張竹坡甚至說：「子弟會得，便許作繁衍文字」，「千百稗官家不能及之者，總是此等閒筆難學也」。

自覺對比

俗話說：「不見高山，不顯平地。」事物一經對比，就使兩極形象更加鮮明，相得益彰。中國古代的文藝思想，由於受到《易經》陰陽兩極論的影響，一向比較重視二元對比。古典小說的創作，也常常自覺或不自覺地使用對比手法以強化色彩。在明代長篇小說的創作中，《金瓶梅》的藝術構思顯然是相當自覺地注意此道。從其氣氛變化、故事情節、人物設計等方面都可以清楚地證實這一點。

《金瓶梅》整部書就是從熱到冷，冷熱相對的。張竹坡《批評第一奇書金瓶梅讀法》云：「《金瓶》是兩半截書：上半截熱，下半截冷。上半熱中有冷，下半冷中有熱。」此話頗有道理，這部小說確是很注意冷熱交替、相互映襯的。這從回目來看，即可見其端倪，如：「武二充配孟州道，妻妾宴賞芙蓉亭」（第十回）；「潘金蓮激打孫雪娥，西門慶梳櫳李桂姐」（第十一回）；「潘金蓮私僕受辱，劉理星魘勝貪財」（第十二回）；「花子虛因氣喪身，李瓶兒送姦赴會」（第十四回）；「西門慶謀財娶婦，應伯爵慶喜追歡」（第十六回）；「宇給事劾倒楊提督，李瓶兒招贅蔣竹山」（第十七回）；「草裏蛇邏打蔣竹山，李瓶兒情感西門慶」（第十九回）；「孟玉樓義勸吳月娘，西門慶大鬧麗春院」（第二十回）；多數是一凶一吉，一悲一喜，一冷一熱，緊緊相對的。當然，僅僅回目，並不能準確細緻地反映對比的情況，重要的還得看正文具體的內容。例如第二十七、二十八回寫潘金蓮醉鬧葡萄架，鋪敘其白日宣淫的荒唐生活之後，就是秋菊遭打，還要她頂著塊大石頭跪著，令人嗅到了一股壓迫奴隸的血腥氣味；然後穿插潘金蓮與女婿陳經濟的調情，氣氛又變了樣；再接著卻是奴僕之子小鐵棍被西門慶「拳打腳踢」，「死了半日」，又是一幅慘酷景象。在這裏，壓迫者的荒淫無恥，奴隸們的血淚生涯，交互連環，相互襯托，把這個腐朽、專制的社會暴露得怵目驚心。但是，這裏秋菊受難一節在目錄上沒有反映，只是在情節的推演中，注意在氣氛的轉換、相互的對比時加以穿插。這是間接的對比。與此稍有不同的還有直接的對比，給人以更加強烈的印象。例如第五十六回開頭寫常時節之窮酸可憐相很逼真。他到西門慶那裏借錢租房，一連去了十來日都沒有能會著面：

> 每日央了應伯爵，只走到大官人門首，問聲，說不在，就空回了。回家又被渾家埋怨道：「你也是男子漢大丈夫，房間沒間住，吃這般懊惱氣。你平日只認的西門大官，今日求些周濟，也做了瓶落水！」說的常時節有口無言，呆登登不敢做聲。

武二充配孟州道

接著寫西門家，就完全是另一番景象：

那時正是新秋時候，金風薦爽。西門慶連醉了幾日，覺精神減了幾分，正遇周內相請酒，便推事故不去，自在花園藏春塢遊玩。原來西門慶後園，那藏春塢有的是果樹，鮮花兒四季不絕。這時雖是新秋，不知開著多少花朵在園裏。西門慶無事在家，只是和吳月娘、孟玉樓、潘金蓮、李瓶兒五個在花園裏頑耍。

這裏從西門慶吃酒忙得沒有空，寫到優美的花園，眾多的妻妾，完全是一副「富貴飽暖受用」之相。為了突出這種氣氛，作者還不惜筆墨鋪敘了西門慶及眾妻妾的打扮，寫得「四個妖妖嬈嬈，伴著西門慶尋花問柳，好不快活」。至此，作者還不滿足，再插進一個細節，讓常時節、應伯爵兩人坐在廳上乾等時，看到兩個家僮「抬著一隻箱子，都是綾絹衣服，氣吁吁走進門來」。嘴裏還亂嚷道：「等了這半日，還只得一半。」不一時，西門慶出來，應伯爵問道：

「方才那箱衣服是那裏抬來的？」西門慶道：「這目下交了秋，大家都要添些秋衣。方才一箱是你大嫂子的，還做不完，才勾一半哩。」常時節伸著舌道：「六房嫂子，就六箱了，好不費事！小户人家，一匹布也難的。恁做著許多綾絹衣服，哥果是財主哩！」

一邊是窮得吃飯住房都成問題，另一邊是豪華富貴窮奢極欲，形成了強烈的對比。緊接著寫常時節的妻子得到銀子後，馬上從「冷譏熱訕」變成「陪哭陪笑」，又是典型一例。這類例子都是貧與富、怨與喜的直接對比，而對比的意義又是伴隨著情節的演進自然形成，給人以一種羚羊掛角、無跡可求之感，實在是神來之筆。

在《金瓶梅》的對比中，又有一種「遙對」，即將兩件在某一點上相同或相通的事件遙隔數回之後再進行對比。「如金蓮琵琶，瓶兒象棋，作一對；偷壺，偷金，作一對等，又不可枚舉」（張竹坡《批評第一奇書金瓶梅讀法》）。這裏且以李瓶兒與西門慶出殯來看。李瓶兒死時，寫得熱極、盛極，弔唁之人眾，排場之盛大，實為空前，作者於前前後後花了好幾回的筆墨，且看出殯時的場面：

妻妾宴賞芙蓉亭

> 到次日發引，先絕早抬出名旌，各項幡亭紙紮，僧道鼓手，細樂人役，都來伺候。西門慶預先向帥府周守備討了五十名巡捕軍士，都帶弓馬，全裝結束。留十名在家看守，四十名跟殯，在材前擺馬道，分兩翼而行。衙門裏又是二十名排軍打路，照管冥器；墳頭又是二十名把門，管收祭祀。那日官員士夫親鄰朋友來送殯者，車馬喧呼，填街塞巷。本家並親眷堂客，轎子也有百十餘頂；三院鴇子粉頭，小轎也有數十。徐陰陽擇定辰時起棺。西門慶留下孫雪娥並

二女僧看家，平安兒同兩名排軍把前門。那女婿陳經濟跪在柩前摔盆，六十四人上槓。有仵作一員官立於增架上，敲響板，指撥抬材人上肩。先是請了報恩寺朗僧官來起棺。剛轉過大街口望南走，那兩邊觀看的人山人海。那日正值晴明天氣，果然好殯。

寫得多細緻，多熱鬧，多有氣派！接下去，還加上一大篇韻文來盛讚「此殯誠然壓帝京」。而寫西門慶出殯則只有短短幾行字：

二十日早發引，也有許多冥器紙紮，送殯之人終不似李瓶兒那時稠密。臨棺材出門，陳經濟摔盆扶柩，也請了報恩寺朗僧官起棺，坐在轎上，捧得高高的，念了幾句偈文，說西門慶一生始末。……朗僧官念畢偈文，陳經濟摔破紙盆，棺材起身，闔家大小孝眷放聲號哭動天。

這裏用了兩個「也」字，已表明這段文字是有意和李瓶兒出殯相比的，而且還有一句「終不似李瓶兒那時稠密」，更是點得十分清楚。作者在這裏就是要寫出冷，寫出衰，來顯出世態的炎涼，人情的變化。

除了氣氛、情節作對比外，《金瓶梅》還十分注意人物性格的對比。例如，吳月娘之正經與潘金蓮之淫邪，潘金蓮之狠毒與李瓶兒之軟弱，潘金蓮之鋒芒畢露與孟玉樓之乖巧含蓄、孫雪娥為主中奴與龐春梅為奴中主，來旺兒夫婦的反抗不屈與韓道國夫婦的廉恥喪盡，同應花子時時打牙犯嘴

弔唁之人衆，排場之盛大，實為空前。

的李桂姐與處處順應附和的吳銀兒……都是隱隱作對，相映成趣。有時，將這種性格的對比集中在一起，就更加鮮明突出。例如第五十九回寫潘金蓮馴養的「雪獅子」嚇壞了李瓶兒的愛子官哥後，月娘一邊查問情由，一邊熬薑湯灌孩子，同時又使來安兒快去叫劉婆，表現出公正、善良的樣子。而兇悍的潘金蓮竟把責任賴得精光，反而罵人家「沒的賴人起來，瓜兒只揀軟處捏」，「六說白道的」！她還擺出架勢說：「俺每這屋裏是好纏的！」說著使性子，抽身往房裏去了，誰也碰她不得。軟弱的李瓶兒此時猶如任人宰割的綿羊，只是忍氣吞聲，「哭的眼紅紅的」。西門慶問她緣由，她「滿眼落淚，只是不言語。問丫頭、奶子，都不敢說」。這樣，三個人的性格相互對比，一正一邪，一狠一弱，各自凸現，非常鮮明。

世界上的事物本來就是相比較而存在，相鬥爭而發展。在藝術創作中有意識地將它們的對立面集中起來，加以比較，無疑會使畫面的色彩更加濃郁，讀者的感受也更加強烈。《金瓶梅》巧妙地運用對比手法，對於突出人物個性，增強暴露意義，的確起了重要作用。這一藝術創作的經驗值得我們借鑒。

寫『在眼中、耳中、口中』

從上世紀八〇年代起，西方的敘事理論在國內流行，於是有關敘事角度或敘述焦點等說法大為時髦。一時間，什麼全知敘事、限知敘事、純客觀敘事，什麼非聚焦型、內聚焦型、外聚焦型等等，名目繁多，著實令人有點眼花繚亂。實際上，中國古代從「左史記言，右史記事」起，包括歷史、散文與小說、戲曲等有關敘事的理論也十分豐富，只是比較零碎，沒有很好地總結而已。早在三四百年前的張竹坡在評點《金瓶梅》時提出過「正筆」與「影寫」兩法，似乎與現代的敘事理論有點關係。毫無疑問，這與西方的敘事理論並不是一個路數，但不管怎樣，應該說還是有一定眼光的。

請看第十三回《李瓶兒牆頭密約，迎春兒隙底私窺》的竹坡回評曰：

> 寫瓶兒春意，一用迎春眼中，再用金蓮口中，再用手卷一影，再用金蓮看手卷效尤一影，總是不用正筆，純用烘雲托月之法。
>
> 人知迎春偷覷，為影寫法，不知其於瓶兒布置偷情，西門虛心等待，只用「只聽得趕狗關

門」數語，而兩邊情事、兩人心事，俱已入化矣，真絕妙史筆也。

張竹坡的所謂「正筆」，就是指作者正面、直接地加以敘述，近乎敘事理論中的「全知」式的敘述。所謂「烘雲托月之法」與「影寫法」，則敘述者並不直接出現，近乎所謂「限知敘事」或「純客觀敘事」。他所謂的從「迎春眼中」寫，就是指李瓶兒的房間儘管有兩層窗寮，外面為窗，裏面為寮。她打發丫鬟出去，關上兩扇窗寮後，自以為外邊通看不見。不想迎春這丫頭，今年已十七歲，頗知事體，悄悄向窗下，用頭上簪子挺穿破窗寮上紙，往裏窺覷。下面就用一大段韻文，具體描寫了迎春從眼中看到李瓶兒與西門慶兩個在「燈光影裏，鮫綃帳中」的種種表演，「看了個不亦樂乎」。接著又寫迎春聽他們二人說話：

西門慶問婦人：「多少青春？」李瓶兒道：「奴屬羊的，今年二十三歲。」因問：「他大娘貴庚？」西門慶道：「房下屬龍的，二十六歲了。」婦人道：「原來長奴三歲。到明日，買份禮物過去看看大娘，一向不敢親近。」西門慶道：「房下自來好性兒，不然，我房裏怎生容得這許多人兒？」婦人又問：「你頭裏過這邊來，他大娘知道不知？倘或問你時，你怎

用頭上簪子挺穿破窗寮上紙，往裏窺覷。

生回答？」西門慶道：「俺房下都在後邊第四層房子裏，惟有我第五房小妾潘氏，在這前邊花園內，獨自一所樓房居住，他不敢管我。」……（第十三回）

這一問一答，也並不是作者正面的敘述，而是通過迎春耳中所聞，自然而然地交代了李瓶兒與吳月娘的年齡，以及大娘的「好性兒」和潘金蓮房間的位置等等，這些都對後來情節的展開大有關係。這就叫作「從耳中寫」。

至於從「金蓮口中」寫，是後來西門慶翻牆過去與瓶兒幽會，金蓮翻來覆去，通一夜不曾睡，等到天明，才見西門慶過來，於是就一頓臭罵道：

好負心的賊！你昨日端的那裏去來？……嗔道昨天大白日裏，我和孟三姐在花園裏做生活，只見他家那大丫頭，在牆那邊探頭舒腦的，原來是那淫婦使的勾使鬼來勾你來了。你還哄我老娘！前日他家那忘八，半夜叫了你往院裏去，原來他家就是院裏！（第十三回）

這聲聲罵語，則進一步坐實了西門慶與李瓶兒偷情的聯絡方式

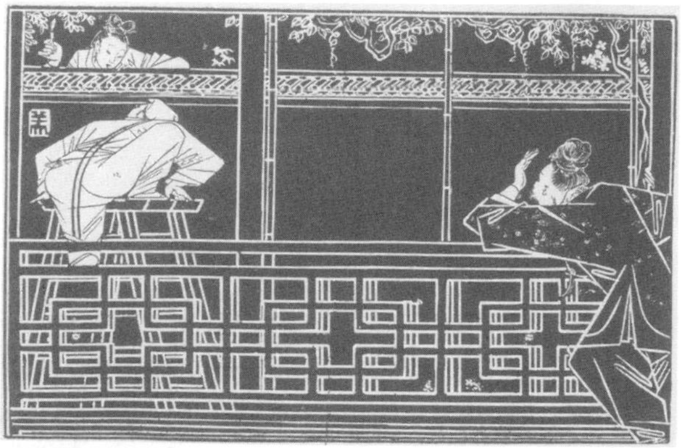

西門慶翻牆過去與瓶兒幽會

等，寫來也十分巧妙。後面，所謂「再用手卷一影，再用金蓮看手卷效尤一影」，是指西門慶把從李瓶兒那裏拿來的春宮圖給潘金蓮欣賞與效法，實際上也是從反面來描寫「瓶兒春情」，所以叫作影寫，叫作「烘雲托月之法」。

在《金瓶梅》中，另有一例從「眼中」寫也頗有名。這就是第九回潘金蓮被西門慶娶過門來，到大娘子房裏拜見大小。先是寫「月娘在上，仔細觀看這婦人」：

> 年紀不上二十五六，生的這樣標致。……從頭看到腳，風流往下跑；從腳看到頭，風流往上流。論風流，如水晶盤內走明珠；語態度，似紅杏枝頭籠曉月。看了一回，口中不言，心內想道：「小廝每來家，只說武大怎樣一個老婆，不曾看見，不想果然生的標致，怪不的俺那強人愛他！」

當金蓮與月娘磕了頭，再拜見了李嬌兒、孟玉樓、孫雪娥之後，作者就寫「這婦人坐在旁邊，不轉睛把眾人偷看」：

> 見吳月娘約三九年紀，生的面如銀盆，眼如杏子，舉止溫柔，持重寡言。第二個李嬌兒，乃院中唱的，生的肌膚豐肥，身體沉重，雖數名妓者之稱，而風月多不及金蓮也。第三個，就是新娶的孟玉樓，約三十年紀，生得貌若梨花，腰如楊柳，長挑身材，瓜子臉兒，稀稀多幾點

黴麻，自是天然俏麗，惟裙下雙灣與金蓮無大小之分。第四個孫雪娥，乃房裏出身，五短身材，輕盈體態，能造五鮮湯水，善舞翠盤之妙。這婦人一抹兒都看在心裏。

張竹坡評這段描寫曰：「內將月娘眾人俱在金蓮眼中描出，而金蓮又重新在月娘眼中描出。文字生色之妙，全在兩邊掩映。」這種運用兩邊眼中相互掩映的手法，被《紅樓夢》所借鑒。林黛玉初進榮國府時，「從黛玉眼中寫三人（迎春、探春、惜春）」，與「從眾人目中寫黛玉」（甲戌本批語），明顯沿用了此等筆法，可謂深得《金瓶梅》神理。

這種影寫法，實際上在《三國》、《水滸》等小說中已見端倪，所以金聖歎、毛宗崗等批評家早就窺見其奧妙。如《水滸》寫到陸謙來李小二酒店與管營、差撥等商量謀害林沖時，多從李小二眼中寫出，金聖歎於此一一點出：

忽一日，李小二正在門前安排菜蔬下飯，只見一個人閃將進來，酒店裏坐下，隨後又一人入來。看時，前面那個人是軍官打扮，後面這個走卒模樣。跟著也來坐下。（金批：「看時」二字妙，是李小二眼中事。一個小二看來是軍官，一個小二看來是走卒，先看他跟著，卻又看他一齊坐下，寫得狐疑之極，妙妙。）李小二入來問道：「可要吃酒？」只見那個人（金批：妙，李小二眼中事。）將出一兩銀子與小二道：「且收放櫃上，取三四瓶好酒來。客到時，果品酒饌只顧將來，不必要問。」李小二道：「官人請甚客？」那人道：「煩你與我去營裏請管營、差撥兩個來說話。問時，你只說有個官人請說話，商議些事務。專等，專等。」李小二應承了，來到牢城裏，先請了差撥，同到管營家裏，請了管營，都到酒店裏。只見那個官人（金批：李小二眼中事。）和管營、差撥兩個講了禮。管營道：「素不相識，動問官人高姓大名。」那人道：「有書在此，少刻便知。且取酒來。」李小二連忙開了酒，一面鋪下菜蔬果品酒饌。那人叫討副勸盤來，把了盞，相讓坐了。小二獨自一個攛梭也似伏侍不暇。（金批：此一句從說機密人眼中寫出，不在李小二用心打聽中寫出，妙。）那跟來的人討了湯桶，自行燙酒。約計吃過十數杯，再討了按酒，鋪放桌上。只見那人說道：「我自有伴當燙酒。不叫，你休來。我等自要說話。」（第九回）

後來，毛綸、毛宗崗在《三國演義》第四十一回的回評中也說：

凡敘事之難，不難在聚處，而難在散處。如當陽長阪一篇，玄德與眾將及二夫人並阿斗，東三西四，七斷八續，詳則不能加詳，略又不可偏略。庸筆至此，幾於束手。今作者將糜芳中

不想果然生的標緻，怪不的俺那強人愛他！

這婦人坐在旁邊，不轉睛把衆人偷看。

箭，在玄德眼中敘出；簡雍著槍、糜竺被縛，在趙雲眼中敘出；二夫人棄車步行，在簡雍口中敘出；簡雍報信，在翼德口中敘出；甘夫人下落，則借軍士口中詳之；糜夫人及阿斗下落，則借百姓口中詳之。歷落參差，一筆不忙，一筆不漏。

於此可見，中國古代小說的敘述者，並非都用一種全知的視角來加以描述；批評家們也早就看出「正筆」與「影寫」的差別。他們用「眼中」、「口中」、「耳中」來表述「影寫」法的基本特點，明明白白，形象具體，使人一看就懂。這或許就是中國古代文學理論批評的一種特點吧！

入筍、脫卸及『搓草繩』

《金瓶梅》的藝術結構，在中國長篇小說發展史上，又有新的突破。「四大奇書」中前於它的三種，往往將幾個自成體系的傳記故事銜接起來，一個情節完了之後，再展開另一個，而很少在兩個相對獨立的故事中預留伏筆，前照後應。《金瓶梅》則不然。它的故事雖然可大致分幾個片段或高潮，但前後脈絡勾連，很難截然拆開，常常是故事中套故事，交互迴環式推進。例如，西門慶與潘金蓮相遇這場開鑼戲，作者一口氣從第一回寫到第十回。但這不同於《水滸》的「武十回」之類，中間又插入「說娶孟玉樓」一大段文字，帶出了另一批重要角色。李瓶兒是第二女主角，從她被誘姦到病死，前後共花了二十餘回筆墨，但都若斷若續，並未連成一氣。魏子雲先生在《金瓶梅札記》中曾把此特點形容為「搓草繩」的方式，是很有見地的。他說：「《金瓶梅詞話》的情節發展，採用搓草繩的方式，新情節的演入，是一邊搓一邊續進去的，而且不時續了些不同質不同色的進來，是以它的情節演進，與其他章回小說大異其趣。」

這種「搓草繩」的特色，首先關係到「新情節的演入」。對此，實際上張竹坡已經窺破了奧妙，把它概括為「入筍」，並作了頗為精采的總結。他在《金瓶梅讀法》中說：

讀《金瓶》，須看其入筍處。如玉皇廟講笑話，插入打虎；請子虛，即插入後院緊鄰；六回金蓮才熱，即借嘲罵處插入玉樓；借問伯爵連日那裏，插出桂姐；借蓋卷棚，即插入敬（經）濟；借翟管家，插入王六兒；借翡翠軒，插入瓶兒生子；借梵僧藥，插入瓶兒受病；借碧霞宮，插入普淨；借上墳，插入李衙內；借拿皮襖，插入玳安、小玉；諸如此類，不可勝數。蓋其用筆，不露痕跡處也。其所以不露痕跡處，總之善用曲筆、逆筆，不肯另起頭緒，用直筆、順筆也。夫此書頭緒何限，若一一起之，是必不能之數也。

《金瓶梅》「入筍」之妙，就是不「另起頭緒」，而是在故事中穿插「曲筆、逆筆」，「不露痕跡」地引出新的人物和故事，使情節縱橫交錯，前後連環，讀起來既覺真實、自然，逼肖紛繁的生活，又似入山陰道上，有目不暇接之感。比如，第三十三回開頭寫應伯爵來了，西門慶就和吳月娘談起「應二哥認的湖州一個客人何官兒」，手頭有一批絨線，願折價脫手云云，於是非常自然地扯出這個何官兒。由這何官兒，引起西門慶在獅子街開絨線鋪；由開絨線鋪、尋夥計再引出應伯爵保舉韓道國；由韓道國引出了一個重要人物王六兒，她從三十四回到九十九回，幾乎貫穿了全書。其中如苗青謀財害主一案，就由她圖財說事，引得西門慶貪贓枉法，逐步升級，一直牽扯到皇帝。這些情節的推進，就像沿著生活邏輯的軌道，一波接著一波，前推後擁，既波瀾起伏，又覺得很自然。

「搓草繩」要隨時將新的材料加進，同時也不斷搓完舊的稻草。《金瓶梅》搓草繩式的情節演進，當然也表現在將人物和故事不斷巧妙地「脫卸」。張竹坡曰：「讀《金瓶》，當看其脫卸處。子弟看其脫卸處，必能自出手眼，作過節文字也。」這種「脫卸」、「過節」，並不僅表現在那些次要人物與事俱來，事訖俱去，而且也表現在寫主要人物方面。宋惠蓮、李瓶兒、西門慶、潘金蓮、孫雪娥、陳經濟、龐春梅，一個接一個離開了那個世界。他們的命運似乎都無法抗拒，各自在人生的道路上一步一步地走向自己的歸宿，給讀者各不相同的感受。宋惠蓮之死也令人驚，李瓶兒之死也令人哀，西門慶之死也令人思，潘金蓮之死也令人慘，孫雪娥之死也令人歎，陳經濟之死也令人快，龐春梅之死也令人恥。他們死了，但往往不只是舊情節的結束，卻又隱伏著新矛盾的開端。例如來旺媳婦宋惠蓮在第二十六回就自縊身亡，她死於西門慶的奸惡，也死於潘金蓮的妒忌。但是，她實際上沒有「死」，作為潘金蓮爭寵道路上的絆腳石，其陰魂始終在金蓮眼前浮蕩著。直到第七十二回，潘金蓮與如意兒絆嘴，罵道：「你就是來旺兒媳婦子從新又出世來了，我也不怕你！」晚上，她又埋怨漢子道：「你那吃著碗裏看著鍋裏的心兒，你說我不知道？想著你和來旺兒媳婦子蜜調油也似的，把我來就不理了。落後李瓶兒生了孩子，見我如同烏眼雞一般。

宋惠蓮自縊身亡。她死於西門慶的奸惡，也死於潘金蓮的妒忌。

……你就是那風裏楊花，滾上滾下，如今又興起那如意兒賊歪剌骨來了。」於此可見，潘金蓮與宋惠蓮的矛盾並沒有結束，她與李瓶兒、如意兒的醋海風波都是這場爭寵的繼續。張竹坡說得好：「如耍獅子，必拋一球，射箭必立一的，欲寫金蓮，而不寫一與之爭寵之人，將何以寫金蓮？故蕙（惠）蓮、瓶兒、如意，皆欲寫金蓮之球之的也。」（第六十五回總評）「可知蕙（惠）蓮為瓶兒前身，如意為瓶兒之後身，此蓋將前後文氣一齊串入，使看者放如箕眼孔一齊看去，方知作者通身氣脈，不是老婆舌頭而已也。」（第七十二回夾批）這裏所說的「通身氣脈」，就是指前後情節的內在聯繫。前面的情節雖暫「脫」而實未「卸」，猶有一息貫穿於上下，一絲縈繞於其間。這確實是《金瓶梅》「脫卸」的高妙之處。

除「入筍」、「脫卸」之妙外，《金瓶梅》還十分注意伏筆、照應、穿插，用細針密線將各局部連貫、統一成一個藝術整體。例如小說的第三回，王婆向潘金蓮介紹西門慶這位「財主」時，順便說到「他家大娘子，也是我說的媒，是吳千戶家小姐，生得百伶百俐」。接著問道：

「大官人怎的連日不過貧家吃茶？」西門慶道：「便是連日家中小女有人家定了，不得閒來。」婆子道：「大姐有誰家定了？怎的不請老

來旺兒盜拐孫雪娥

身去說媒？」西門慶道：「被東京八十萬禁軍楊提督親家陳宅，合成帖兒。他兒子陳經濟，才十七歲，還上學堂。不是，也請乾娘說媒，他那邊有了個文嫂兒來討帖兒，俺這裏又使常在家中走的賣翠花的薛嫂兒同做保，即說此親事。……

這是多麼隨便的一段家常話。話中提到女兒大姐、女婿陳經濟，以及他們定親的事，為以後第十七回宇給事劾倒楊提督後他們來避難伏下了筆。這個薛嫂，就在第七回出場為西門慶說娶孟玉樓。而文嫂，直到第六十九回西門慶想「通情林太太」時，又叫玳安去請她出馬：「舊時與你姐夫說媒的文嫂兒，在那裏住？你尋了他來。」這些人物由於前面已經提到，所以後來上場時一點也不突兀。與此不同的是，有些人物曾經在先前表演過一番而下場了，想不到他們竟又會在後半部的《金瓶梅》世界裏重現，為新的情節的展開再作「貢獻」。宋惠蓮的丈夫來旺兒不是早被遞解到老家徐州了嗎？想不到後來會當上了銀匠來「盜拐」舊情人孫雪娥。王六兒的女兒韓愛姐不是早就送給東京蔡太師的翟管家了嗎？想不到後來會愛上了陳經濟，守節而死，還帶及了久已「失蹤」的何官人、韓二再次亮相。這真是「藏針伏線，千里相牽」，令人讚歎不已！與此伏筆照應、前後勾連相關的是《金瓶梅》在行文中的穿插、點綴，也頗見功力。例如寫西門慶貪欲得病，也不是使人感到突如其來，而是在李瓶兒死後早就影影綽綽點出了這個淫棍已病入膏肓。在第六十七回，就寫他叫「小周兒拿木滾子滾身上，行按摩導引之術」。他對應伯爵說：「不瞞你說，像我晚夕身上常發酸起來，腰背疼痛，不是這般按捏，通了不得。」之後，陸陸續續寫到薛太監請他出去看春，他也懶得去，覺得

「這兩日春氣發也怎的，只害這邊腰腿疼」。接著吳親家請他參加年例打醮，也去不動，還自以為「不知酒多了也怎的，只害腰疼」。過幾天又想起教如意兒擠乳，吃任醫官與他的延壽丹，命王經扒在地上替他打腿。但他淫欲不止，病情越來越重，乃至在席間「只是在椅子上打睡」，還強打精神去與林太太等一戰再戰，最後到第七十九回從王六兒家回來下馬時，「腿軟了，被左右扶進」。如此這般，作者就在字裏行間稍加穿插，使人感到西門慶這個淫棍逐漸「燈盡油乾」了，最後被潘金蓮折騰致死也就一點不奇怪了。

《金瓶梅》為長篇小說的藝術結構闖出了新的路子，又在這洋洋灑灑一百回中細針密線，巧作安排（當然，也有不少疏漏處），為這座新的藝術大廈的整體落成作了努力。這就難怪清代劉廷璣在《在園雜誌》中發出了這樣的讚歎：「深切人情世務，無如《金瓶梅》，真稱奇書。……結構鋪張，針線縝密，一字不漏，又豈尋常筆墨可到者哉！」

於細微處見神理

清末夏曾佑在《小說原理》中曾說：「寫小事易，寫大事難。小事如吃酒、旅行、奸盜之類，大事如廢立、打仗之類。大抵吾人於小事之經歷多，而於大事之經歷少。」據此，他認為《金瓶梅》、《紅樓夢》之所以成功，就在於「均不寫大事」。這段話有一定道理。寫常人親見親聞的小事，讀者容易產生一種親切、真實的感覺，但是，真正要寫好那些小事也並非容易。《金瓶梅》是一部專寫凡夫俗子的世情小說，細微末節的捕捉與刻畫，無疑與表現主題、塑造人物、演進情節密切相關，是作品真實、生動、豐滿的基本保證。因此，作者是相當重視對於一些小動作、小情景、小物件等細節的描摹，注意於細微處寓神理。張竹坡曾如此讚歎《金瓶梅》：「文字之無微不至，所以為小說之第一也。」（第三十九回夾批）

先看寫小動作。人的一舉一動，一笑一嗔，都是人們心靈深處的感情變化和心理狀態的真實反映，同時也顯示了人物的性格特徵。因此，作家抓住富有特徵性的細微動作或面部表情來加以描摹或稍加點綴，對於凸顯典型人物性格特徵和感情狀態，往往有立竿見影、透心剔骨之妙。第十五回「佳人笑賞玩燈樓」，月娘與眾人到獅子街李瓶兒新買的樓上賞燈。看了一會，見樓下人亂，吳月娘等歸席吃酒去了。唯有潘金蓮、孟玉樓同兩個唱的，只顧搭伏著樓窗，往下觀看。此時，寫潘金蓮道：

> 那潘金蓮一徑把白綾襖袖子摟著，顯他遍地金掏袖兒，露出那十指春蔥來，帶有六個金馬鐙戒指兒，探著半截身子，口中嗑瓜子兒，把嗑了的瓜子皮兒都吐下來，落在人身上，和玉樓兩個嘻笑不止。

唯有潘金蓮、孟玉樓同兩個唱的，只顧搭伏著樓窗，往下觀看。

嗑著瓜子兒看燈，真是小事一樁，卻把一個摟著袖子、探著身子、嗑著瓜子、嘻笑不止的金蓮寫得活龍活現。再看第七十二回寫潘金蓮與如意兒吵架：

> 金蓮道：「……你背地幹的那繭兒，你說我不知道！偷就偷出肚子來，我也不怕！」如意道：「正景有孩子還死了哩，俺每到的那些兒！」這金蓮不聽便罷，聽了心頭火起，粉面通紅，走向前一把手把老婆頭髮扯住，只用手摳他腹。……

走向前一把手把老婆頭髮扯住

這裏，潘金蓮儘管口頭上說「偷出肚子來，我也不怕」，實際上她最怕的就是別人有「肚子」，對她的爭寵造成威脅。當初李瓶兒有了官哥，她就覺得漢子「見我如同烏眼雞一般」，如今西門慶又在李瓶兒的房裏與如意兒幹那繭兒，不能不使她吃醋，使她擔心。而如意兒的一句話正觸痛了她的心病，不由得使她「心頭火起」，衝上前去不由分說「只用手摳他腹」。這一動作，正把她內心深處最大的擔心活現了出來，把她嫉妒兇殘、多疑猜忌的性格暴露無遺，真如張竹坡批的「寫妒婦真寫至骨」。顯然，這類細微動作的描寫能攝魂追魄，畢肖神情，刻畫出血肉飽滿、栩栩如生的人物形象來。

再看寫小情景。有些生活中的瑣事小景一經點染，也頗能襯托人物的神情與照應前後的情節。例如第十三回寫西門慶晚上坐在花園裏等候隔牆的李瓶兒請他。「良久，只聽的那邊趕狗關門。少頃，只見丫鬟迎春黑影影裏扒著牆，推叫貓」。這類「趕狗叫貓」之事極為瑣碎凡俗，可是放在這裏很有神味，把李瓶兒那邊準備迎姦的精心安排和西門慶這邊等待幽會的急切心情以及當時的氣氛都畫了出來，令人有一石數鳥之歎！說起貓，第五十一回還寫到一隻名叫「白獅子」的貓兒。當時，潘金蓮與西門慶正在胡搞，「不想旁邊蹲踞著一個白獅子貓兒看見動旦（彈），不知當做甚物件兒，撲向前，用爪兒來撾。」這也是點染的一景，一時未見有什麼深意。可是，讀者讀到第五十九回才知道這一細節被潘金蓮看在眼裏，記在心頭，決心訓練這隻貓來陷害官哥。可見，這一細節，乃是為死官哥作伏線，推動了後面情節的展開，又為再次暴露潘金蓮這個無恥淫婦的嫉妒狠毒性格作了必要的鋪墊。此類細節的描繪確實頗見功力，頗具神理。

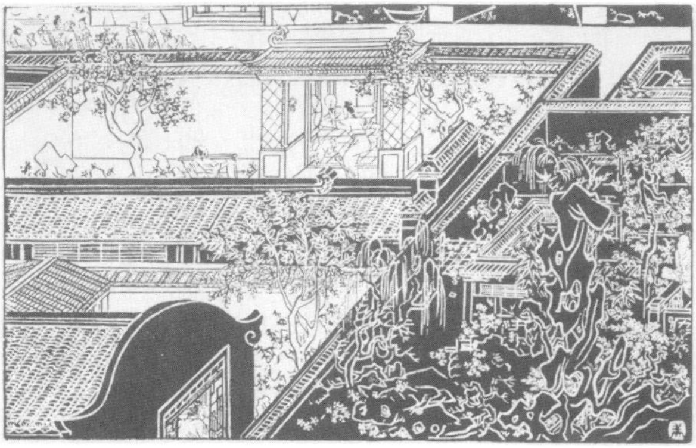

良久，只聽的那邊趕狗關門。

另看寫小物件。《金瓶梅》中的「小小物件」常常描寫得神完理足，得到張竹坡的高度讚賞，特別如西門慶手中的那把「灑金川扇兒」，官哥玩的「壽星博浪鼓」，以及第二十八回至三十回寫到的八十二處「紅繡鞋」，一經他拈出之後，常為人所稱道。第二回西門慶出場被潘金蓮叉杆打中時，就「手裏搖著灑金川扇兒」，第三回去勾引潘金蓮時，也「手拿著灑金川扇兒，搖搖擺擺往紫石街來」，一副流氓的嘴臉躍然紙上。到第八回西門慶娶了孟玉樓後去潘金蓮那裏重溫舊情時，怨恨、吃醋的婦人一怒之下將這把扇子折斷了。張竹坡於此讚歎道：「真小小一物，文人用之，遂能作無數文章，而又寫盡浮薄人情，一時高興，便將人弄死奪其妻，不半月又視如敝屣，另尋高興處，真是寫盡人情。」（第八回總評）而實際上，這把扇子同時引發了淫蕩的潘金蓮妒心的初次發作，真是作者用「異樣心力」寫出來的文字。「壽星博浪鼓」，原是官哥滿月時薛太監賀喜送的禮物，官哥死了，李瓶兒「到了房中，見炕上空落落的，只有他耍的那壽星博浪鼓兒還掛在床頭上，一面想將起來，拍了桌子，由不的又哭了」。（第五十九回）。這一小小物件，襯托了人事變遷，真實地刻畫了李瓶兒睹物傷情所迸發出來的無限悲痛，具有極大的藝術感染力。再看從第二十八回起的寫鞋。潘金蓮與西門慶在葡萄架下白日宣淫昏了頭，丟失了一隻紅繡鞋，秋菊遍尋不著挨了打，結果在藏春塢裏翻出了西門慶悄悄藏著的宋惠蓮的一隻紅繡鞋，觸發了金蓮的醋勁，命春梅拿塊石頭叫秋菊頂在頭上跪著。原來，金蓮的鞋子被溜進花園玩的小鐵棍拾了去，陳經濟又將它騙到手，用它來挑逗潘金蓮。潘金蓮怪小鐵棍弄髒了鞋子，教唆西門慶把他打得「躺在地下，死了半日」；又當著西門慶的面說，要把宋惠蓮的鞋子「剁做幾截子，掠到毛司裏去，叫賊淫婦陰山背後永世不得超生」！次日金蓮約瓶兒、玉樓一起做紅繡鞋，閒談時引出了吳月娘知道小鐵棍無辜被打而抱怨說：「如今這一家子亂世為王，九條尾狐狸精出世了」，「為了一隻鞋子，又這等驚天動地」……真是「一鞋描寫

怨恨、吃醋的婦人一怒之下將這把扇子折斷了。

「到了房中，見炕上空落落的，只有他耍的那壽星博浪鼓兒還掛在床頭上，一面想將起來，拍了桌子，由不的又哭了」。

細緻」，通過失鞋、尋鞋、換鞋、剁鞋、做鞋，把潘金蓮的淫蕩、無恥、嫉妒寫得神情畢肖，同時也把西門慶的淫毒無情、龐春梅的助紂為虐、陳經濟的浮薄、小鐵棍的天真、秋菊的正直、宋惠蓮的癡心、孟玉樓的乖巧、李瓶兒的淺顯、吳月娘的平正，一一活現出來。張竹坡在第二十八回總評中說得好：

> 此回單狀金蓮之惡，故惟以鞋字播弄盡情。直至後三十回，以春梅納鞋，足完鞋子神理。細數凡八十個鞋字，如一線穿去，卻斷斷續續，遮遮掩掩，而瓶兒、玉樓、春梅身分中，莫不各有一金蓮，以襯金蓮之金蓮，且襯蕙（惠）蓮之金蓮，則金蓮至此已爛漫不堪之甚矣。

這裏所說的「鞋子神理」，實際就是指細節的「神理」，指細節在貫穿脈絡、刻畫性格、深化主題中的妙用。《金瓶梅》注意了細節的描繪，故使這部世情小說的藝術整體增強了具體感、立體感、真實感，顯得有血有肉，神情飽滿。正是在這個意義上，我們說《金瓶梅》於細微處見神理。

妙在家常口頭語

《金瓶梅》是一部寫時俗的小說，與畫俗人、敘俗事相應，用俗語也是它的一大特色。中國古代小說，從文言到白話是一大突破，但在白話長篇小說的發展過程中也有精粗雅俗之分。《水滸》比之《三國》，在口語的運用上顯然更趨圓熟，「一樣人，便還他一樣說話」（金聖歎語），而《金瓶梅》較之《水滸傳》，則更大膽地熟練地採用活生生的俚言俗語，給人以一種繪形繪聲、唯妙唯肖，而又淋漓酣暢、汪洋恣肆之感。它「語涉俚俗」，多用「市井之常談，閨房之碎語」，當然不像林妹妹、寶姐姐之流出口高雅，然可「使三尺童子聞之」「洞洞然而曉」（欣欣子序），對渲染整部小說的俗氣，塑造栩栩如生的俗人，起了重要的作用。不少批評家甚至認為這是《金瓶梅》最突出的成就。如近代狄平子在《小說新語》中就讚賞《金瓶梅》一書「妙在語句」：「至《金瓶》則純乎語言之小說，文字積習，蕩除淨盡。讀其文者，如見其人，如聆其語，不知此時為看小說，幾疑身入其中矣。」

先看潘金蓮與孫雪娥相罵一例。第十一回寫潘金蓮進西門家爭寵之初，就是向最「軟檔」的孫雪娥開刀，唆使漢子把她打罵了一頓。孫雪娥氣不過，對月娘說：

「娘，你不知淫婦，說起來比養漢老婆還浪，一夜沒漢子也成不的。背地幹的那繭兒，人幹不出，他幹出來。當初在家把親漢子用毒藥擺死了，跟了來，如今把俺們也吃他活埋了。弄的漢子烏眼雞一般，見了俺們便不待見。」

這段話純是通俗、生動的口語，卻寫出了孫雪娥的怨恨、不平和想拉攏月娘來與金蓮對抗的真實心理，同時也點明潘金蓮之淫、妒、毒、狠，以及潘進門後爭寵形勢的急劇變化。吳月娘比較正直，還怪孫雪娥先罵春梅：

「也沒見你，他前邊使了丫頭要餅，你好好打發與他去便了，平白又罵他怎的？」

雪娥也是一張利嘴，一邊辯解，一邊不忘在罵金蓮時抬高月娘：

「我罵他禿也瞎也來？那頃這丫頭在娘房裏，著緊不聽手，俺沒曾在灶上把刀背打他？娘

比對我當初擺死親夫，你就不消叫漢子娶我來家，省的我攔他，撐了你的窩兒。

尚且不言語。可哥今日輪他手裏，便驕貴的這等的了！」

正說著，在外偷聽的金蓮衝了進來，望著雪娥道：

「比對我當初擺死親夫，你就不消叫漢子娶我來家，省的我攔他，撐了你的窩兒。論起春梅，又不是我房裏丫頭，你氣不憤，還教她伏侍大娘就是了，省的你和他合氣，把我扯在裏頭。那個好意死了漢子嫁人？如今也不難的勾當，等他來家，與我一紙休書，我去就是了。」

潘金蓮這個無恥又機靈的傢伙，先將自己的醜事兜底翻，化被動為主動。她雖不放鬆討好月娘，但因已得寵於丈夫，故有恃無恐，一上來就仗漢子之勢壓制、嘲弄失寵的雪娥，真是惡極狠極。面對著潘、孫兩人針鋒相對的吵嚷，善良的月娘無能為力，只是說：「我不曉得你們的事，你每大家省言一句兒便了。」以後就乾脆「由著他兩，你一句，我一句，只不言語」，以致她們差點兒打起來。在這一短短的交鋒中，作者通過

這奴才當我的鞋，又翻出來。

俚俗而典型的人物語言，把孫雪娥、潘金蓮、吳月娘乃至春梅的個性特徵及複雜心理一一描摹至盡，令人讚歎。特別是潘金蓮的語言，「嘴似淮洪也一般」，「一路開口一串鈴」，在全書中表現得最為突出。典型的事例如第二十八回秋菊在藏春塢西門慶的匣子裏翻出了一隻宋惠蓮的紅繡鞋，於是金蓮醋性大發，當著西門慶的面令春梅：

「你取那隻鞋來與他瞧！——你認的這鞋是誰的鞋？」西門慶道：「我不知道是誰的鞋。」婦人道：「你看他還打張雞兒哩！瞞著我黃貓黑尾，你幹的好繭兒！一行死了來旺兒媳婦子的一隻臭蹄，寶上珠也一般，收藏在山子底下藏春塢雪洞兒裏，拜帖匣子內，攪著些字紙和香兒一處放著。甚麼罕稀物件，也不當家化化的，怪不的那賊淫婦死了墮阿鼻地獄！」

接著，又寫她將秋菊出氣，罵道：

「這奴才當我的鞋，又翻出來，教我打了幾下。」分付春梅：「趁早與我掠出去！」春梅把鞋掠在地下，看著秋菊說道：「賞與你穿了罷！」那秋菊拾在手裏說道：「娘這個鞋，

你看著越心疼，我越發偏剁個樣兒你瞧。

只好盛我一個腳指頭兒罷了。」

潘金蓮乘勢就罵給西門慶聽：

「賊奴才，還叫甚麼娘哩！他是你家主子前世的娘！不然，怎的把他的鞋這等收藏的嬌貴，到明日好傳代。沒廉恥的貨！」秋菊拿著鞋就往外走，被婦人又叫回來，分付：「取刀來，等我把淫婦剁做幾截子，掠到毛司裏去，叫賊淫婦陰山背後永世不得超生！」因向西門慶道：「你看著越心疼，我越發偏剁個樣兒你瞧。」

事實上，這時宋惠蓮早已死了，再也無法同她爭寵了，可是她對著這隻「臭蹄子」，簡直把它當作宋惠蓮的本身，大發妒性，把它「剁作幾截子」還不解恨，再要「掠到毛司裏去」，「叫賊淫婦陰山背後永世不得超生」，真是語語帶血，舌上有刀，其嫉妒和狠毒到了無以復加的地步。在這潑辣利嘴的潘金蓮面前，同時映照出西門慶的無恥尷尬，春梅的仗勢欺人，秋菊的心直嘴拙。而這一切，都是通過鮮龍活跳的口語來表現的，難怪崇禎本在此批曰：「只是家常口頭語，說來偏妙。」

《金瓶梅》運用家常口頭語時有一個顯著特點，就是大量使用了方言、土語、諺語、歇後語、俏皮話及市井罵人語等，增強了語言的形象性、生動性。如「遊魂撞屍」，「花麗狐哨」，「殺雞扯脖」，「雌牙露嘴」，「自古千里長棚沒有不散的筵席」，「拔了蘿蔔地皮寬」，「拼著一命剮，便把皇帝打」，「十個明星當不的月」，「甜言美語三冬暖，惡語傷人六月寒」，「樹大招風風損樹，人為高名名喪身」，「提傀儡兒上場，還少一口氣哩」，「老鼠尾巴生瘡兒，有膿也不多」，「促織不吃癩蝦蟆肉，都是一鍬土上人」，「淨廁裏的磚頭，又硬又臭」，「銅盆撞了鐵掃帚，硬碰硬」，「見了紙虎也嚇一交」，「狐狸打不成，倒惹了一屁股臊」，「張公吃酒李公醉，桑樹上吃刀柳樹上暴」，「在這寒冰地獄裏來了，口裏銜著條繩子，凍死了往外拉？」「豆芽菜有甚整條捆兒？」這類妙詞佳句一時是摘不完的，完全可以編一本專門詞典，其中如諺語、歇後語等，從清代的張竹坡到日本鳥居久晴等都已做了不少收集整理工作，值得我們借鑒。《金瓶梅》在使用這些語句時，又常常重疊在一起，如連珠炮似地打出來，給人以強烈的印象。例如第六十回寫潘金蓮用「雪獅子」嚇死了李瓶兒的嬌子，百般稱快，每日抖擻精神，幸災樂禍地對著丫頭指桑罵槐道：

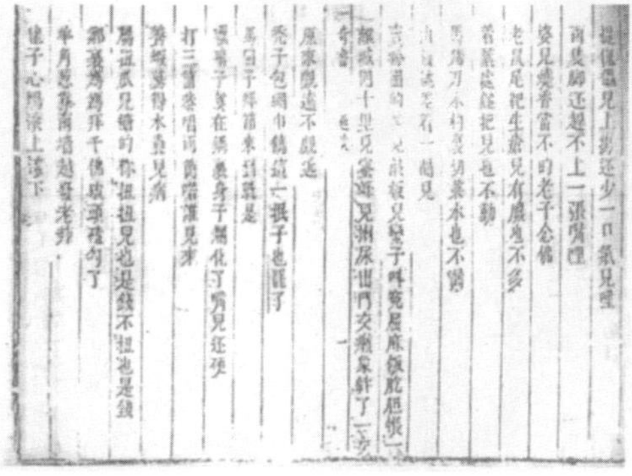

張評本卷首《第一奇書金瓶梅趣談》

「賊淫婦！我只說你日頭晌午，卻怎的今日也有錯了的時節？你班鳩跌了彈也，嘴答穀了！春凳折了靠背兒，沒的倚了！王婆子賣了磨，推不的了！老鴇子死了粉頭，沒指望了！卻怎的也和我一般？」

再看第八十六回潘金蓮與女婿通姦事發，月娘命王婆領她出去時，她還裝模作樣地責問：「我漢子死了多少時兒，我為下甚麼非，作下甚麼歹來，如何平空打發我出去？」這時，熟知內情的王婆，毫不含糊地揭穿了她的老底：

「你休稀裏打哄，做啞裝聾！自古蛇鑽窟窿蛇知道，各人幹的事兒各人心裏明。金蓮，你休呆裏撒奸，兩頭白面，說長並道短，我手裏使不的你巧語花言，幫閒鑽懶！自古沒個不散的筵席，出頭椽兒先朽爛。人的名兒，樹的影兒。蒼蠅不鑽沒縫兒蛋。你休把養漢當飯，我如今要打發你上陽關！」

潘金蓮聽後竭力為自己的醜行開脫，並無可奈何地求王婆手下留情：

「你打人休打臉，罵人休揭短！常言一雞死了一雞鳴。誰打羅，誰吃飯。誰人常把鐵箍子戴，那個長將席篾兒支著眼。為人還有相逢處，樹葉兒落還到根邊，你休要把人赤手空拳往外攛，是非莫聽小人言！正是女人不穿嫁時衣，男兒不吃分時飯，自有徒牢話歲寒。」

兩人對話，真是「針鋒對麥芒，尖對尖」，都用了一連串的土語、諺語、歇後語，淋漓如瀉，活現了各自的個性和當時的心情，讀來令人感到特別形象、生動而富有藝術魅力。

《金瓶梅》語言就是在富有地方色彩的鮮龍活跳的家常口頭語的基礎上提煉出來的文學語言，雖有時未汰除蕪雜，有生僻之病，但總體風貌是俚俗而不失文采，鋪張而又能摹神。它不但是刻畫「面目各別」的形象的有力武器，而且也給整部作品帶來了濃郁的時俗世情味，具有強烈的生活氣息和時代特徵。這不能不說是中國古典長篇小說的新收穫。以後清代的《紅樓》、《儒林》刻意用「京白」來將口語淨化，而《海上花》之類則重在方言上下功夫，似乎都受了《金瓶梅》的影響。

千秋功罪大家評

考察一部名著，對前人來說創造了些什麼，對今人來說可借鑒些什麼，這是首先應當注意的。鑒於此，前面多數了一些「功德」。然而，任何一部作品都不是完美無缺的，更何況是後人看前人，難免會發現有許多不盡如人意之處。《金瓶梅》本又是一部富有嘗試精神的小說，在藝術上的獨創醒目之處往往同時伴隨著某種淺陋粗疏，這不足為奇，讀者也往往會諒解。但是，它在思想內容方面的「罪過」也相當突出，這是難以諱言和曲飾的。今舉其犖犖大端者，略述於下。

首先，在儒道佛三教合一的精神下，大力崇奉「天理循環」、「因果報應」、「色空」觀念等佛道消極思想。《金瓶梅》儘管醜化了若干僧尼道士，但只是作為「兩個真人（吳神仙、黃真人）、一個活佛（普靜師）」的對立面，作為教門敗類來鞭撻的，並不是真正的「謗經毀佛」。這正如信奉佛道的屠隆在《修文記》中痛罵某些出家人「名在道流，心同市井，塵緣障重，財色過貪」云云一樣，根本上還是為了維護佛道教門的純潔性。《金瓶梅》全書的指導思想之一，如欣欣子序所說：「知盛衰消長之機，取報應輪迴之事」；或者如張竹坡說：「《金瓶梅》以空字起結」。表現在作品一

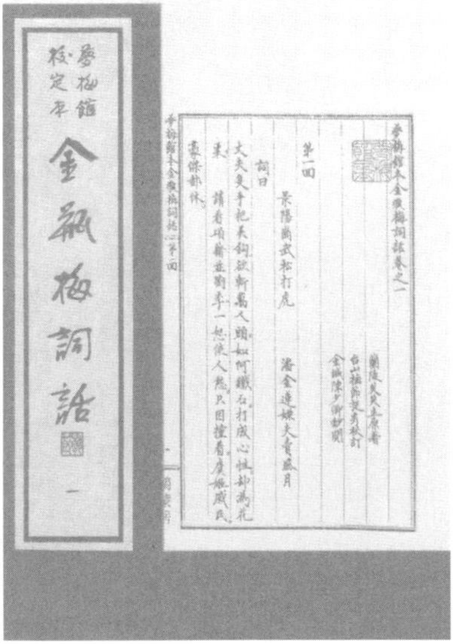

些主要人物的設計上，都明顯地遵循著「善惡到頭終有報，只爭來早與來遲」的軌跡。西門慶貪淫貪財，終於暴病身亡，家業全敗。遺腹子孝哥，憑著他母親月娘「一點善根所種」，才得普靜師點化出家，度脫了西門一生冤孽。李瓶兒死時，說她前生在濱州王家作男子，打死懷胎母羊，故今世為女人屬羊，血崩而死。死後魂去托生河南汴梁開封府袁指揮家為女，艱難不能度日云云，均明輪迴不爽。全書結束時，一切橫死鬼魂，皆為高僧超度托生而去，將一切歸結於「空」，歸結於「輪迴報應」。作者如此崇揚佛道，與當時統治者的大力提倡有關。它無疑模糊了人民的認識，麻痹了群眾的鬥志。

同時，小說宣揚愚昧迷信也相當突出。卜筮、星相、魘勝、招魂、禳解之術，寫得非常細緻生動，活靈活現。例如第十二回寫李桂姐因妒嫉潘金蓮而騙取了她的一把頭髮，放在鞋底下，每日踐踏，潘果然頭疼噁心，飲食不進。而潘則請劉瞎子「回背」。刻了男女兩個木偶，用七七四十九根紅線紮在一處，然後用一塊紅紗蒙住男偶之眼，再用艾塞其心，用釘釘其手，用膠黏其足，不三日，西門慶又與她「似水如魚，歡會如常」了。如此這般，都是騙人的把戲。當然，這些描寫有的與刻畫人物、演進情

才得普靜師點化出家，度脫了西門一生冤孽。

節、表現主題大有關係，如第二十九回吳神仙相面，基本上隱現了這些人物的性格和命運，也是一種特殊的藝術表現手法，後來《紅樓夢》寫金陵十二釵就從這裏得到了啟示。但這類描寫畢竟是荒誕不經的。《金瓶梅》把這些迷信活動寫得靈驗非凡，毒害了讀者的心靈。

其次，鼓吹「女人禍水論」也十分錯誤。小說第一回入話故事，寫項羽、劉邦「因撞著虞姬、戚氏，豪傑都休」；接著以「虎中美女」喻女主角潘金蓮，進一步說明「貪他的斷送了堂堂六尺之軀，愛他的丟了潑天哄產業」。在正文中，又強調「大抵妾婦之道蠱惑其夫，無所不至」。這些都清楚地表明作者把亡國、亡家、亡身之災，全都歸罪於女人。特別是西門得病身亡前作者所說：

原來這女色坑陷得人有成時必有敗，古人有幾句格言道得好：花面金剛，玉體魔王，綺羅妝做豺狼。法場斗帳，獄牢牙床。柳眉刀，星眼劍，絳唇槍。口美舌香，蛇蠍心腸，共他者無不遭殃。纖塵入水，片雪投湯。秦楚強，吳越壯，為他亡。早知色是傷人劍，殺盡世人人不防。

更是集中暴露了作者鄙視婦女的封建觀念。這些削弱了作者對西門慶這類惡棍的批判力量，從而也減弱了作品的社會意義。

李桂姐因妒嫉潘金蓮而騙取了她的一把頭髮，放在鞋底下，每日踐踏。

再次，頑固的封建等級觀念。《金瓶梅》著重寫西門慶一家，既寫了妻妾一類主人，同時還寫了眾多的奴才角色。奴才包括僮、僕、丫鬟、主管、夥計等不下幾十人，不少人物也寫得有血有肉，栩栩如生。但是，作者不能超脫根深蒂固的等級觀念，對主子與奴才是嚴格區別的。主子可以作威作福，奴才必須絕對服從。主人可以肆意玩弄女奴，而女主人絕不可與男僕有私。宋惠蓮罵與來旺有情並最後一同私奔的孫雪娥說：「我養漢養主子，強如你養奴才！」自認為比孫高一等。孫雪娥一生受辱，最後自縊身死，死後仍托生於「貧家」，表現了作者的傾向。而來旺兒有所反抗，夏提刑就斥責他說：「滿天下人都像你這奴才，都不能使人了！」秋菊揭發潘金蓮與陳經濟的姦情，被月娘罵作「葬弄主子的奴才」。西門慶侮辱了宋惠蓮，作者反說：「凡家主，切不可與奴僕並家人之婦苟且私狎，久後必紊亂上下，竊弄奸欺，敗壞風俗，殆不可制。」其「主奴」「上下」的觀念何等強烈！作者這種頑固的等級觀念，不但使筆下的奴才處於陪襯地位，而且對之往往加以歪曲、醜化，有損於作品的真實性和批判性。

除此之外，就是寫「淫」。這是《金瓶梅》最嚴重的罪名。如前所述，《金瓶梅》的寫淫儘管在總體上與它的客觀暴露、意在批判的主旨相關，是整部作品的有機組成部分。但是也不能否

我養漢養主子，強如你養奴才。

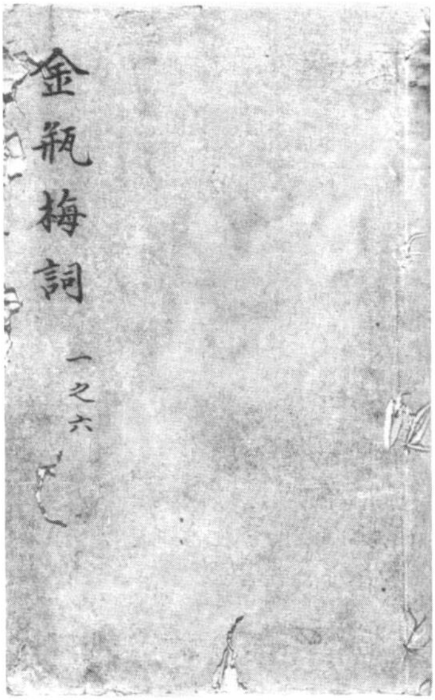

日本棲息堂藏本《詞話》封面

認，有些是游離情節之外的、不必要的渲染，作者有時甚至帶著一種津津樂道的欣賞態度來寫，暴露了他低級庸俗的趣味。事實上，這類描寫即使帶有鮮明的批判氣息，也不能為傳統的道德所接受，並且將給社會帶來消極的影響。清初就有人對這類「淫亂穢褻之詞」的危害性有這樣的說法：「俾觀者魂搖色奪，毀性易心……以暨黃童紅女，幼弱無知，血氣未定，一讀此等詞說，必致鑿破混沌，邪欲橫生，拋棄軀命，小則滅身，大且滅家，興言至此，稍有人心者，能無不寒而慄哉！」（張纘孫《正同學書》）評價一部小說的好壞，顯然不能以青少年或某一範圍的人能不能讀作為標準，但《金瓶梅》這部小說對於「血氣未定」的「黃童紅女」來說，確實有引起「邪欲橫生」的可能。封建社會中的統治者，本來就是一批「邪欲橫生」之徒，但為了維護自己的淫逸荒唐的生活，他們十分擔憂《金瓶梅》對被統治者產生「敗壞風俗，蠱惑人心」的作用：「其小者甘效傾險之輩，其甚者漸肆狂悖之詞」（《皇清奏議》卷二十二）。於是，從清初順治起，歷朝都將《金瓶梅》列入淫書而加以嚴禁。直到二十世紀二〇年代，卿雲圖書公司在出版一無穢語的《古本金瓶梅》時，還要小心翼翼地請律師登報申明「內容雅潔，絕無穢褻文字」。

《金瓶梅》在國內的命運如此，在國外又如何呢？前幾年法國要出版全譯本的《金瓶梅》時，也經過了好一陣子周折。其問題的關鍵還在於：「《金瓶梅》，穢書也！」（東吳弄珠客序）人們不是常常否定不同的時代、不同的社會有共同的看法嗎？可是在對待《金瓶梅》寫淫、寫性的問題上，似乎確有一些跨時代、跨社會的共同看法。這裏的奧秘何在？倒是值得深思的。

然而，世界上的事物往往具有兩面性。《金瓶梅》有寫淫有「罪」的一面，也有寫實有「功」的一面；人們在否定其「罪」的同時，也往往肯定其「功」。清代的康熙皇帝一再下令嚴禁淫詞小說，同時卻不惜工本地組織力量翻譯這部「奇書」。當時的小說鑒賞家劉廷璣口口聲聲說遵旨嚴查禁止「敗俗傷風」的「小說淫詞」，同時卻又盛讚「《金瓶梅》，真稱奇書」，還提出了「欲要止淫，以淫說法」的理論（《在園雜誌》）。曹雪芹一面罵「有一種風月筆墨，其淫穢汚臭，塗毒筆墨，壞人子弟」，一面又使自己的創作「深得《金瓶》壼奧」。到近代，資產階級的學者也認為此書「不能謂為非淫書」，同時又指出「其奧妙絕非在寫淫之筆」，「蓋此書的是描寫下等婦人社會之書也」（曼殊《小說叢話》）。甚至有人公開認為「《金瓶梅》之寫淫」，本身就在於「痛社會之混濁」（天僇生《中國歷代小說史論》）。至魯迅，一方面不滿它「時涉隱曲，猥黷者多」，另一方面又指出它「非獨描摹下流言行，加以筆伐而已」，而是一本「著此一家，即罵盡諸色」，「同時說部，無以上之」的世情

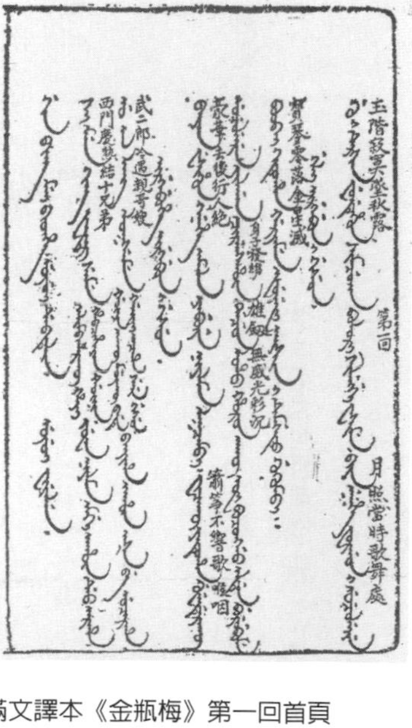

滿文譯本《金瓶梅》第一回首頁

文學古籍刊行社翻印古佚小說本書影

小說。後來的鄭振鐸、吳晗等人，也認為「穢褻的描寫」是《金瓶梅》的一大毛病，但並不妨害它是「一部了不起的好書」，「偉大的寫實小說」。國人對這部小說功罪得失的紛紜不一，並不影響它越來越多地受到國外文學愛好者和研究者的注目，日、法、德、英、義、拉丁、瑞典、芬蘭、俄、匈牙利、捷、南斯拉夫、朝、越、蒙等譯本競相出現，真正用理性去研究它的文章也不斷問世。例如，《美國大百科全書》說：「《金瓶梅》是中國第一部偉大的現實主義小說」；《法國大百科全書》說：「它在中國通俗小說的發展史上是一個偉大的創新。」美國學人海托華在其《中國文學在世界文學中的地位》一文中指出：

> 中國的《金瓶梅》與《紅樓夢》二書，描寫範圍之廣，情節之複雜，人物刻畫之細緻入微，均可與西方最偉大的小說相媲美。……中國小說在質的方面，憑著上述兩部名著，是可以同歐洲小說並駕齊驅，爭一日短長。

這些話看來或許過分，但足資我們思考：《金瓶梅》這部名著應當璀璨於世界文學之林，還是將它幽禁於十八層地獄？千秋功罪，還是大家來評說吧！

黃霖說金瓶梅／黃霖著. -- 一版. -- 臺北市：大地, 2007〔民96〕
面： 公分. --（大地叢書：15）
ISBN 978-986-7480-75-0（平裝）
1. 金瓶梅 2. 研究與考訂
857.48 96006969

黃霖說金瓶梅

大地叢書 015

作　　者	黃霖
發 行 人	吳錫清
創 辦 人	姚宜瑛
主　　編	陳玟玟
出 版 者	大地出版社
社　　址	114台北市內湖區瑞光路358巷38弄36號4樓之2
劃撥帳號	0019252-9（戶名　大地出版社）
電　　話	02-26277749
傳　　眞	02-26270895
E-mail	vastplai@ms45.hinet.net
網　　址	www.vasplain.com.tw
美術設計	普林特斯資訊有限公司
印 刷 者	普林特斯資訊有限公司
一版一刷	2007年6月

大地

定　　價：250元